Traed Mewn Cyffion

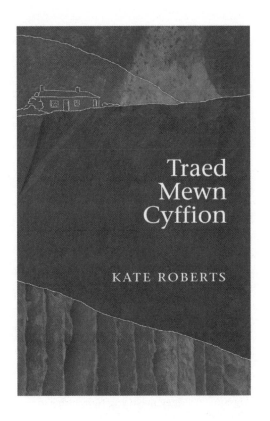

Traed
Mewn
Cyffion

KATE ROBERTS

Cyhoeddwyd yn 2014 gan Wasg Gomer,
Llandysul, Ceredigion SA44 4JL.

ISBN 978 1 84851 366 2

Cyhoeddwyd gyda chymorth ariannol
Cyngor Llyfrau Cymru.

Argraffwyd a rhwymwyd yng Nghymru gan
Wasg Gomer, Llandysul, Ceredigion.

Yr wyt yn ei orchfygu ef yn dragywydd, fel yr elo ymaith; a chan newidio ei wyneb ef, yr wyt yn ei ddanfon ef i ffordd.

Ei feibion ef a ddaw i anrhydedd, ac nis gwybydd efe; a hwy a ostyngir, ac ni ŵyr efe oddi wrthynt.

– Llyfr Job

Rhagair

Bob tro y byddaf yn darllen *Traed Mewn Cyffion*, byddaf eisiau
bwyta. Nid crefu am fwyd yr wyf fel y cyfryw, ond yn hytrach
dyheu am fwynhau'r seremoni o fwyta. Rhwng cloriau nofel
glasurol Kate Roberts caiff ein synhwyrau eu hudo gan jam a
theisen ar blatiau gwydr ffasiwn newydd, te wedi'i dywallt o
debot, crempogau braf wedi'u mwydo mewn menyn, teisen lus,
cig moch wedi'i ffrio, tatws o'r popty a menyn melys ddydd Dolig,
lobscows neu fara menyn a chaws. A'r cyfan oll wedi'i weini'n
ddefosiynol gyda chariad a gofal a lliain bwrdd destlus oddi tano.
Bwyd syml ydyw, i'w fwyta gyda theulu a ffrindiau, ac mae'r
pleser dirprywol o ddarllen amdano yn ein cludo yn ôl ymhell i
oes a fu. Roedd y manylder hwn ar wedd ddomestig bywyd Kate
Roberts yn rhywbeth newydd yn yr iaith Gymraeg.

Yr un llygad benywaidd sy'n sylwi ar ddillad, a byddaf yn
gwirioni ar y disgrifiadau, o staes dynn Jane Gruffydd ar
ddechrau'r nofel, y bais stiff, bodis, barclod, ffrog gotyn ysgafn a
blodyn lelog, mynci jaced y plant, bwa blewog a chapiau, côt sidan
a thôc du Doli, menig *kid* duon a hetiau crêp mewn cynhebrwng, i
grandrwydd ffrogiau Sioned. Eto, cawn ein trosglwyddo i oes sydd
wedi hen fynd. Yr un manylder a gawn gyda dodrefn a chelfi,
llestri, bocs bwyd, ffender a dresel. Llygad Kate Roberts sydd wedi
dal y rhain a'u cofnodi. Fel y dywed Emyr Humphreys:

> Lle mae llygad craff yr awdur fel camera celfydd yn dewis
> manylion sydd yn cyfleu y cwbl a chlust yr un modd fel
> meicroffon yn cofnodi sŵn a sgwrs. (O na byddai'n
> cyfarwyddwyr ffilm a theledu yn astudio'r awdures hon
> i ddysgu peth o hanfodion eu crefft.)[1]

Doedd Kate Roberts ei hun ddim yn hoff o'r gyffelybiaeth â
chamera. Meddai wrth Aneirin Talfan Davies mewn sgwrs radio,
'Mae lot o bobl yn meddwl mai ffotograffydd ydw i, ond nid
dyna'r gwir.'[2] Ond fel y noda John Gwilym Jones, mae camera
celfydd Kate Roberts fel ysbienddrych y Bardd Cwsc:

Camera pum dimensiwn ydyw, yn cofnodi pob un o'r synhwyrau, boed o'n chwys mewn cyfarfod pregethu, yn eithin sy'n pigo coesau, neu'r haul yn disgleirio ar wyneb y chwarel. Defnyddir y synhwyrau i'r eithaf, a gydag arfogaeth lenyddol o'r fath, gallai Kate Roberts fod wedi troi ei llaw at unrhyw gyfnod neu stori.[3]

I Eisteddfod Genedlaethol Castell-nedd ym 1934 cyflwynwyd copi 328 tudalen mewn llawysgrif, dan y ffugenw Dorti Llwyd.[4] Roedd y gystadleuaeth yn gofyn am 'Nofel yn ymdrin â thair cenhedlaeth' ac ymgeisiodd chwech am yr hanner can punt o wobr gyda Thomas Richards yn feirniad. Dorti Llwyd, sef Kate Roberts, ddaeth yn fuddugol gyda'i nofel *Suntur a Chlai*, ar y cyd â *Creigiau Milgwyn*, Grace Wynn Griffith, nofel sâl ym marn llawer. Erbyn cyhoeddi'r nofel ym 1936, newidiwyd y teitl i *Traed Mewn Cyffion*.

Roedd Kate Roberts yn 42 mlwydd oed yn cyfansoddi ei nofel hir gyntaf, er iddi fod yn cyhoeddi ers rhyw ddeng mlynedd, ac eisoes roedd *O Gors y Bryniau, Deian a Loli, Rhigolau Bywyd* a *Laura Jones* mewn print. Fel is-arholwr i'r Bwrdd Canol, teithiai'n gyson ac roedd hefyd yn gyfrifol am nifer o ddosbarthiadau nos.[5] Ers pedair blynedd roedd yn wraig briod ac yn ystyried y cam o symud o dde Cymru i Ddinbych a phrynu Gwasg Gee. Amser prysur yn ei bywyd oedd hwn, felly, ac roedd ar drothwy newid go fawr. Drwy Ewrop, roedd gwledydd yn ymarfogi ar gyfer rhyfel gwaedlyd arall. Dan yr amgylchiadau hyn y cyfansoddwyd *Traed Mewn Cyffion*. (Yr oedd hefyd yn dioddef o'r ddannoedd, ac o ddiffyg dŵr poeth gan fod y tanc wedi rhewi, fel y nododd mewn llythyr at Saunders Lewis yn Rhagfyr 1933.)[6]

Bum mlynedd ynghynt, mewn ysgrif yn *Y Llenor*, roedd Kate Roberts wedi honni na fedrai 'neb byth yng Nghymru ysgrifennu nofel' gan nad oedd yna nofelwyr llawn amser.[7] Yr oedd digon o faes 'i'r neb a fyn gloddio'. Dywed:

Nid oes gennym nofel o gwbl am chwarelwyr Arfon a Meirion, nac am lowyr De Cymru, cyn i'n cyfundrefn addysg droi eu plant yn Saeson . . . Meddylier am y posibilrwydd ofnadwy sydd ym mywyd chwarelwr – megis ym mywyd pob dyn cyffredin arall . . . Y peth sy'n bwysig wedi'r cwbl mewn stori ydyw, nid y bywyd sydd y tu ôl, ond perthynas nifer fechan o gymeriadau â'i gilydd, eu hymdrech feunyddiol â rhyw bwerau mawr y tu mewn a'r tu allan iddynt hwy eu hunain . . . ni chawsom eto dreiddgarwch dwfn i fywyd dyn, fel y'i ceir a Chymru yn gefndir iddo.[8]

Efallai nad oedd awduron yn meddwl yn ddwfn am y pethau hyn, ond efallai fod rheswm arall:

Mae rhyw ofn arnom ddatguddio ein meddyliau a bwriadau ein calon i'r byd. Dysgwyd inni erioed siarad yn ddistaw bach am yr hyn a elwir yn bechod, o ganlyniad ni cheir darlun gonest o ddyn.[9]

Ond ni allai neb o'r tu allan gyflawni'r dasg. 'Rhaid cael Cymro i ysgrifennu amdanynt [llawenydd a thristwch, dyheadau a siom] gyda llygaid a wêl dan yr wyneb a chalon i ddeall yr anghysondebau a'r pethau a ymddengys yn rhagrith.'[10]

Ni ellir meddwl am faniffesto gwell i *Traed Mewn Cyffion*. Yn niffyg ymgeisydd arall, trodd Kate Roberts ei hun at y dasg. Cafodd wared â'r ofn, daeth o hyd i'r amser, ac o ganlyniad mae gennym glamp o nofel sy'n cofnodi bywyd teulu 'chwarelwrol' yn Arfon ar droad yr ugeinfed ganrif. Mae'n nofel hynod bwysig, a derbyniodd ganmoliaeth uchel gan y beirniaid eisteddfodol. Ym marn Prosser Rhys, roedd 'yn un o'r pethau gwychaf y ganrif hon mewn rhyddiaith'. Meddai D. J. Williams, 'epig y dioddefwyr – arwyr â'u traed mewn cyffion'. Gan W. J. Gruffydd y cafwyd y clod mwyaf. Roedd *Traed Mewn Cyffion* yn 'un o greadigaethau mwyaf y dychymyg Cymreig yn y blynyddoedd diwethaf hyn'.[11] Yn ôl Thomas Parry yn *Llenyddiaeth Gymraeg 1900–45*, *Traed Mewn Cyffion* 'yw'r lletaf ei maes a'r ddyfnaf ei dealltwriaeth o fywyd nifer o bobl'.[12]

Beth arall barodd Kate Roberts i sgwennu nofel am chwareli Arfon, ac am y cyfnod hwn mewn hanes? Mae elfennau cryf o hunangofiant ynddi, ymhell cyn y gwelodd *Y Lôn Wen* olau dydd. Yr oedd hefyd, ers i'w brawd ei hun gael ei ladd yn y Rhyfel Mawr yn Malta, eisiau disgrifio effaith y galanastra hwnnw ar fro fechan.

Cafodd ateb gan Vera Brittain[13] i lythyr a anfonodd ati. 'The fate of your brothers during the War is sadly typical of all our generation,' meddai Brittain, a fu yn Malta ei hun, ac mae'n dymuno'n dda iddi gyda gwaith ei nofel.[14]

Er mai nofel am chwarelwyr ydyw, cefndir yw'r chwarel, a Ffridd Felen yw golygfa'r digwyddiadau. Merched yw'r prif gymeriadau. Fel y dywed Eigra Lewis Roberts: 'Clustiau a llygaid yn y cysgodion yw'r gwŷr; tafodau yn y goleuni yw'r gwragedd. Hwy sy'n gwneud y penderfyniadau ac yn gweithredu.'[15]

Cydnabyddir Jane Gruffydd fel ymgorfforiad o'r fatriarch Gymreig, ac mae mwy nag un wedi tynnu sylw at y tebygrwydd rhyngddi hi a mam yr awdures, Catrin neu Catherine Roberts. O Lŷn y daeth hithau, gan briodi chwarelwr a byw yn Rhosgadfan, a magu plant a cholli mab yn y Rhyfel. Perthyn llawer o nodweddion cyffelyb rhwng Kate ei hun ac Owen Ffridd Felen hefyd. Mae Alan Llwyd yn cymharu'r euogrwydd a deimlai Kate Roberts am iddi gael addysg, yn hytrach na'i brodyr, efo euogrwydd Owen yn y nofel.[16]

Ond trwy lygaid gwraig y mae'n edrych ar y byd, a diau fod hwn yn un rheswm pam y closiais ati. O'r cwrs Lefel A Cymraeg yn yr ysgol, hi oedd yr unig awdures a oedd yn wraig. Yn hen wraig, mae'n wir, ond doedd dim ots. Roedd gan hon ei barn bendant ei hun, ac roedd yna gymeriad gwydn yn cuddio y tu ôl i'r llygaid pruddglwyfus, petaech yn cofio posteri Cyngor y Celfyddydau a oedd yn britho waliau dosbarthiadau Cymraeg yn y saithdegau.

Ymysg y casgliad o lythyrau Kate Roberts, un o'm ffefrynnau yw'r un dyddiedig 28 Rhagfyr 1934, a anfonwyd o Donypandy. Roedd Saunders Lewis wedi darllen *Traed Mewn Cyffion*, ac wedi rhoi ei farn arni yn onest, yn ôl ei arfer. Mae Kate Roberts yn ateb yn syth, ac yn ei rhoi hi'n iawn iddo, yn ddiflewyn-ar-dafod. Mae'n goblyn o ornest baffio . . . efo'r menig wedi eu tynnu! Cwyn gyntaf Saunders Lewis yw mai byw ar yr wyneb y mae cymeriadau'r nofel, nad oes dyfnder iddynt, na bywyd ysbrydol. Annheg yw'r cyhuddiad, ac mae Kate Roberts yn ei ateb: 'A gwn am bobl Rhosgadfan mai paganiaid yw'r mwyafrif ohonynt wrth natur . . . Fy mwriad i oedd sgrifennu nofel am bobl yn byw ar yr wyneb yn ysbrydol beth bynnag.' Yna mae'n rhoi swadan i'r pabydd o ddarlithydd:

Sylwais mai'r bobl sy'n meddwl fwyaf am grefydd ac am ryw yw'r bobl nad yw cael y ddeuben llinyn ynghyd yn poeni dim arnynt. Problem economaidd yw holl broblemau bywyd chwarelwr o grud i fedd.[17]

Kate – 1, Saunders – 0 yn y rownd honno, felly.

Ail sylw Saunders yw fod ysgol a choleg yn llenwi llawer gormod o feddwl y chwarelwr. Gwêl hefyd mai undonog iawn yw'r bywyd a ddisgrifir yn y nofel. Petai bywyd mor undonog â hynny, ni ddylai Kate fod wedi ei ddewis fel testun. Dylai nofelydd roi diddordeb i'w waith drwy gyfleu arwynebedd drwy amrywiaeth, neu ddewis arwynebedd, ond bod bywyd cynhyrfus oddi tano. Rhaid bod Kate Roberts yn dawnsio o gynddaredd pan ddarllenodd hyn, ac nid yw ei theimladau wedi oeri pan sgwennu ateb i'w chyfaill, gan edliw iddo'i gefndir a man ei eni:

[rydych] yn gwbl ddieithr i'w bywydau [y chwarelwyr] ac i fywyd gweithwyr yn gyffredinol . . . wyddoch chi ddim am fywyd un dosbarth o bobl yn fwy na'i gilydd am na ddigwyddodd ichwi fod yn un ohonynt na'ch magu yng Nghymru. Dim ond edrych o'r tu allan y buoch erioed (*ychwanega yn raslon nad ei fai ef yw hyn*).[18]

Dwi'n ceisio dychmygu wyneb Saunders Lewis yn darllen y llythyr hwn. Aiff ymlaen i egluro pam mae cymaint o sôn am addysg yn y nofel:

Fe all bod sôn am addysg yn anniddorol i chwi am na chawsoch erioed drafferth i'w gael. Ond yn *Suntur a Chlai*, rhan o'r broblem economaidd ydyw. Tra fo cyflwr economaidd y gweithiwr fel y mae, ni chewch mohono byth i edrych ar addysg o safbwynt gwahanol. Moddion i wella ei gyflwr economaidd yw addysg iddo ef.[19]

Kate – 2, Saunders – 0.

Aiff Kate rhagddi i ddweud fod nofelau tebyg i *Traed Mewn Cyffion* ar gael yn Iwerddon a Lloegr, gan gloi, 'Onid peth perthnasol yw poen, ac undonedd?'[20]

Er mor agos ati yw cymdeithas y chwarelwyr, nid yw Kate Roberts yn eu gwyngalchu, nac yn rhoi darlun siwgraidd o deulu. Mae yna ffraeo ac anghytundeb rhwng aelodau o unrhyw deulu. Dywedodd mewn sgwrs gyda Gwilym R. Jones na allai nifer o bobl gyd-fyw heb fynd ar wynt ei gilydd a chrafu ar ei gilydd.[21] Am enghraifft o bobl yn crafu ei gilydd (fel cathod yn ymladd), ni chewch well enghraifft na'r ddeialog rhwng Jane Gruffydd a'i mam yng nghyfraith yn ail bennod *Traed Mewn Cyffion*. Nid pob un o deulu Ffridd Felen sy'n ymhyfrydu yn y ffaith eu bod yn perthyn i uned deuluol fawr, ac mae teimladau Owen yn rhai sy'n cael eu lleisio, wrth iddo edrych ar ddarluniau o'i deulu ar y parwydydd:

Byddai arno awydd eu malu weithiau er mwyn anghofio ei dras. Ac eto, yr oedd yn amhosibl ymddihatru oddi wrthynt, mor amhosibl ag ydoedd ymddihatru oddi wrth y boen a geid gan y rhai ohonynt oedd yn fyw. Dyma hwy, yn ffraeo a dyfod yn ffrindiau, ffraeo wedyn; fe'u casâi hyd at deimlo y medrai eu lladd.[22]

Ac mae'r ffrae deuluol yn dilyn ewyllys mam Ifan, gŵr Jane, yn rhywbeth sy'n hen gyfarwydd. A hawdd gweld sut roedd y nofel yn cynnig ei hun yn naturiol fel un i'w throsi ar gyfer y camera yn yr wythdegau, mae yna 'one-liners' cofiadwy! Yn y ffrae rhwng Jane a'i mam yng nghyfraith, mae Jane yn rhoi swadan go iawn wedi i Sioned Gruffydd edliw hawddgarwch y cyn-gariad, 'Ac mi fasa Ifan wedi gneud gŵr da iddi hithau, ond mi wnaeth well mab i chi.'[23] A dyma esiampl arall: 'Mae'n amlwg bod rhywun yn stwffio'i blant i fyny llewys Mam, er mwyn cael arian i yrru 'i blant drwy'r ysgolion,' meddai Gwen, yn syth wedi cynhebrwng Sioned Gruffydd.[24]

Hyd y gwelaf, *Traed Mewn Cyffion* yw'r mwyaf gwleidyddol o holl nofelau Kate Roberts. Er hynny, doedd hi ddim yn ystyried ei hun yn sgwennwr gwleidyddol. Dywedodd wrth Derec Llwyd Morgan ar raglen radio:

Chydig iawn ydw i'n ddeall am wyddor gwleidyddiaeth . . . ymunais i â Phlaid Cymru am mai hi oedd yr unig obaith i

achub y gymdeithas uniaith Gymraeg rhag difodiant . . .
Dydw i ddim yn medru mynd i mewn i'r cwestiynau
gwleidyddol ac economaidd.[25]

Ond cwestiynau gwleidyddol ac economaidd yw cynfas *Traed
Mewn Cyffion*. Prin iawn yw'r nofelau gwleidyddol a ragflaenodd y
gyfrol hon a phrinnach fyth nofelau felly gan ferched. Nid oedd
addysg rad i'w chael tan 1889, ddwy flynedd cyn geni Kate
Roberts, felly ei chenhedlaeth hi oedd y gyntaf i fanteisio arni.
Peth cwbl newydd oedd cael merch ddosbarth gweithiol yn rhoi
llais i brofiadau ei dosbarth. Yn y cefndir y mae'r chwarel, fel
cefnlen i'r digwydd, ond mae'n tra-arglwyddiaethu ar bob agwedd
o'u bywyd. Wrth i Kate Roberts ddisgrifio teulu chwarelwr, roedd
yn ysgrifennu o brofiad. Roedd bywyd chwarelwr mor galed ag
unrhyw un o weithwyr y byd yn dilyn y Chwyldro Diwydiannol:

> Yr oedd yn waith caled i'r tyddynnwr a'i wraig. Yr oedd y
> chwarel mor bell gan amlaf: cerddodd fy nhad chwe milltir bob
> dydd am saith mlynedd a deugain i chwarel y Cilgwyn. Anodd
> wedyn oedd gwneud dim wedi cyrraedd gartref, ond swpera'r
> gwartheg.[26]

Hynod o giaidd oedd system 'y fargen' hefyd, gyda'r stiward yn
rhoi bargen neu gytundeb ffafriol i gynffonwyr, ac yn dial ar y
rhai na hoffai. Caiff yr annhegwch hwn ei ymgorffori ym
mherson y Stiward Bach (sydd hefyd yn digwydd bod yn ŵr i Doli,
cyn-gariad Ifan Ffridd Felen).

> Teitl ar is-oruchwyliwr yw Stiward Bach, ond yr oedd Morus yn
> fychan ym mhob ystyr. Yr oedd ei gyraeddiadau mor fychain
> fel stiward hyd yn oed, nes oedd arno ofn colli ei swydd, ac yn
> union fel dyn felly, daliai'r afwynau'n dynn ym mhen y
> gweithiwr. Yr oedd arno ofn y gweithwyr oblegid bod arno ofn
> ei anghymwysterau ei hun.[27]

Roedd y sefyllfa yn chwareli Dyffryn Nantlle yn wahanol i rai
Dyffryn Ogwen a Llanberis. Nid un tirfeddiannwr yn unig oedd
yn Nyffryn Nantlle, ond yn hytrach gasgliad o chwareli bach.

Roedd natur 'bargeinio' yn sicrhau bod y chwarelwyr yn cystadlu yn erbyn ei gilydd, ac yn eu rhwystro rhag meddwl amdanynt eu hunain fel gweithwyr. Roedd tyddynwyr hefyd yn fwy ynysig yn ddaearyddol na glowyr oedd yn byw mewn rhes o dai teras. Gydag Anghydffurfiaeth yn rhoi pwyslais ar achubiaeth unigol mewn cydweithrediad rhwng dynion, nid oedd galw mawr am undeb. Tra oedd glowyr y de yn ymffurfio yn undebau llafur, roedd pethau'n llawer arafach yn Sir Gaernarfon. Sefydlwyd Undeb y Chwarelwyr ym 1874, ond pwysleisio'r gwerthoedd Rhyddfrydol a wnâi'r aelodau. Brwydro am gyflog teg o fewn y system economaidd fel yr oedd a wnaent, nid mynnu newid sylfaenol i'r system honno. Bu siglo ar y sylfeini gyda Streic Fawr y Penrhyn 1900–03, ond dal yn araf i ymuno â'r undeb roedd y chwarelwyr.

Caiff hyn ei gyfleu ym mherson Ifan Gruffydd, Ffridd Felen. Yn chwarter cyntaf y llyfr mae'n dioddef gwaeledd difrifol, a fu'n angheuol bron. Fe'i gwelwn yn graddol heneiddio, ac mae'n gas ganddo anghydfod, hyd yn oed ymysg aelodau o'i deulu ei hun. Nid yw bywyd yn gwella ychwaith, dyna'r siom fwyaf.

Ond yr oedd cymdeithas yn graddol newid, ac fe sefydlwyd yr ILP (Y Blaid Lafur Annibynnol) yn 1893. Erbyn 1908 roedd cangen o'r ILP yng Nghaernarfon. Cynrychiolir y symudiad hwn gan Wiliam y mab, wrth iddo golli ei swydd yn y chwarel am annog y gweithwyr i uno ag undeb, ac aiff i'r pyllau glo i chwilio am waith. Yn y nawfed bennod o *Traed Mewn Cyffion*, eglurir hyn yn fanwl: 'Lle y buasai eu tadau . . . yn dysgu syniadau Thomas Gee ac S.R., daeth y plant . . . i ddysgu syniadau Robert Blatchford a Keir Hardie.'[28] Daw'r syniadau hyn yn sgil addysg a Seisnigo:

> Caent eu syniadau o lyfrau Saesneg ac o bapurau Cymraeg oedd yn adlais o'r papurau Saesneg. Daeth y Gweithiwr yng Nghymru i'w ystyried ar yr un tir â'r gweithiwr yn Lloegr. Iddynt hwy yr un oedd ei broblem ym mhob gwlad, a'r un oedd ei elyn – sef cyfalafiaeth.[29]

Mae'n syndod na chyfieithwyd y nofel i'r Rwsieg, gyda rhagair gan Stalin yn ei chymell fel deunydd darllen hanfodol yn yr Undeb Sofietaidd! Yn sgil hyn, daeth newid mewn crefydd:

I rai oedd â'u bryd ar godi'r gweithiwr, dyletswydd dyn at ei gyd-ddyn oedd yn bwysig bellach, a daeth y Bregeth ar y Mynydd yn bwysicach nag Epistolau Paul . . . Symudasid eu diddordeb o Grist y Gwaredwr i Grist yr Esiampl.[30]

Ond wedi trafod hyn, mae'n dweud, 'Ni ddaeth hyn [syniadau newydd] ag anghydwelediad teuluol i'r Ffridd Felen, oherwydd nid oedd yno argyhoeddiadau crefyddol na gwleidyddol dwfn.'[31] Y diffyg diddordeb hwn sydd wrth wraidd ymdrech yr ILP i newid cymdeithas. Nid oes pennod yn *Traed Mewn Cyffion* nad yw'n trafod arian, diffyg arian a goblygiadau hynny. Magwraeth felly gafodd Kate Roberts. Meddai yn y llythyr pigog at Saunders Lewis: 'Fe wyddai gwas ffarm tua 1910 mai 12/- yr wythnos a gâi o gyflog, ond ni wyddai chwarelwr pa un ai 7/6 ai punt'. Cofiai iddi ysgrifennu adre o'r coleg i ofyn am £6.10 ychwanegol at gostau'r hostel, 'ac nid anghofiaf byth yr ing yr euthum drwyddo wrth ysgrifennu wrth feddwl am mam yn derbyn fy llythyr bore trannoeth ac yn methu gwybod sut i fenthyca'r arian'.[32]

Mae mater cael dau ben llinyn ynghyd wastad ar feddwl Jane Gruffydd, ac yn peri inni sylweddoli'r straen feddyliol mae tlodi'n ei roi ar bobl. Mewn ymgais i dalu'r llog a'r trethi, er i Jane gynnig cynllun o dair ffreitiad o foch yn lle dwy, doedd hi fawr ar ei hennill: 'Byddai bil y blawdiau'n fwy yn y siop, a'i blinder hithau'n fwy ar derfyn diwrnod.' Mae'n manylu ar y blinder llethol hwn, 'Ychydig hamdden a gâi i fynd i unman, nac i ddarllen. Os rhôi ei sbectol ar ei thrwyn i ddarllen llyfr gyda'r nos, syrthiai i gysgu.'[33]

I godi calon y darllenydd, ac i dorri ar yr undonedd bywyd oedd yn styrbio Saunders Lewis, byddai hanes streic fawr wedi bod yn gynhyrfus, a hanes y gweithiwr yn trechu'r stiward wedi ei ysbrydoli. Ond nid yw hyn yn bosibl oherwydd y blinder: 'Ymlafnio a lardio yn y chwarel [Ifan]; chwysu a gwlychu; dyfod adref yn y gaeaf yn wlyb at y croen, ac yn teimlo'n rhy flin i ddarllen papur newydd.'[34] Doedd y dyn ddim eisiau llawer: 'Y cwbl oedd arno eisiau oedd digon o waith a cherrig da yn y chwarel, gweithio ar ôl dyfod adre, a mygyn a phapur newydd cyn mynd i'w wely.'[35]

Caiff y blinder a'r tlodi effaith ar y plant. Portreadir hyn yn y chweched bennod wrth i Owen lwyddo i ennill gwobr yn y Cyfarfod Plant. Swllt a cheiniog a gafodd, ond yn hytrach na chael ei longyfarch pan aiff adre, fe'i gorchmynnir i roi'r arian i'w fam. Crio yn ei wely a wna: 'Dyma'r tro cyntaf iddo ddyfod i gyffyrddiad gwirioneddol â'r ymdrech a âi ymlaen yn ei gartref yn erbyn tlodi.'[36]

Tydi'r hogyn ddim eto yn yr ysgol uwchradd! Pan lwydda i ennill ysgoloriaeth i fynd i'r ysgol sir, nid gorfoleddu a geir y pryd hynny, ond pryder am na fydd yn mynd i'r chwarel, a cholli cyflog allai ddod i'r tŷ.

Dair blynedd wedi cyhoeddi *Traed Mewn Cyffion*, cyhoeddwyd nofel ramantaidd Richard Llewellyn, *How Green was my Valley*. Mewn cymhariaeth, mae'r nofel Gymraeg yn llawer mwy realaidd a chignoeth. Ffraeo a wnaiff Geini efo'i mam, ffraeo a wnaiff Sioned efo'i theulu, ac arian yw gwraidd y cyfan. A thybed oes cymaint o fai â hynny ar y Sioned ifanc am wneud cymaint o ymdrech i geisio osgoi'r tlodi hwn? Osgoi'r tlodi, dyna nod pawb yn y gymdeithas hon, ac mae gan bawb ei ddull ei hun o oroesi. Un o frawddegau tristaf y llyfr yw'r un sy'n cloi Pennod VIII: 'Ni chafodd neb wybod ystyr ei [Sioned] dagrau. Yr oedd hi megis y ddol yn y câs gwydr yn y gegin orau.'[37]

Pan ddarllenais *Traed Mewn Cyffion* gyntaf, roeddwn yn ferch ysgol bymtheg oed yn astudio ar gyfer Lefel O, a chafodd y fath dlodi enbyd effaith negyddol arnaf. Cysylltais Rosgadfan a'r cyffiniau efo'r gorffennol, ac yr oedd amodau'r nofel mor llethol fel na theimlwn fod gennym ni, y genhedlaeth ffodus a anwyd ar ôl yr Ail Ryfel Byd, ddim oll yn gyffredin â hi, er mai prin chwarter canrif oedd yn ein gwahanu. Roedd byd Kate Roberts mor dywyll fel yr ysem am gael gadael y dyffryn a throi ein golygon tuag at lefydd siriolach. Ond, gydag amser, deuthum i werthfawrogi'r ardal a dycnwch ei phobl. Ni allaf grwydro llethrau Moel Smythno bellach heb i dalpiau o waith Kate Roberts ddod i'm cof.

Fel pe na bai hyn yn ddigon o drallod i un teulu ei ddioddef, mae'r Rhyfel Mawr yn rhwygo'u bywydau. Yn ogystal â bod yn nofel sy'n bwysig yn gymdeithasol, mae'n nofel wrthryfel hynod o arwyddocaol. Ar y dechrau, ni chredant y byddai effeithiau'r rhyfel yn cyrraedd Moel Arian: 'Ni chredodd neb yn Foel

Arian . . . y cyffyrddai'r Rhyfel byth â hwy. Peth i filwyr a llywodraeth oedd Rhyfel.'[38]

Wedi ei siomi gan y drefn addysg, wedi gwylltio efo'r Seisnigrwydd a'r creulondeb, mae Twm yn ymuno â'r fyddin. Eironig mai addysg oedd i fod i'w achub, ond addysg a'i gyrrodd i'r rhyfel. Eglura feddylfryd y llanciau ifanc a fu mor frwd i ymuno ym 1914: 'Yr oedd anturiaeth yn y gwynt, a'r byd yn rhy fychan iddo yntau. Trawai ei benelinoedd yn ei ffiniau o hyd.'[39] Rwy'n synnu pa mor fodern yw ambell ymadrodd fel hwn.

Yn raddol, ac yn hynod gynnil, y portreadir galans y rhyfel. Cyndyn iawn oedd chwarelwyr Dyffryn Nantlle i ymuno â'r fyddin. Fesul un, mae bechgyn yr ardal yn ymuno, ond does neb yn credu y bydd rhaid iddynt fynd dramor. Ergyd fawr i Jane ac Ifan yw clywed fod Twm wedi mynd i Ffrainc: 'O hynny allan, crogai cwmwl uwch eu pennau o hyd, a theimlent fel pe baent yn aros iddo dorri . . . Eu poen fwyaf oedd aros y post a disgwyl llythyr.'[40]

Roedd Kate Roberts wedi bod yn llygad dyst i ofid ei rhieni wrth i'w brawd fynd i ryfel. Eironig yw mai drwy lythyr y daeth y newyddion gwaethaf un. Pan ddaw'r telegram, mae wedi ei sgwennu yn Saesneg, felly ni all Jane Gruffydd hyd yn oed ddeall fod ei mab wedi ei ladd. Rhaid iddi fynd i lawr i'r siop er mwyn cael cyfieithiad. Yn hytrach na tharanu yn erbyn Seisnigo, mae golygfa megis un y telegram yn llawer mwy effeithiol. Ac mae'r frawddeg olaf yn y bennod honno yn un feistrolgar: 'Ond yn eu plith fe wibiodd un meddwl arall, na buasai'n rhaid iddi ofni clywed sŵn y postmon drannoeth.'[41]

Mae'r brofedigaeth yn chwalu teulu'r Ffridd Felen, ond un brofedigaeth ymysg llawer ydyw. Cyn hir, y mae mab Ann Ifans, eu cymdoges, John Twnt i'r Mynydd, wedi'i ladd.

Erbyn y drydedd bennod ar hugain, y mae diniweidrwydd pobl Moel Arian wedi mynd. Mae'r chwarel wedi cau, ac Ifan yn dadlwytho llongau yng Nghaergybi, ac yn dod adre i fwrw'r Sul. Cofiadwy yw'r synfyfyrio ar eu cyflwr:

Bu'n fyd drwg arnynt lawer gwaith. Dioddefasant gamwri ac anghyfiawnder yn y chwareli: gormes meistr a pherchennog, gormes ffafriaeth a llwgrwobrwyo. Gwelsant ladd eu cyfeillion a'u plant wrth eu gwaith, ond ni welsant erioed fyned â'u plant oddi wrthynt i'w lladd mewn rhyfel.[42]

Mae hwn yn ddimensiwn gwahanol o ddioddef, ond mae'n eu haddysgu'n wleidyddol:

> ni chredent . . . fod bai ar un wlad mwy na'r llall, ond daethant i gredu bod pobl . . . yn defnyddio eu bechgyn hwy i'w mantais eu hunain. 'Y bobl fawr' yna oedd y rhai hynny, yr un bobl a wasgai arnynt yn y chwarel, ac a sugnai eu gwaed a'i droi'n aur iddynt hwy eu hunain.[43]

Mae'r chwerwedd a dolur yr awdures i'w clywed yn diasbedain drwy'r darn:

> Yng ngwaelod eu bod, credent erbyn hyn fod rhywrai'n gwneud arian ohoni, fel y gwnaent o'u cyrff hwy yn y chwareli, ac mai'r bobl hynny a ddeisyfai oedi heddwch. Ond gwyddent, pe gwrthodai eu plant fynd, y byddid yn sicr o ddyfod i'w nôl a'u gorfodi i fynd.[44]

Yr un yw'r chwarel â'r peiriant rhyfel, ac mae'r ddau'n ecsbloetio pobl gyffredin ac yn gwneud elw o'u llafur a'u cyrff. Mae'n ddychryn o'i osod felly. Mae hyn yn arwain y bobl i gwestiynu cefnogaeth yr Eglwys i'r rhyfel:

> Siglai eu ffydd mewn pregethwyr a gwladweinwyr. Condemnid pregethwyr a fuasai megis duwiau ganddynt gynt, am eu bod yn ffafrio rhyfel. Yn wir, bu i rai aros gartref o'r capel am fisoedd oblegid i bregethwr sôn am gyfiawnder y rhyfel hwn.[45]

Caiff popeth ei siglo, hyd yn oed at sylfeini eu ffydd. Mae'r newid yng nghymdeithas Moel Arian yn newid llwyr, ac mae Kate Roberts yn portreadu'r newid hwnnw drwy gymeriadau *Traed Mewn Cyffion*. Rhoddodd lais i wewyr ei chenhedlaeth, rhoddodd eiriau i ddioddefaint ei dosbarth, a gwnaeth hynny'n eofn ac yn gelfydd.

Mewn digalondid y mae'r nofel yn tynnu at ei therfyn, gyda meddyliau Owen Ffridd Felen:

Ac fe agorwyd ei lygaid i bosibilrwydd *gwneud* rhywbeth, yn lle dioddef fel mudion. Yr oedd yn hen bryd i rywun wrthwynebu'r holl anghyfiawnder hwn. Gwneud rhywbeth. Erbyn meddwl, dyna fai ei bobl ef. Gwrol yn eu gallu i ddioddef oeddynt, ac nid yn eu gallu i wneud dim yn erbyn achos eu dioddef . . . Paham na chodai'r ardal yn erbyn peth fel hyn? Ond i beth y siaradai? Un ohonynt oedd yntau. Credai weithiau y buasai'n well pe cadwasai eu hynafiaid yr ochr arall i'r Eifl yn Llŷn a thrin y tir yn unig.[46]

Y Chwyldro Diwydiannol roddodd fod i gymdeithas Moel Arian, ac o'r diwydiannu hwnnw a'r awch am elw y tarddodd ffynnon eu dioddefaint.

Mae fy edmygedd o Kate Roberts yn aruthrol. Dydw i ddim yn synio amdani fel 'y Frenhines Ddioddefus'. Byddai'n wfftio at gael ei galw yn 'frenhines' o unrhyw fath. Gwerinwraig genedlaetholgar ydyw, a dipyn o rebel, er y statws barchus a gafodd. Mae ynddi dân ac angerdd a dicter cyfiawn tuag at anghyfiawnder y byd. Roedd hi ar ochr y bobl gyffredin, yn un ohonynt, a rhoddodd lais i wewyr ei dosbarth. Hi, wedi'r cwbl, a greodd y rebel mwyaf, sef Wini Ffini Hadog.

Da yw gweld y nofel hon yn cael ei hargraffu unwaith eto, a gobeithio y bydd darllen mawr arni, yn enwedig ymysg pobl ifanc. Oherwydd yng Nghymru'r dwthwn hwn, lle mae tlodi yn waeth na'r un wlad arall ym Mhrydain, a chysgod rhyfel arall uwch ein pennau, ni allaf feddwl am lawer o nofelau sy'n fwy perthnasol a chyfoes. I nofel a gyfansoddwyd dros bedair ugain mlynedd yn ôl, mae hynny yn dipyn o ddweud.

Angharad Tomos
Pen-y-groes
Ebrill 2014

Nodiadau

[1] Emyr Humphreys, 'Traed Mewn Cyffion' yn Gerwyn Wiliams, *Rhyddid y Nofel* (Caerdydd: Gwasg Prifysgol Cymru, 1999), t. 218.

[2] Sgwrs radio, *Dylanwadau* 1960, yn Eigra Lewis Roberts, *Kate Roberts* (*Llên y Llenor*), (Caernarfon: Gwasg Pantycelyn, 1994), t. 14.

[3] Eigra Lewis Roberts, *Kate Roberts* (*Llên y Llenor*), (Caernarfon: Gwasg Pantycelyn, 1994), t. 14.

[4] Gweler: Islwyn Ffowc Elis, 'Nofelau Castell-nedd', yn J. E. Caerwyn Williams (gol.) *Ysgrifau Beirniadol XVI* (Dinbych: Gwasg Gee, 1990), t. 174.

[5] Alan Llwyd, *Kate: Cofiant Kate Roberts* (Talybont: Y Lolfa, 2011), t. 166.

[6] Dafydd Ifans (gol.) *Annwyl Kate, Annwyl Saunders* (Aberystwyth: Y Llyfrgell Genedlaethol, 1992), t. 104.

[7] Kate Roberts, 'Y Nofel Gymraeg' yn David Jenkins (gol.), *Erthyglau ac Ysgrifau Llenyddol Kate Roberts* (Abertawe: Christopher Davies, 1978), t. 230. Cyhoeddwyd gyntaf yn *Y Llenor*, Cyf. VII, 1928.

[8] Ibid., t. 233.

[9] Ibid.

[10] Ibid.

[11] Llwyd, *Kate: Cofiant Kate Roberts*, t. 172.

[12] Ibid., t. 213.

[13] Roedd Vera Brittain yn ffeminist a heddychwraig (1893–1970), mae'n fwyaf enwog am ei chyfrol *Testament of Youth* sy'n disgrifio'i phrofiadau yn ystod y Rhyfel Byd Cyntaf.

[14] Llwyd *Kate: Cofiant Kate Roberts*, t. 166.

[15] Lewis Roberts, *Kate Roberts*, t. 45.

[16] Llwyd, *Kate: Cofiant Kate Roberts*, t. 37.

[17] Ifans, *Annwyl Kate, Annwyl Saunders*, t. 110.

[18] Ibid., t. 111.

[19] Ibid.

[20] Ibid., t. 112.

[21] Lewis Roberts, *Kate Roberts*, t. 63. Sgwrs wreiddiol yn *Yr Arloeswr*, 1958.

[22] Kate Roberts, *Traed Mewn Cyffion* (Llandysul: Gwasg Gomer, 2014), t. 122.

[23] Ibid., t. 29.

[24] Ibid., t. 92.

[25] Sgwrs â Derec Llwyd Morgan, *Cylchgrawn*, 1968, t. 94.

[26] Llwyd, *Kate: Cofiant Kate Roberts* t. 17, yn wreiddiol o 'Tyddynwyr Cymru', *Y Faner*, Chwefror 9, 1949.

[27] *Traed Mewn Cyffion*, t. 58.

[28] Ibid, t. 85.

[29] Ibid.

[30] Ibid., t. 86.

[31] Ibid., t. 87.

[32] Ifans, *Annwyl Kate, Annwyl Saunders*, t. 111.

[33] *Traed Mewn Cyffion*, t. 83.

[34] Ibid., 84.

[35] Ibid., t. 60.

[36] Ibid., t. 46.

[37] Ibid., t. 64.

[38] Ibid., t. 138.

[39] Ibid., t. 140.

[40] Ibid., t. 148.

[41] Ibid., t. 151.

[42] Ibid., t.148.

[43] Ibid., t. 149.

[44] Ibid.

[45] Ibid.

[46] Ibid., t. 161.

I

SWN PRYFED, sŵn eithin yn clecian, sŵn gwres, a llais y pregethwr yn sïo ymlaen yn felfedaidd. Oni bai ei fod allan yn yr awyr agored buasai'n drymllyd, a buasai mwy na hanner y gynulleidfa'n cysgu. Dyma'r Sul ym Mehefin pan gynhaliai Methodistiaid Moel Arian eu cyfarfod pregethu. Gan fod y capel yn fychan a'r dynfa i gyfarfodydd pregethu yn 1880 yn un gref, cynhelid ef ar gae. Cludid y pregethwr ymlaen ar lanw ei huodledd ei hun. Yr oedd popeth yn fanteisiol iddo: tyrfa fawr o'i flaen; tywydd tawel, poeth; cantel yr awyr yn las ac yn bell; y môr yntau'n las ar y gorwel; a chylch o fynyddoedd y tu cefn iddo. Yr oedd pobl a natur yn gynulleidfa iddo, a châi yntau rwyfo pregethu heb deimlo dim yn cau ar ei wynt ond ei goler a'i ddillad. Yr oedd ef ei hun yn fwy urddasol na'i bulpud – y drol a'r llorpiau i fyny. Yn wir, mewn capel fe gâi sylw'r holl gynulleidfa, oblegid yr oedd rhywbeth atyniadol yn ei wyneb, gyda'i drwyn Rhufeinig yn camu dros wefus uchaf lân; ei lygaid glas, addfwyn; ei wallt cringoch tonnog, a'i locsyn clust llaes. Fel yr oedd, yr oedd llygaid llawer arno, y rhai oedd ar flaen y dyrfa; ond yr oedd anniddigrwydd ar y cyrion, ymhlith y merched gan mwyaf, eu hesgidiau newydd yn eu gwasgu, eu staesiau newydd yn rhy dynn, a choleri uchel eu ffrogiau newydd yn eu mygu. Sychent y chwys oddi ar eu hwynebau a symudent le eu traed yn aml.

Un o'r rhai hyn oedd Jane Gruffydd, oedd newydd briodi ag Ifan, mab y Fawnog. Yr oedd hi ers meitin bron â griddfan o eisiau mynd adref. Yr oedd ei gwasg gyda'r meinaf o ferched y gynulleidfa, ar draul tynnu mawr ar garrai ei staes cyn cychwyn i'r oedfa. Ei thimpan hi oedd y fwyaf ar y cae, sidan ei ffrog hi oedd y trymaf a'r sythaf yno, ganddi hi yr oedd mwyaf o ffrils ar ei ffrog a'r bluen drymaf ar ei het. Yr oedd llygaid llawer o'r merched arni hi, oblegid gan ychydig iawn ohonynt yr oedd ffrog sidan a safai ar ei phen. Ffrensh merino oedd y gorau y gallent ei fforddio, ac yr oedd cadwyn aur i grogi oddi wrth fotwm eu bodis y tu hwnt iddynt. Edrychai llawer ar Jane Gruffydd o gywreinrwydd mwy na chywreinrwydd dillad, oblegid aethai Ifan y Fawnog i dueddau Llŷn i chwilio am wraig. Yr oedd hi yn dal, ac yn dal ei dillad yn dda. Nid oedd yn brydferth ar wahân i'w gwallt, a wnaed heddiw yn isel ar ei gwddf, ond yr oedd cryfder yn ei hwyneb. Gwyddai Jane, fel dynes ddieithr, ac fel gwraig newydd a honno'n ddynes ddieithr, ei bod yn cael sylw, a phe na bai ond oblegid hynny, gweddïai am i'r pregethwr orffen. Yr oedd dan ei cheseiliau'n diferu o chwys, a meddyliai am y difrod ar ei ffrog. Eithr âi'r pregethwr ymlaen, a'i lais wedi codi i hwyl erbyn hyn.

Nid oedd hi'n gynefin â phregeth hir, oblegid Eglwysreg oedd hi cyn priodi. Byddai'n siŵr o gael gwasgfa yn y munud os na thawai'r dyn, a gallai merched y gynulleidfa roi eu hesboniad eu hunain ar hynny, ac efallai y byddent yn iawn o ran hynny. Ond, diolch, dyma fo'n gorffen, a phan ddechreuodd y gynulleidfa ganu, medrodd ddweud wrth Ifan am ddyfod â'i ffrindiau am gwpanaid o de, ei bod hi am frysio adref i roi'r tegell ar y tân. Piciodd ei ffordd yn gyflym trwy fuarth y fferm, gan dynnu yn y brêd oedd am ei chanol, a thrwy hynny godi'r efail oedd yn cydio yng nghynffon ei sgert. Wedi cyrraedd y tŷ tynnodd ei dillad, gorweddodd ar ei gwely a rowliodd arno o fwyniant cael rhyddhad. Rhoes ei staes gwisgo amdani, a bodis a sgert noson waith a barclod gwyn o'i blaen. O drugaredd, dechreuasai hwylio te cyn myned i'r bregeth.

Yr oedd llond y bwrdd o bobl yn yfed te a ddaethai o bellter ffordd i'r cyfarfod pregethu, ac yr oedd Jane wrth ei bodd. Disgleiriai'r tŷ, yr hen dresel a'r cloc a gafodd gan ei mam a'r hen gadeiriau derw, ac yr oedd y bwyd yn dda. Ac mor falch oedd hi bod ganddi ddigon o'r platiau bach gwydr ffasiwn newydd yma i roi un i bob un o'r bobl ddieithr i ddal ei jam a'i deisen. Edrychai ar Ifan yn awr ac yn y man; nid oedd ef wrth ei fodd yn hollol. Eto, yr oedd felly ychydig amser yn ôl, yn mwynhau'r bregeth, a hithau'n edrych arno gydag edmygedd, yn ei gôt a'i wasgod ddu a'i drywsus rhesi du a gwyn. Ond yn awr yr oedd â'i ben yn ei blu, ac yn gwgu bob tro y siaradai rhyw ddynes bach a alwent yn Doli. Nid adwaenai Jane neb o'r bobl, ond ceisiai fod yn groesawgar am eu bod yn bobl yr hoffai Ifan iddynt ddyfod yno i gael te. Mae'n rhaid bod rhywbeth yn bod ar Ifan cyn y buasai'n dawedog gyda'i ffrindiau. Efallai ei fod yn ddu am iddi redeg adref cyn y diwedd. Wel, dyna fo, yr hyn a wnaed a wnaed. Siaradai'r Doli yma fwy na neb, a thra disgwyliai am de troai ei llygaid i bob congl o'r gegin, a phan godai Jane i roi dŵr ar y tebot dilynai llygaid Doli bob llinell ar ei chorff. Bob tro y dywedai rywbeth â thuedd canmol ynddo, yr oedd gwên hanner gwawdus yng nghil ei genau, megis pan ddywedodd am y platiau, 'Mae gynnoch chi steil garw yma.'

Ac wedyn yn y siamber wrth roi ei het cyn cychwyn i oedfa'r nos:

'Diar, *mae* gynnoch chi le crand, bwr molchi a bwr glas a phob dim.'

'Gin mam y ces i 'rhain.'

Byrddau mahogani oeddynt, a bwrdd yr un ymolchi o farmor gwyn.

Yn ôl trefniant, nid aeth Jane i'r capel y noswaith honno, ac wrth gychwyn gyda'r ymwelwyr, troes Ifan olwg hanner ymbilgar, hanner ymddiheurol ar ei wraig. Meddyliai hithau mor dda yr edrychai yn ei siwt briodas.

Llusgai'r gwartheg o dow i dow at y beudy. Llyfent eu bran bras a'u hindia corn yn ddiamynedd wrth glymu'r aerwy am eu gyddfau, a chysgent wrth ben eu traed wedi gorffen. Eisteddai Jane ar stôl, a'i phen yn gorffwys yn anwesol ar dynewyn y fuwch, yn edrych i gyfeiriad y môr. Yr oedd pob man yn ddistaw, ac yr oedd bodlonrwydd yn ei llygaid hithau wrth edrych i lawr dros y gwastadedd tawel. Ni theimlai'n hollol fodlon, chwaith. Meddyliai am y bwrdd te. Yr oedd rhywbeth yn bod. Yna meddyliodd am y ffustion i'w golchi yfory, gwaith anghynefin iawn iddi hi.

Aeth i ddanfon y gwartheg yn ôl i'r cae. Ni roent un cam o flaen y llall. Ceisiai Jane wneud iddynt frysio trwy roi ei llaw ar grwmp yr olaf a'i gwthio. Âi'r haul i lawr tros y môr y tu ôl iddynt, a theflid ei chysgod hi a'r gwartheg yn fawr o'u tu blaen, a gwneud i'r gwartheg ymddangos fel petaent am ddal i fynd am byth. Yr oedd un 'bron dropio', a châi drafferth i fynd trwy'r adwy. Yr oedd sŵn y pistyll wrth ddisgyn i'r pwll yn sŵn caled, eglur yn nhawelwch y noson. Nid oedd dim arwydd bywyd yn unman, ar wahân i ambell ddyn a welid allan am dro gyda babi mewn siôl, tra byddai ei wraig yn y capel, ac ambell ddyn sâl yn eistedd wrth ei ddrws.

Daeth Ifan adref yn gynnar, wedi rhedeg cyn y seiat, a chyn i Jane gael dweud dim, byrlymiodd allan, 'Fedrwch chi byth faddau imi, Jane?'

'Am beth, trwy gymorth?'

'Am i'r Doli yna ddŵad yma i de.'

'Pam, doedd hi ddim i fod i ddŵad?'

'Nag oedd,' a churodd ei ddwrn ar fraich y gadair: 'Sleifio yma yn sgil Bob Owen wnaeth hi; mae pobol yn meddwl y cân' nhw wneud peth felly adeg cwarfod pregethu. Ofynnis i ddim iddi hi o gwbl. Y gnawes ddigwilydd iddi, mod i'n dweud ffasiwn beth ar ôl pregeth dda.'

'Wel, wir, doeddwn innau ddim yn 'i licio hi. Roedd hi'n canmol gormod mewn ffordd rhy sbeitlyd.'

Yn y fan yna y cafodd Ifan egluro i'w wraig mai hon oedd Doli Rhyd Garreg, y bu'n ei chanlyn ac yn meddwl ei phriodi rywdro. Ond pan laddwyd ei dad yn y chwarel, a phan ddisgynnodd dyletswyddau penteulu ar ei ysgwyddau gan mai ef oedd yr hynaf o'r plant a oedd heb briodi, bu'n rhaid iddo ohirio priodi. Mi flinodd Doli aros, ac mi ddechreuodd gyboli efo bechgyn eraill. Gorffennodd hynny yntau.

'Rydw i'n gweld rŵan pam yr oedd arni eisiau dŵad yma i de,' ebr ei wraig. 'Mae'n dda iawn gin i 'mod i wedi tynnu fy nhipyn gorau allan i'w roi ar y bwrdd.'

II

Y BORE LLUN ar ôl y cyfarfod pregethu, tybiodd Sioned Gruffydd, mam Ifan, yn ddoeth fyned i ymweld â'i merch yng nghyfraith i'r Ffridd Felen. Yr oedd Geini ganddi hi i olchi, ac nid oedd ddim gwahaniaeth ganddi faint o drafferth a olygai ei phresenoldeb hi yn nhŷ neb ar ddiwrnod golchi. Yr oedd yn rhaid iddi ymweld â'i merch yng nghyfraith rywbryd, ac nid oedd waeth bore Llun mwy na rhyw fore arall ym meddwl Sioned Gruffydd. Mae'n debyg na allai fod yn siaradus iawn â Jane, ond fe roddai cyfarfod pregethu'r diwrnod cynt destun sgwrs, beth bynnag.

Ar y pryd yr oedd Jane wrthi'n sgwrio ffustion ar hen fwrdd, allan yn ymyl y pistyll. Yr oedd wrthi'n sgwrio'r trywsus melfaréd o'r dŵr cyntaf, a'r dŵr yn sucio allan ohono o flaen y brws yn llwyd ac yn dew. Cymerai gefn ei llaw a ddaliai'r brws i hel y chwys oddi ar ei thalcen ac i hel cudynnau ei gwallt yn ôl. Yr oedd y crysbais lliain yn berwi ar y tân yn y tŷ.

'Hei,' meddai rhywun o gyfeiriad y tŷ, a rhedodd hithau yno. Syrthiodd ei chalon pan welodd mai ei mam yng nghyfraith ydoedd. Yr oedd yn gas ganddi dorri'r garw â'i mam yng nghyfraith, ac yr oedd yn gasach ganddi wneud hynny pan oedd arni eisiau mynd ymlaen â'i gwaith.

'Peidiwch â rhoi gorau iddi,' meddai Sioned Gruffydd, 'mi ro i 'nghlun i lawr yn fan yma,' ac eisteddodd ar garreg yn ymyl y pistyll.

Nid oedd Jane am wneud gwaith anghynefin iddi, megis sgwrio ffustion, o flaen llygaid beirniadol ei mam yng nghyfraith.

'Na, mi ddo i i'r tŷ rŵan,' meddai Jane, 'roeddwn i'n mynd i gael paned fy hun rŵan ar ôl rhoi'r trywsus yma ar y tân.'

A chymerodd y trywsus oddi ar y bwrdd a'i strilio mewn pwced lân o dan y pistyll, a'i gario wedyn i'r tŷ.

'Hen waith trwm ydi golchi ffustion,' meddai Sioned Gruffydd.

'Ia, ond mi gynefina i efo fo,' meddai Jane.

'Dwn i ddim; mi welwch olchi dillad chwarelwr yn beth na chynefinwch chi byth efo fo.'

'Wel, doeddwn i ddim yn gynefin efo unrhyw waith yn wyth oed, ond mi roeddwn i'n ddigon cynefin efo fo yn ddeunaw, ac mi gynefinaf efo hyn yr un fath.'

'Ac mi ddaw rhagor o siwtiau i'w golchi fel yr ewch chi'n hŷn,' meddai'r fam yng nghyfraith.

'Ac ella y bydd gin innau ferched i fy helpu wedyn,' meddai'r ferch.

Ceisiai Jane roi ei dant ar ei thafod gorau y medrai, ond ni allai, oblegid ni chlywsai ddim am ei mam yng nghyfraith hyd yn hyn ac ni welai ddim ynddi ar y munud hwn a'i tynnai hi ati.

Rhoes Jane y trywsus yn y sosban. Tynnodd y sosban i ochr y tân a rhoes y tecell yn ei lle. Nid oedd ganddi ddim ond bara ac ymenyn a chaws i'w gynnig i'w hymwelydd.

'Sut roeddach chi'n licio'r bregeth ddoe?' gofynnodd Sioned Gruffydd ar drywydd arall.

'Yn eitha, am wn i, ond 'i bod hi'n rhy hir o lawer ar bnawn poeth.'

'Wel, ia; i rywun â chanol go fain, yr oedd hi'n flin iawn i sefyll.'

'Mi roeddwn i'n gweld y dynion yn edrach llawn mor flin â'r merched.'

'Siŵr iawn, dydach chi ddim wedi arfer efo pregethau hir yn yr Eglwys.'

'Naddo, ond mi rydan ni wedi arfer efo sefyll hir.'

'P'run ynta i'r Eglwys ynta i'r Capel ydach chi'n meddwl yr ewch chi?'

'Dibynnu sut y licia i'r eglwys yma. Mae hi'n bell, ond os licia i hi, waeth gin i am y pellter.'

'Dydw i ddim yn meddwl y licith Ifan i chi fynd i'r Eglwys.'

'Mae Ifan a finna wedi siarad am bethau fel yna cyn priodi, a dydi o ddim o'r ots ganddo fo ble'r a' i.'

'Mi fasa'n rhyfedd iawn gin 'i dad o feddwl 'i fod 'n deud pethau'r un fath.'

'Oedd tad Ifan yn gapelwr selog felly?'

'Oedd, yn eno bobol. Y fo oedd un o'r rhai ddechreuodd gadw sŵn am fildio capel i fyny yma. Mi fasa'n rhyfedd iawn ganddo fo feddwl y basa neb o'i deulu o yn pasio'r Capel i fynd i'r Eglwys.'

'On'd dydi o'n beth da na fedar y marw ddim meddwl o gwbl!'

Cymerodd Sioned Gruffydd arni ddychryn gan y fath gabledd.

'Ro'n i'n clywed bod gynnoch chi lot yma yn 'u te ddoe.'

'Oedd.'

'Mi roedd Geini wedi meddwl yn siŵr cael dŵad.'

'Wel, pam na fasa hithau'n dŵad, ynta? Mi fasa pob croeso iddi. Mi ddois i o'r bregeth dipyn yn gynt na'r bobol, ac mi adewais ar Ifan i ddwad â neb fynnai o efo fo.'

'Mi roedd Doli Rhyd Garreg yma, on'd toedd hi?'

'Oedd; dyna i chi un ddoth heb 'i gwadd.'

'Ia; mae'n debyg 'i bod hi'n teimlo'n ddigon hy ar Ifan.'

'Doedd ar Ifan ddim o eisio'i gweld hi.'

'Fasa raid iddo fo ddim bod felly. Hogan nobl iawn ydi Doli.'

Teimlai Jane holl ddicter ei natur yn codi i'r wyneb.

'Do, mi fuo'n nobl iawn wrthoch chi, i chi fedru cadw Ifan cyd.'

'Mi roedd hynny'n lwc i chi.'

'Wada i ddim o hynny, a fedrwch chitha ddim gwadu na fuo hynny'n fwy o lwc i chi.'

'Dwn i ddim; ella basa'n well i Ifan fod wedi priodi'n fengach.'

'Mae'n debyg y basa'n well i Doli, neu rywun arall, ond nid i chi, nac i minnau.'

'Mi fasa Doli wedi gneud gwraig dda iddo fo.'

'Ac mi fasa Ifan wedi gneud gŵr da iddi hithau, ond mi wnaeth well mab i chi.'

Dywedodd Jane hyn yn berffaith hunan-feddiannol, a thawodd Sioned Gruffydd.

Wedi iddi fynd, teimlai Jane yn gas wrthi hi ei hun am ateb ei mam yng nghyfraith mor bigog ar ei hymweliad cyntaf. Ond fe'i cysurai ei hun iddi gael digon o demtasiwn i hynny. Ni phoenai o gwbl ynghylch pigo Sioned Gruffydd, ond poenai wrth feddwl y gallai Ifan gael ei frifo drwy hynny.

Rhoes y sosban olchi ar y tân eilwaith, ac aeth ati i lanhau'r gegin tra byddai'r dillad yn berwi. Aeth â hwy drachefn at y pistyll, a dyma rywun yn gweiddi 'Hei!' wedyn. Geini, chwaer Ifan, oedd yno'r tro hwn, a dychrynodd Jane.

'Peidiwch â dychryn,' meddai Geini, 'mi fyddwch wedi syrffedu ar weld 'yn teulu ni heddiw. Mi redais i lawr rhag ofn bod Mam wedi bod yn gas wrthoch chi.'

'Mae arna i ofn mai fi fuo'n gas wrth 'ych Mam,' meddai Jane.

'Eitha gwaith i rywun roi 'i ofn arni hi; ond dowch weld, mi orffenna i olchi'r ffustion yma i chi. Rhowch fenthyg 'ych barclod bras i mi.'

A chan gipio'r brws sgwrio, dyma hi'n dechrau arnynt gyda breichiau cryfion oedd yn noethion eisoes.

'Mi reda i i'r tŷ, ynta,' meddai Jane, 'ac mi wna i grempog neu ddwy i de.'

Ymhen hanner awr daeth Jane i alw ar Geini am de, ac yr oedd hithau wrthi'n pegio'r ffustion ar y lein yn y cae.

'Rhaid i chi beidio â malio ym Mam,' meddai Geini, 'mi alla i ddyfalu beth ddeudodd hi wrthoch chi'r bora yma. Nid o'i cho wrthoch chi y mae hi, ond o'i cho wrth Ifan am briodi o gwbl. Ydach chi'n gweld, dynes ydi Mam ag eisio dyn i'w chadw bob amser, a phan laddwyd 'y nhad mi lenwodd Ifan y bwlch yn rhy dda.'

'Mi roedd yn biti iddo fo briodi o gwbl, felly.'

'Dim o gwbwl; mi gafodd mam Ifan yn ddigon hir i hel pres ar 'i gorn o, ac mi gafodd pob un o'r plant eraill fynd â'u pennau yn y gwynt, heb gynnig help llaw o gwbwl. Mi wnaiff les mawr i Mam fod ar 'i liwt 'i hun.'

'Y peth gwylltiodd fi fwya,' meddai Jane, 'oedd 'i chlywed hi'n canmol y Doli yna.'

'Mam yn canmol Doli!' Chwarddodd Geini'n uchel. 'Chlywis i 'rioed siwn beth. Doedd ganddi 'rioed air da iddi nes priododd hi efo'r Stiward Bach yna. Ond na hitiwch chi befo Mam; rydw i'n credu, ar 'i golwg hi'r bora 'ma, 'ych bod chi wedi gneud y peth gora ar 'i lles hi. Mae hi wedi gweld 'i bod hi wedi taro ar 'i mats. Mi gewch lonydd ganddi hi rŵan. Ond tae waeth, mae'r crempogau yma'n dda.'

'Dowch, mae yma ddigon ohonyn nhw; mi rois i hufen o'r pot llaeth cadw ynddyn nhw.'

A llithrodd y crempogau brau a fwydwyd mewn menyn oddi ar y fforc ar blât Geini.

'Ylwch,' meddai Geini wrth ymadael, 'rhaid inni fynd i weld Nain ryw ddiwrnod; rydw i'n siŵr y liciwch chi hi.'

III

YR OEDD yn ddiwrnod poeth yn niwedd Mehefin, a Jane a Geini'n croesi'r Waun Goch i gyfeiriad Allt Eilian i edrych am nain Geini, mam ei thad. Pigent eu ffordd hyd lwybrau defaid, rhwng eithin a grug. Weithiau cydiai conglau eu sgerti llaes mewn brigyn eithinen, ac wrth iddynt godi eu sgerti, pigai'r eithin eu coesau. Dawnsiai'r gwres o flaen eu llygaid fel gwybed. Clywid sŵn cerrig yn disgyn o domen y chwarel, ac yn y pellter eithaf clywid saethu Llanberis fel terfysg o bell. Yr oedd gwlad eang o'u blaenau ac o'r tu cefn iddynt, ac ar y chwith ymestynnai'r môr.

Troai Jane ei golygon yn ôl o hyd i gyfeiriad yr Eifl, a deuai pang o hiraeth iddi wrth feddwl am ei chartref y tu hwnt iddynt. Yr oedd y wlad o'i chwmpas yn hollol ddieithr iddi. Nid ei chynefin hi oedd clywed saethu chwarel na gweld tomennydd rwbel. Acw y tu hwnt i'r Eifl yr oedd ffermydd eang a'r tai yn bell oddi wrth ei gilydd, yn edrych i'r llygaid yn oer ac anghymdogol, ond a oedd yn wir i'r sawl a'u hadwaenai yn gyfeillgar a chroesawus. A dyma hi, Jane Sarn Goch, ymhlith estroniaid, mewn gwlad lle'r oedd tai'n amlach ond yn llai cyfeillgar iddi hi. Beth a wnâi ei mam a'i thad rŵan, tybed? Ar eu te, mae'n debyg.

'Fydd arnoch chi hiraeth?' meddai Geini, wrth ei gweld yn troi i edrych am tua'r pumed tro.

'Ambell bwl,' meddai hithau, 'dim ond eisio picio am dro bach, a rhedeg yn f'ôl fydd arna i. Mi ddof yn well efo amser.'

'Dowch, mi gawn dipyn o hwyl efo Nain; un o Lŷn ydi hithau o'i chychwyn.'

Bywiogodd Jane drwyddi.

Eisteddai Betsan Gruffydd wrth y tân yn yr agwedd ddisgwylgar honno sy'n nodweddu hen bobl, agwedd o ddisgwyl am ddim byd. Aeth Geini i mewn ar ei hunion tan weiddi, 'Oes yma bobol?'

A daeth llais o'r gongl: 'Pwy sy 'na?'

Rhoes yr hen wraig ei llaw ar ei thalcen rhyngddi a'r ffenestr a'r haul.

'O, Geini, chdi sy 'na, a phwy ydi'r ddynas ddiarth yma sydd efo chdi?'

'Jane, gwraig Ifan, wedi dŵad i edrach amdanoch chi.'

'A sut ydach chi, 'ngenath i?' meddai'r hen wraig gan estyn ei llaw.

'Steddwch', a rhoes ei chadair, cadair hanner cron, i Jane.

Gwisgai'r hen wraig bais stwff, a bodis yn cyrraedd yn llaes drosti, a barclod glas a gwyn. Yr oedd ganddi gap gwyn am ei phen, a ffrilin o les o gwmpas ei ymyl. Clymai'r cap o dan ei gên, a gwisgai het bach ddu gron arno wedyn. Rhwng llinynnau ei chap a'i siôl frethyn gellid gweled ei thagell yn llinynnog. Yr oedd ganddi ddodrefn o dderw tywyll – dresel, cloc a chwpwrdd deuddarn, a sgelet bres yn hongian ar ochr y dresel oedd yn llawn o lestri hen-ffasiwn. Ar y parwydydd yr oedd darluniau o wahanol aelodau o'r teulu ar wahanol gyfnodau.

'Geini,' meddai'r hen wraig, 'trawa ddiferyn o ddŵr yn y teciall yma.'

Yna rhoes bwniad i'r tân a rhoi rhagor o luod arno, oni thorrodd fflam trwyddo.

'Ydach chi'n meddwl y liciwch chi hyd y fan yma?'

'Ydw wir; mae hi dipyn yn chwithig ar y dechrau.'

'Mi ddowch chi unwaith y cewch chi blant, mi fydd 'ych gwreiddyn chi wedi gafael wedyn.'

'Geini,' (a ddaethai â'r tegell erbyn hyn) 'hwylia de inni, 'ngenath i.'

'Wyddoch chi,' (wrth Jane) 'rydw i wedi mynd, does arna i ddim eisio bwyd am 'i fod o'n ormod o drafferth 'i hwylio fo.'

'Ac yldi,' meddai hi wrth Geini ymhellach, 'dos i chwilio nythod yr ieir am wya. Mae pobol Llŷn yn licio wya; mi fyddwn i'n cael dau wy p'le bynnag yr awn i i de.'

Chwarddodd Jane, gan ddechrau teimlo'n gartrefol.

'O Lŷn y dois inna i ddechra, 'wchi. Ond does gin i fawr o go' am fyw yno. Pedair oed o'n i'n dŵad hyd y fan yma, ond ar ôl imi ddwad yn ferch ifanc mi fuom yno unwaith ryw ben-tymor pan oeddwn i wedi drysu efo lle. Roeddwn i'n gweini mewn ffarm go fawr i lawr yng ngwaelod y plwy yma, ac mi roedd y gwaith yn rhy drwm. Mi rois y gora i fy lle cyn cael un arall, a doedd yna ddim lle imi gysgu gartra, wedyn mi es at Nain i Lŷn. Mi gerddis yno bob cam. Ond,' meddai'r hen wraig, gan ysnachu a rhoi ei llaw ar ben-glin Jane a siarad yn ddistaw,

'Sut mae hi rhyngoch chi â Sionat? Fuo hi acw eto?'

'Do, bora Llun dwaetha.'

'Oedd hi'n o glên?'

'Wel, na; mae arna i ofn 'mod i wedi bod yn o breplyd.'

'Fedrach chi ddim bod yn rhy breplyd efo Sionat, dyffeia i.'

A chan bwyso'n agos i Jane nes oedd ei phen bron yn y simne, sisialodd,

'Hen gnawas ydi Sionat, 'mod i'n deud ffasiwn beth am fy merch yng nghyfraith. Mi ddioddodd Wiliam lawer gynni hi, a roth hi ddim ochenaid ar 'i ôl o – y criadur gwirion. Mi ddoth i ryw ddiwadd rhyfadd.'

''I ladd gafodd o, yntê?'

'Ia, ar ganiad ryw noson. Roedd o wrthi yn hel i betha at 'i gilydd, ac yn cychwyn i fyny'r ystol, pan ddoth rwb mawr i lawr. Ond fuo Sionat ddim ar ôl o ddim. Mi fuo Ifan yn fab iddi ac yn dad i'r plant yna, a'r rhan fwya o'r rheini'n ddigon tebol i wneud llawn cimint ag yntau. Mwya'n y byd wnewch chi, mwya'n y byd gewch chi wneud. Peidiwch chi â bod yn rhy wirion yn y dechra, 'ngenath i. Sticiwch chi at 'ych stondin os treith Sionat 'ych cael chi o dan 'i bawd.'

Ar hyn daeth Geini i'r tŷ.

'Hen ieir gwael am ddodwy sy gynnoch chi, Nain.'

'Faint gest ti?'

'Pedwar.'

'O, mi wnaiff y tro. Dyro ddau bob un i chi 'ych dwy ar y tân, ac un i minnau; mae yna un yn y bowlan ar y dresel.'

'Ia, deud yr oeddwn i,' meddai'r hen wraig, 'mod i wedi bod yn aros efo Nain ym Mynydd y Rhiw. Welis i 'rioed bobol ffeindiach yn 'y nydd. Roedd Nain a finnau wedi cael gwadd i de bob dydd bron, a dyna fyddan ni'n 'i gael oedd wya – byth un ond dau – ne bennog hallt wedi'i ferwi ar ben tatws trwy'u crwyn, ne ledan hallt wedi'i ffrio.

'A doedd yno ddim tŷ gwerth i chi alw'n dŷ yr adeg honno, mwy nag oedd ffordd yma, os oedd yma dai ffordd yma o gwbwl. Dim ond rhyw bedair wal a tho gwellt oedd tŷ yr adeg honno, tân mawn ar lawr, a dau wely wenscot a'u cefnau at 'i gilydd a'u talcenni at lawr y gegin. Pan fyddai corff yn y tŷ roedd yn rhaid i chi gysgu yn yr un fan â'r arch. Diar, mae pethau wedi newid. Mae gin bawb ddwy siamber braf rŵan.'

Mwynhaodd y tair eu te ar y bwrdd crwn gwyn heb ddim lliain.

Ar y ffordd adre dros y mynydd, ni allai Jane lai na gwenu wrth feddwl am yr hen wraig yn ysnachu i gael cefn Geini i ladd ar ei merch yng nghyfraith. Mae'n amlwg mai'r un fath yr oedd pob oes. Eto, teimlai'n nes at yr hen wraig na thuag at neb o'i theulu yng nghyfraith ond Geini, er gwaethaf ei annheyrngarwch, neu efallai, oherwydd hynny – neu ynteu am ei bod yn hanfod o Lŷn. Rhyfedd pethau cyn lleied a dynnai bobl at ei gilydd yn rhwymau cyfeillgarwch.

IV

EISTEDDAI ELIN, y babi hynaf, ar ben y bwrdd, fel pocer, wedi
cael rhybudd pendant nad oedd i symud. Ar y munud nid oedd
arni awydd gwneud, gan ei bod mor boeth, a llinyn ei bonet yn
crafu dan ei gen. Ar y gadair siglo eisteddai'r fam yn bustachu
gwthio ffrog dros ben y babi lleiaf – Sioned, a honno'n gwrthod yn
lân rhoi ei braich drwy dwll y llawes, ond yn mynnu mynd â'i dwrn
i'w cheg a gollwng glafoerion am ben ei ffrog lân yn gynt nag y
medrai ei mam roi bib o'i blaen. Prin y medrai'r olaf ei dal ar ei glin
wrth roi ei chlwt a chau ei brat gan mor fywiog ydoedd.

Yna rhedodd eu mam â'r ddau fabi i'r goets bach a safai ar y
cowrt o flaen y tŷ, a rhoi'r ddwy i eistedd wrth ochrau ei gilydd ar
sêt hir y goets bach hen-ffasiwn honno. Yna eu strapio'n dynn rhag
i'r babi lleiaf syrthio, a thynnu'r oilcloth dros eu traed wedyn.
Meddyliai eu mam weithiau nad oedd mynd â'r plant allan am dro
fel hyn yn werth y drafferth o ruthro efo'i gwaith yn y bore. Tylinai
weithiau dros nos, a rhoi tân dan y popty am bump y bore er mwyn
medru gwneud hynny. Byddai wedi ymlâdd cyn cychwyn. Ond yr
oedd siawns cadw'r plant yn ddiddig a siawns am sgwrs gyda
rhywun ar y ffordd wrth fynd â'r plant allan.

Gyda dwy fuwch a llo, dau fochyn, a dau fabi, un yn ddwyflwydd
a chwarter a'r llall yn hanner blwydd, nid oedd ganddi amser i
fyned i dŷ neb petai arni eisiau. Ni fedrai fynd i dŷ neb am 'de ddeg'
fel y gwnâi merched y tai moel. I un na wyddai hanes yr ardal,
llawn cystal oedd hynny, gan na buasai'n deall bob amser y
cyfeiriadau yn y 'mân siarad' a ddigwydd ar 'de ddeg'. Mwynhâi
fyned â'r plant allan fel hyn, mwynhâi wisgo amdanynt yn eu
ffrogiau coch caerog, eu peisiau gwynion a gwaith edau a nodwydd
ar eu godre, a'u boneti startsh. Teimlai fod bywyd yn braf. Hyd yn
hyn ni chafodd deimlo oddi wrth brinder. Deuai arian y moch i
dalu'r dreth a llog yr arian a fenthyciwyd i brynu eu tyddyn, ac

weithiau medrent dalu ychydig o'r hawl o'r cyflog. Rhyw ddiwrnod caent orffen talu hwnnw, a byddai'r tyddyn yn eiddo iddynt.

Meddwl am bethau fel hyn a wnâi Jane Gruffydd wrth yrru'r goets i gyfeiriad y mynydd. Gresynai ambell funud nad oedd y ddau blentyn o'i blaen yn fechgyn – fe ddoent â mwy o arian i'r tŷ na genethod. Ond, yn wir, yr oedd Elin a Sioned yn bethau del iawn. Iddi hi o'r tu ôl, edrychent yn ddigrif, pigau eu boneti'n sefyll yn syth i fyny a gwallt modrwyog melyn Sioned yn sbecian trwy dyllau'r gwaith edau a nodwydd. Pwysai hi ei hun ymlaen ar y strap yn ei hawydd am gyrraedd at unrhyw beth. Eisteddai Elin yn syth, gan roi ambell slap i Sioned.

Cyraeddasant y ffordd drol a arweiniai i'r mynydd, yr un mynydd yr aethant drosto wrth fyned i dŷ nain Ifan. Yr oedd y ffordd yn gul ac yn galed dan draed. O boptu yr oedd y grug a'r eithin, y mwsogl llaith a'r tir mawn. Yr oedd yr eithin yn fân ac ystwyth a'i flodau o'r melyn gwannaf megis lliw briallu, a'r grug cwta'n gyferbyniad iddo ef a'r tir tywyll oedd o'i gwmpas. Rhedai ffrydiau bychain o'r mynydd i'r ffordd, a llifent ymlaen wedyn yn ddŵr gloyw hyd y graean ar ei hochr. Weithiau rhedai'r ffrwd i bwll ac arhosai felly. Croesai llwybrau'r defaid y mynydd yn groes ymgroes ymhob man, a phorai defaid a merlod mynydd llaes eu cynffonnau hyd-ddo. Yr oedd popeth a gysylltid â'r mynydd yn fychan – yr eithin, y mwsogl, y defaid, y merlod. Torrid ar y tawelwch gan lef y gornchwiglen a hedai ar ei rhawd ac a ddisgynnai'n sydyn ar y mynydd ac wedyn rhedeg at ei nyth mewn twll – ôl pedol ceffyl, efallai.

Hoffai Jane gymryd sbel a thynnu'r plant o'r goets a'u rhoi i eistedd ar siôl ar y mynydd, a hi ei hun yn breuddwydio. Breuddwydio am ei bywyd ei hun a wnâi. Ni châi amser ond ar ryw brynhawn diog fel hyn ym mis Mai i feddwl a oedd hi'n hapus ai peidio. Nid yn aml y gofynnai'r cwestiwn iddi hi ei hun. Yr oedd yn hapus iawn yn ystod ei thymor caru; ond yr oedd ganddi ddigon o synnwyr i wybod nad ar benllanw'r teimlad hwnnw yr oedd i fyw o hyd. Yr oedd Ifan yn bopeth y dymunai iddo fod, ond edrychai'n llawer mwy blinedig yn awr nag yr edrychai pan welodd ef y troeon cyntaf y daeth i Lŷn gyda Guto'r Porthmon. Yn ei meddwl ei hun yr oedd yn berffaith sicr bod gweithio yn y chwarel a chadw tyddyn yn ormod o waith. Ond beth oedd i'w wneud? Gwyddai ddigon, drwy glywed, am y chwareli i wybod mor ansicr oedd y cyflog, ac yr oedd yn beth braf iawn bod mewn llawnder o laeth a menyn. Poenai un peth hi'n fawr, a hynny oedd cyflwr y tŷ. Y gegin lle'r oeddynt yn byw oedd yr unig ystafell glyd ynddo. Yr oedd y siamberydd, yr un gefn yn enwedig, yn llaith ac yn hollol afiach i neb gysgu ynddi. Rhedai'r lleithder i lawr hyd y parwydydd gan ddifetha pob papur, a disgynnai diferion dŵr o'r seilin coed ar y gwely adeg rhew a barrug. Fe hoffai gael adeiladu darn newydd wrth yr hen dŷ, fel y câi gegin orau a dwy lofft o leiaf. Yr oedd digon o gerrig ar dir y Ffridd Felen i adeiladu darn felly, a byddai cael gwared o'r cerrig yn lles i'r tir yntau. Ond byddai'n rhaid i Ifan eu saethu, a golygai hynny fwy o waith byth iddo. Felly, i beth y breuddwydiai?

Edrychai ar y pentref draw yn gorwedd yn llonyddwch y prynhawn. I fyny ar y chwith yr oedd y chwarel a'i thomen yn estyn ei phig i lawr y mynydd fel neidr. O bell, edrychai'r cerrig rwbel yn ddu, a disgleirient yng ngoleuni'r haul. Dyma'r chwarel lle y lladdwyd tad Ifan. Pwy, tybed, a wagiodd y wagen rwbel gyntaf o dan y domen acw? Yr oedd yn ei fedd erbyn hyn, yn sicr. A phwy a fyddai'r olaf i daflu ei lwyth rwbel o'i thop? I beth yr oedd hi, Jane Gruffydd, yn wraig ifanc o Lŷn, yn da yn y fan yma? Ond wedi'r cwbl, nid oedd yn waeth iddi yn y fan yma mwy nag yn Llŷn. Yr oedd yn rhaid iddi fod yn rhywle. Ac i beth y breuddwydiai fel hyn?

Deuai llef drist oen o bell, a gweiddi gwyddau ar fferm yn ymyl. Yr oedd rhywbeth prudd yn yr holl olygfa: y chwarel, y pentref a'r mynydd oedd ynghlwm wrth ei gilydd. Ond y munud nesaf wedyn, yr oedd Jane yn hapus, hi a'i phlant, yn hapusach efallai nag y byddai y rhawg eto.

V

YR OEDD Ifan yn wael iawn gan lid yr ysgyfaint, a theimlai Jane mai hi oedd yn gyfrifol am hynny. Ni fedrodd beidio â sôn am ei chynllun o adeiladu darn yn y tŷ wrth ei gŵr, a chydiodd y peth fel haint ynddo. Ni bu'n segur nes codi digon o gerrig oddi ar ei dir i adeiladu'r darn newydd. Bob gyda'r nos a phrynhawn Sadwrn clywid eco ei gŷn a'i forthwyl dros yr ardal, ac yna glec sydyn y saethu. Ac yn awr fe'i daliwyd gan afiechyd cyn i'r tŷ fod yn barod, canlyniad y gweithio caled. Ar ôl ychydig flynyddoedd o fywyd digynnwrf a diddigwydd fe'i cafodd Jane ei hun yn sefyll mewn storm lle'r oedd pob munud cyhyd â phob blwyddyn o'i bywyd er pan briododd. Teimlai nad oedd wedi byw erioed cyn hynny. Edifarodd am iddi erioed sôn wrth ei gŵr am leithder y siamberydd. Sut yn y byd yr oedd yn mynd i dalu'r llog ychwanegol ar yr arian a fenthyciwyd i adeiladu darn newydd petai Ifan yn marw? Dyna oedd ei phoen un munud. Mynnai'r boen hon ymwthio i'w chalon er y dywedai ei chydwybod wrthi mai dim ond un peth a ddylai fod ar ei meddwl, sef y boen o ofn i'w gŵr farw. Fel yr âi'r dyddiau ymlaen ciliai'r boen gyntaf o flaen yr ail.

Yn ystod y naw diwrnod y bu Ifan rhwng byw a marw gwelodd Jane fwy o'i theulu yng nghyfraith nag a welsai erioed o'r blaen, rai ohonynt am y tro cyntaf. Daethant yno un ar ôl un, ac ysgydwasant eu pennau wrth ei wely, ond ychydig ohonynt a gynigiodd aros ar eu traed y nos. Bu Geini a Betsan, y chwaer hynaf, yn hynod dda yn y cyfeiriad hwn, ac yr oedd Wiliam yn byw yn rhy bell i allu aros. Am y lleill, doent yno a lledent eu hesgyll o gwmpas y gwely, fel petaent am gadw Jane i ffwrdd rhag mynd yn rhy agos at y claf. Yr oedd eu presenoldeb fel gwarchae ar dref, a diolchai Jane pan gâi eu cefnau. Mwynhâi Sioned Gruffydd ei phrudd-der, a symudai o gwmpas fel llong hwyliau. Os digwyddai rhywun fod yn cyfarfod â hi y tu allan i'r drws pan âi oddi yno, dyma a glywai Jane,

'Y fi ydi 'i fam o,' mewn llais pruddglwyfus.

Arhosai Jane a Geini, a Jane a Betsan, ar eu traed, a dôi Bob Ifans, Twnt i'r Mynydd, a rhai o'r cymdogion. Powltisient bob dwyawr â had llin. Un noson, pan oedd Ifan yn sâl iawn, y chwys yn berwi drwyddo, ei wynt yn fyr, ac yntau newydd gael pwl drwg o besychu, y drws a'r ffenestr yn llydan agored a Geini'n gwyntyllio iddo, daeth Edwart ei frawd yno i edrych amdano. Ni welsai Jane y brawd hwn o'r blaen, ond yr oedd ei agwedd yn y siamber fel petai wedi dyfod i'w dŷ ei hun.

'Pam na symudwch chi'r bwrdd yna oddi wrth y ffenest iddo gael rhagor o wynt?' meddai.

'Dyna beth fedrat ti 'i wneud, tasa ti wedi bod yma'n gynt,' meddai Geini.

Wrth ei weld yn gwneud osgo i'w symud, meddai Jane, 'Na, gwell gadael i'r bwrdd rŵan; mi fydd y sŵn yn ormod iddo fo.'

Edrychodd Edwart ar y seilin oedd yn hynod agos i'w ben, fel petai am ddechrau symud hwnnw.

'Os oes arnoch chi eisio rhywbeth i'w wneud, steddwch yn y gadair yma,' meddai Jane, a deimlai ers meitin fod teulu ei gŵr yn fwy na llond y lle. Os oedd Ifan yn mynd i farw, ei dymuniad oedd cael bod yno'i hunan efo fo. Nid oedd arni eisiau cwmni Geini hyd yn oed. Teimlai ei chariad yn llifo allan tuag at ei gŵr, ac ni châi siawns i ddweud dim o'r hyn a deimlai yng nghanol y tystion teuluol hyn.

Wedi iddi fynd i'r gegin, gofynnodd Edwart i Geini'n ddistaw,

'Ydi o wedi gwneud 'i wyllys?'

'Hsht!' meddai hithau, gyda'r fath rym nes troes y claf ei ben a griddfan, a llyfu ei wefusau sychion.

'Jane,' meddai, 'diod.'

A rhedodd hithau o'r gegin i roi llymaid iddo.

Nos trannoeth yr oedd yn salach, ac aed i nôl ei fam. Ond yng nghanol y nos, tua dau o'r gloch y bore, dechreuodd lonyddu. Eisteddai Sioned Gruffydd wrth y tân yn cysgu, a Bob Ifans a Betsan yn y siamber. Cerddai Jane yn ddistaw rhwng y siamber a thân y gegin. O'r diwedd eisteddodd i lawr wrth y tân. Canai'r tegell yn isel ar y pentan. O'r siamber gefn deuai chwyrnu un o'r plant. Cwynfanai'r claf weithiau. Tipiai'r cloc. Disgynnai marworyn o rât y siamber ar lawr. Yr oedd y nos yn drwm, a syrthiodd Jane i gysgu er gwaethaf ei phryder. Yr oedd cwsg yn drech na'i chariad.

Deffrowyd hi gan lais Ifan yn galw'i henw.

'Jane,' meddai, 'lle mae'r plant?'

A dyna'r arwydd cyntaf ei fod yn troi ar wella.

I Jane bu'r misoedd dilynol yn rhai hapus, er bod arni faich o boen. Yr oedd fel dyn yr achubwyd ei fywyd mewn llongddrylliad. Nid oedd wahaniaeth am eiddo personol – cael bywyd oedd y peth mawr. Iddi hithau nid oedd ei holl drybini ariannol gydag adeiladu'r rhan newydd yn ddim, wedi i'w gŵr droi ar fendio. Yr oedd yn rhaid iddi wneud yr hyn y llwyddasai i gadw rhagddo hyd yn hyn, sef myned i ddyled yn y siop.

Nid oedd dim arall i'w wneud. Chweugian yn yr wythnos a gâi o glwb y cleifion. Yn rhyfedd iawn, yr oedd arni fwy o bryder ynghylch arian a phethau felly cyn i Ifan fynd yn sâl. Teimlai iddynt gymryd gormod o faich ar eu hysgwyddau, ac ofnai i'r cyflogau ddyfod i lawr. Ni châi ei gŵr weithio am wythnosau, dôi arian ei glwb i lawr, ac ar ôl hynny ni allai weithio'n galed. Eto, yn awr, yr oedd cymaint pwn arni fel y taflodd ei bwysau i gyd i ffwrdd oddi arni, a pheidiodd â meddwl amdano. Digon iddi hi oedd bod Ifan yn fyw. Ni phoenai dim arall hi.

Daeth ei mam i edrych am Ifan. Ni holodd ddim ynghylch eu byw, ac ni ddywedodd Jane ddim wrthi hithau. Ond fe roes ei mam sofren iddi cyn cychwyn i ffwrdd. Daeth yr haelioni hwn iddi, nid yn gymaint wrth weld ei mab yng nghyfraith yn llwyd ac yn denau, ond o drueni gweld ei merch yn byw mewn ardal mor llom. Mae'n wir mai dechrau gaeaf oedd hi, ond ni allai gwraig y Sarn Goch feddwl am ddim yn tyfu yn yr ardal lwyd honno yn yr haf hyd yn oed.

VI

YMHEN YCHYDIG fisoedd wedi i Ifan ailddechrau gweithio, ganed eu trydydd plentyn a galwyd ef yn Wiliam, ac ymhen dwy flynedd wedyn ganed mab arall iddynt a galwyd ef yn Owen, a chafodd eu rhieni gipolwg ar y dydd pan fyddai'r ddau o help iddynt, wedi iddynt ddechrau gweithio yn y chwarel. Yr oedd golwg i Wiliam fod yn fachgen cryf, ond tipyn o ewach oedd Owen, eithr ewach yn dysgu popeth.

Un noson, ym mis Ionawr 1893, yr oedd cyfarfod plant yn y capel, a'r pedwar plentyn yno. I'r capel yr âi'r plant fynychaf. Yno yr aent i holl gyfarfodydd yr wythnos, a thueddai eu mam i fyned i'r capel yn amlach nag i'r eglwys yn awr, pan allai fyned. Yr oedd y noson hon yn noson loergan leuad, a phopeth wedi rhewi dan draed. Cyn myned i'r capel buasai'r plant i gyd yn sglefrio ar y ffrydiau a redai'n syth o'r caeau i geunant yr afon a redai drwy'r pentref, os afon y gellir galw ffrwd ryw lathen o led. Ar dywydd fel hyn rhedai'r plant adref nerth traed o'r ysgol, er cael eu temtio i sglefrio ar y ffordd i fyny. Ond yr oedd yn well brysio adref i gael bwyd a mynd allan i sglefrio wedyn. Ar ddydd byr y gaeaf nid te a gaent wedi mynd adref, ond potes, gan ei bod mor agos i amser swper chwarel – lobscows yn y gaeaf gan amlaf. Bwytâi'r bechgyn ar eu traed heb dynnu eu cotiau er mwyn cael brysio allan drachefn. Yr oedd yn rhaid iddynt i gyd helpu wedyn, y genethod i olchi'r powliau potes a'r bechgyn i nôl grug a glo i ddechrau tân at y bore. Dyna eu gorchwyl ar ôl dyfod adref o'r ysgol.

'Rŵan,' meddai eu mam, gan roi'r pwyslais ar yr *an*, 'os nad ydach chi'n dŵad adre cyn y cwarfod plant, rhaid i chi molchi rŵan. Ŵan, tyn dy grafat iti molchi'n iawn.' Gwnaeth Owen guchiau. Tybiasai y gallai redeg allan i sglefrio cyn gynted ag y gorffennodd ei oruchwylion. Ond ymhen dim yr oedd yn barod, a'i wyneb yn goch ddisglair, a darn gwlyb, anhydrin o'i wallt yn sefyll yn syth wrth big ei gap. Rhoes y crafat mawr yn ôl am ei wddf, onid oedd dim ond ei drwyn a'i lygaid yn y golwg. Gwisgai'r bechgyn gotiau bychain byr â brest ddwbl ganddynt – mynci jaced. Gwisgai'r genethod gotiau byr rywbeth yn debyg ar eu bratiau. Yr oedd ganddynt fwa blewog gwyn am eu gyddfau, tebyg i gynffon dafad, a chylymid ef o dan eu gên gyda rhuban, a chapiau rhywbeth yn debyg i'r bechgyn oedd ganddynt am eu pennau.

Yr oedd lleuad lawn yn yr awyr, mor felyn bron ag y bydd ym mis Medi. Chwythai'r gwynt yn fain drwy ddillad y plant, a rhedai'r dŵr o'u llygaid ac o'u trwynau gan ddisgyn yn un diferyn mawr ar lawr. Canent dan fynd, neu'n hytrach adroddent i dôn:

> Lleuad yn ola,
> Plant bach yn chwara,
> Lladron yn dŵad,
> Dan weu sana,
> 'A-men,' meddai'r ffon,
> Dwgyd teisus o siop John.
> John, John, gymi di *gin*,
> Cyma, cyma, os ca i o am ddim.

Yr oedd holl blant y cyfarfod plant wrth ben y ceunant yn sglefrio, a phawb yn dyheu am dwrn i fynd ar y sglefr. Nid arhosent i un gymryd y sglefr a'r gweddill edrych arno. Aent un ar ôl y llall, a champ oedd troi oddi ar y sglefr cyn iddi gyrraedd y ceunant. Gwnâi'r bechgyn hyn drwy blygu eu cyrff o un ochr i'r llall a chodi eu breichiau i ymlywio. Eithr tueddai'r genethod i gadw eu dwylo yn eu pocedi, ac felly caent ei bod yn anos troi oddi ar y sglefr cyn cyrraedd ei diwedd. Gwnaeth Owen yr un fath â'r genethod, ond methodd ei dric a bu'n rhaid iddo neidio dros yr afon a'r ceunant i'r ochr arall. Trawodd ei draed mor drwm ar y ddaear galed onid aeth y boen ar hyd ei gorff fel miloedd o binnau, a theimlo fel pe trawsai ei ben ac nid ei draed. Nid oedd gan neb amser i edrych a oedd wedi brifo. Rhedodd yntau i fyny'r ceunant, lle medrai groesi'r afon ac yn ôl at y sglefr.

'Y ffŵl gwirion,' meddai rhyw hogyn wrtho, 'pam na fasat ti'n codi dy freichiau?'

'Roedd arna i *eisio* neidio trosodd,' meddai yntau.

'Tendia di rhag ofn iti landio yng nghanol yr afon,' meddai rhywun arall.

Aeth 'y ffŵl gwirion' yn ddwfn i groen Owen. Ni fedrai gael y geiriau na'r dôn y dywedwyd hwynt ynddi o'i glustiau. Ni fedrai chwaith fyned ar y sglefr wedyn. Y gwir amdani oedd nad trio neidio'r ceunant yr oedd, ond fe'i hyrddiwyd bron trosodd gan y twr bechgyn cryf a ddeuai ar ei ôl ac yntau'n fychan. Teimlai eu bod ar ei wthio drosodd ac mai'r peth gorau a fedrai ei wneud oedd neidio'n glir, a theimlai iddo fod yn ddeheuig iawn i fedru clirio'r ceunant. Daliai'r bechgyn a'r genethod eraill i sglefrio y naill ar ôl y llall, heb aros a heb flino, a chyda'u breichiau i fyny felly a'u cyrff ar led-tro edrychent fel gwenoliaid ar eu hediad.

Cyn hir, sylwodd Elin nad oedd Owen yn sglefrio.

'Am beth wyt ti wedi stiwpio?' meddai hi.

Ond ni ddywedai Owen air.

'Rŵan, tyd yn dy flaen, a phaid â bod yn wirion.'

'Tydw i ddim *yn* wirion,' meddai yntau'n boeth, 'ac mi ddangosa i i chi nad ydw i ddim chwaith.'

Cymerodd wib, a ffwrdd â fo ar y sglefr, a chan i'r lleill wrando arno ef ac Elin, a thybio bod rhywbeth allan o le, rhoesant y gorau i sglefrio, fel y cafodd Owen y sglefr i gyd iddo ef ei hun. Aeth hyd-ddi cyn ysgafned â phluen, a medrodd droi oddi arni cyn cyrraedd y gwaelod. Cafodd fonllefau o guro dwylo.

Yn y cyfarfod plant yn ddiweddarach cafodd pawb syndod o weled Owen yn mynd ymlaen i gynnig ar bopeth bron. Yr oedd y capel yn oer ar ôl y sglefrio. Daethant yno'n drŵp trystiog gydag wynebau a dwylo cochion. Yn rhan isaf y capel yn unig y goleuasid y lampau, a theflid cysgodion y plant yn hir ar y darnau di-lamp, a dim ond hanner wyneb y llywydd yn y sêt fawr oedd i'w weld.

'Dwyt ti ddim yn dŵad' meddai Sioned, pan welodd Owen yn ei hwylio ei hun i fynd i'r lobi adeg cystadleuaeth y Cymreigio geiriau.

'Ydw,' meddai Owen, gan roi ei gap yn ei boced.

'Be wyddost ti am Gymreigio geiriau?' meddai Wiliam. 'Rwyt ti'n rhy fychan.'

'Mi gei weld toc,' meddai Owen.

Yr oedd y lobi'n dywyll, ac yr oedd y plant mwyaf wrth eu bodd yn cael pinsio'i gilydd a sticio pinnau yn ei gilydd, a phan ddaeth dyn yno i'w gwylio fe sticiwyd pìn yn hwnnw hefyd. Estynnodd yntau ei fraich a chyrraedd clewtan i'r plentyn nesaf ato. Swatiai Owen rhwng y plant, a'i galon yn curo gan ofn a llawenydd. Âi pob math o deimlad trwy ei ewynnau, ac ambell funud fe'i câi ei hun yn llyncu ei boeri a'r munud nesaf teimlai ei ben yn ysgafn fel petai'n mynd i lewygu. Toc dyma ddrws y capel yn agor, a'r golau'n taro ar wynebau'r plant nesaf at y drws.

'Nesaf,' meddai llais, a llithrodd Owen i mewn.

'Wel, y diawl bach,' meddai rhyw fachgen o'r tu ôl. ''Y nhwrn i oedd hwnna.'

Aeth Owen i'r sêt fawr, gan deimlo na fedrai yngan gair. Ond pan ddywedodd y dyn, 'Rhowch y gair Cymraeg iawn am "iwsio",' 'Defnyddio' oedd ateb Owen fel bwled.

'Cabaits.' . . . 'Bresych.'

'Trowsus.' . . . 'Llodrau.'

'Stesion.' . . . 'Gorsaf.'

Ac felly'r aeth Owen trwyddi i'r diwedd yn gywir bob tro. Yr un fath â'r gystadleuaeth darllen darn heb ei atalnodi, cyfarwyddo dyn dieithr, ac adrodd. Owen a enillodd ar bob un ohonynt, ac aeth adref â swllt-a-cheiniog o geiniogau yn ei boced.

Aeth adref ar garlam, a phedol ei glocsen yn ei boced ers y sglefrio. Eithr syrthiodd ei wyneb pan welodd fod yno rywun dieithr. Dylsai gofio hynny hefyd, oblegid dôi Ann Ifans Twnt i'r Mynydd yno'n aml iawn noson y cyfarfod plant. Deuai i ddanfon y plant i'r capel, ac yna arhosai yn y Ffridd Felen gyda Jane ac Ifan Gruffydd i ddisgwyl y plant adre. Deuai plant Twnt i'r Mynydd yno, a chaent swper gyda phlant y Ffridd Felen. Anghofiasai Owen hyn a syrthiodd ei wep, oblegid yr oedd arno eisiau'r tŷ iddo ef ei hun i ddweud am ei fuddugoliaeth wrth ei dad a'i fam.

'Lle mae'r plant erill?' oedd cwestiwn cyntaf ei fam.

'Maen nhw'n dŵad,' meddai yntau.

Pe gofynasai ei fam, 'Wel, be gest ti yn y cwarfod?' buasai ganddo siawns dda i fwrw allan ei grombil. Ond mae'n amlwg na theimlai ei fam, yn ôl meddwl Owen, y medrai ef ennill ar ddim. Gan mai ef oedd y pedwerydd plentyn, dysgasai ddarllen o dan drwynau'r plant hynaf ac ni sylwodd y rhai hynny lawer ar ei gyflymdra, oblegid yr oeddynt yn weddol gyflym eu hunain.

Dyma drŵp i'r tŷ.

'Esgob, mae Owen wedi'n gneud ni i gyd heno.'

Troes y tri arall eu pennau mewn syndod.

'Mae o wedi ennill ar bob dim ond ar ganu.'

'Faint o arian gest ti?' meddai John Twnt i'r Mynydd.

'Swllt a cheiniog,' meddai Owen yn swil, 'ac mi rydw i wedi colli pedol 'y nghlocsen.

A chwarddodd pawb ond ei dad.

'Go drap!' meddai hwnnw, oblegid nid oedd dim casach ganddo na mynd i chwilio am ei focs hoelion ar gychwyn i'w wely. Teimlai Owen fod y blas yn dechrau mynd oddi ar ei swllt-a-cheiniog pan glywodd ei dad yn tuchan wrth bedoli ei glocsen. Ond yr oedd pob dim yn iawn wedyn wrth i'r plant gydfwyta eu swper o de a bara ymenyn a chaws, ei dad yn gwenu fel pawb arall.

Yr oedd Ann Ifans yn ddynes hynaws, ddigrif, a thra bu'r plant yn y capel diddorwyd Jane ac Ifan gan ei harabedd. Ei chŵyn fwyaf hi yn erbyn bywyd oedd ei bod wedi ei chau oddi wrth wareiddiad. Yn llythrennol, fe'i caeid oddi wrth y pentref adeg eira. Y cloddiau fyddai'r llwybrau tuag at ei thŷ y pryd hynny. A'i phennaf cysur hi oedd cwmnïaeth. Yr oedd noson olau leuad gystal ag anrheg iddi. Ni phoenai fawr ddim arall hi. Troai olwg broffwydol ar y plant wrth iddynt fwyta.

'Wybod ar y ddaear beth fydd y plant yma ryw ddiwrnod. Ella mai bancar fydd Owen yma rywdro.'

Chwarddodd y plant i gyd wrth gofio am y pres oedd gan Owen yn ei boced.

'Mae o'n dechrau bancio rŵan,' meddai John.

'Mae gin 'i fam o ddigon o le i rhoi nhw,' meddai ei dad.

Cuchiodd Owen.

'Na hitia hefo, Owen,' meddai Ann Ifans, 'ella byddi di'n filiwnêr ryw ddiwrnod, yn reidio mewn clôs carraij, a dy fam yn gwisgo fêl.'

Wedi i deulu Twnt i'r Mynydd fynd, gofynnodd ei fam i Owen, 'Wyt ti ddim am roi'r arian i dy fam?'

'Nag ydw,' meddai Owen ar ei ben. Edrychodd y fam ar y tad, a'r tad ar Owen, mewn dull a awgrymai fod yr olaf wedi pechu yn erbyn yr Hollalluog.

'Dyro nhw i dy fam, heb ddim lol,' meddal ei dad. 'Mae digon o'u heisio nhw i brynu bwyd iti.'

'Mae arna i eisio prynu copi, a rybar, a phensel efo nhw,' meddai Owen.

'Mae'n bwysicach iti gael bwyd na phethau felly,' meddai ei fam.

Taflodd Owen yr arian ar y bwrdd mewn tymer, a chafodd glustan gan ei fam. Torrodd yntau allan i feichio crio, a than grio yr aeth i'w wely. Fe griodd am hir wedi rhoi ei ben ar y gobennydd.

'Taw â nadu,' meddai Wiliam, 'mae arna i eisio cysgu.'

Âi ymlaen i grio'n ddistaw wedyn.

'Dyna chdi,' meddai llais yn ddistaw wrth ei ben ymhen sbel, 'hitia befo, mi bryna i gopi iti.'

Elin oedd yno, wedi rhedeg yno yn ei choban wrth ei glywed yn crio. Nid oedd yn sicr o gwbl a gâi hi geiniog o rywle, ond tybiai fod yn werth addo un iddo. Tawelodd yr addewid Owen yntau, oblegid bod yno rywun yn y tŷ a ddeallai ei ddeisyfiad.

Dyma'r tro cyntaf iddo ddyfod i gyffyrddiad gwirioneddol â'r ymdrech a âi ymlaen yn ei gartref yn erbyn tlodi. Nid oedd ganddo'r syniad lleiaf o ba le y dôi ei fwyd a'i ddillad. Deuent ddydd ar ôl dydd yn rheolaidd, ac ni feddyliodd yntau erioed o ba le. Methai weld y prynai ei arian gwobrau ef lawer o fwyd i neb. Yr oedd ei brudd-der yn anfesuradwy. Daliai i grynhoi ei wynt a'i ollwng dan ochneidio. Dyma'r tro cyntaf erioed iddo fod yn wirioneddol drist; a thristwch heb ei ddisgwyl ydoedd. Fe anafwyd ei deimladau ar y sglefr, ond yr oedd ei fuddugoliaeth yn y cyfarfod plant yn ddigon i yrru hynny dros gof, a rhedodd adref gan feddwl am y croeso a gâi, a meddwl mor falch y buasai ei dad a'i fam ei fod am brynu copi yn lle fferis. Ni feddyliodd ddim am hyn. Teimlai'n hapus hefyd wrth fwyta ei swper, oblegid ei fod yn hoff o Ann Ifans a'i phlant. Yr oedd ganddi ddau lygad glas, siriol, a byddai ganddi ryw stori ddigrif i'w dweud bob amser. Nid oedd ei phlant yn llawer o ddysgwyr, ond yr oeddynt yn edmygwyr diwenwyn o bawb a allai ddysgu. Mwynhâi'r ffordd yr edrychai Ann Ifans arno amser swper.

Ond dyna'i holl hapusrwydd yn deilchion. Yr oedd ei dad mewn tymer ddrwg am fod eisiau pedoli ei glocsen, a'i fam yn rhoi clipen iddo am luchio'r arian ar y bwrdd. Ac yntau wedi curo plant mwy nag ef ei hun ym mhob cystadleuaeth! Dim gair gan neb am hynny, ond yr hyn a draethai llygaid Ann Ifans.

Sylwasai lawer gwaith yn ddiweddar fod ei fam yn edrych yn drist. Edrychai'n drist weithiau pan âi'r moch i ffwrdd. Methai Owen ddeall hynny a hithau'n cael arian amdanynt (cedwid yr arian hyn bob amser mewn bocs ar wahân). Ond soniai ei fam fod pris y moch yn torri bob tro y byddai ganddi hi ffreitiad yn barod i fynd i ffwrdd. 'Petaswn i wedi'u gwerthu nhw bythefnos yn ôl mi faswn wedi cael grôt a ffyrling yn lle grôt a hatling.' A dyna'r diwrnod hwnnw wedyn pan fu farw'r llo; yr oedd ei fam yn crio. Yr oedd yn ofnadwy o drist wedyn pan fu'n rhaid iddynt werthu rhyw fuwch ifanc i'r cigydd am nad oedd ganddi ddim ond tair teth. Methai Owen ddeall pa wahaniaeth a wnâi un deth yn llai i fuwch os oedd ganddi bwrs. Ac wedyn mi gafwyd arian am y fuwch honno, ond clywodd Owen grybwyll rhywbeth am orfod rhoi arian yn eu pennau i gael buwch newydd.

Cofiai iddo ofyn i'w fam ryw ddiwrnod, 'Mam, be fasa pe tasa dim byd?'

'Beth wyt ti'n feddwl?'

'Be fasa pe tasa 'na *ddim*, dim nacw (gan bwyntio at yr awyr), na dim o gwbl, a ninnau ddim chwaith?'

'Mi fasa'n braf iawn, 'y machgen i,' oedd ei hunig ateb.

Daeth i gysylltu'r olwg drist a fyddai ar ei fam â phawb mewn oed. Na, yr oedd Ann Ifans yn wahanol. Methai Owen ddeall pethau, a heno yn ei wely fe ddechreuodd feddwl bod a wnelo'r ateb yna o eiddo ei fam â'r ffaith nad oedd ganddi ddigon o bres i gael bwyd. Ond aneglur iawn oedd pethau, ac aeth i gysgu.

Yn ei hystafell wely, poenai'r fam iddi fod mor giaidd wrth Owen. Dylsai fod yn falch iddo ennill cymaint o wobrau ac yn dangos bod cryn dipyn yn ei ben. Dylsai ei dynnu trwy deg, yn lle gwylltio wrtho. Ni buasai hynny'n anodd, canys Owen oedd yr unig un o'r plant hynaf a droai o gwmpas ei fam. Ond yr oedd ymladd ac ymladd â'i byw wedi ei gwneud hithau yn fyr ei hamynedd. Cysgai Ifan gwsg trwm y creigiwr.

Bore trannoeth daethai Owen bron ato ef ei hun, ond dôi pang weithiau o gofio. Wrth iddo fynd drwy'r llidiart i'r ysgol, gwaeddodd ei fam ar ei ôl, a rhoes dair ceiniog iddo.

'Yli,' meddai, 'pryn gopi a phethau felly efo rheina. Mi gei rai gwell rywdro eto.'

Yr oedd Owen yn rhy swil i ddangos ei lawenydd, ond dywedodd gyda golau yn ei lygaid, 'Mi ddo i efo chi i'r eglwys nos Sul.'

VII

YN Y FLWYDDYN 1899 enillodd Owen ysgoloriaeth i'r ysgol sir. Gan mai dim ond chwech a gâi ysgoloriaeth y pryd hynny, a chan ei fod yn cystadlu yn erbyn plant y dref, ac yn gorfod ysgrifennu yn Saesneg, yr oedd hyn yn gryn gamp. Rhoesai Owen ei holl fryd ar gael mynd i'r ysgol sir, ond teimlai ar ôl eistedd yr arholiad nad oedd ganddo obaith. Yr oedd yn un o'r plant hynny a âi'n llai nag ef ei hun mewn arholiad, neu fel y dywedai'r cymdogion, 'nid oedd dim treial ynddo.' Am fisoedd cyn hynny, bu'n poeni, nid ynghylch yr arholiad ei hun, ond ynghylch y pethau o'i gwmpas: sut yr âi i mewn i'r ysgol, i ba le'r âi i eistedd, sut i ofyn am ragor o bapur. Ni chysgodd lawer y noson cyn hynny. Edmygai agwedd ddifalio'r bechgyn eraill wrth gerdded i'r dref yn y bore. Ond fel y profodd ddegau o weithiau yn ddiweddarach mewn bywyd, nid oedd hanner cyn waethed ag y tybiasai.

Un prynhawn Sadwrn tua diwedd Gorffennaf, daeth y si trwy'r ardal iddo ennill ysgoloriaeth. Pobl y breciau a ddaeth â'r newydd. Rhedai brêc i'r dref deirgwaith yn yr wythnos. Ddydd Sadwrn gwnâi bedair siwrnai, a phan ddaeth i fyny ganol dydd dywedodd Morgan Huws, perchennog y frêc, wrth rywun ei fod wedi siarad â rhywun a glywsai gan glerc rheolwyr yr Ysgol Sir fod Owen ar ben rhestr y bechgyn i fynd i mewn. Clywodd Owen yn rhywle yn y pentref a rhedodd adre fel mellten, a disgynnodd yn swp sâl i gadair. Yr oedd cael cyflawni ei ddymuniad y tro cyntaf yr ymgeisiodd yn ormod o wirionedd iddo.

Nid oedd neb yn y tŷ ond ei fam, a phan glywodd hithau'r newydd fe aeth yn syn, oblegid ers blynyddoedd lawer aethai pethau fwy yn ei herbyn nag o'i phlaid. Am funud ni allai ystyried beth a ddigwyddasai. Pan ddechreuodd sylweddoli, aeth cymaint o bethau trwy ei meddwl fel na fedrai ddweud dim. Un munud ymchwyddai o lawenydd wrth feddwl mai ei phlentyn hi a enillodd yr ysgoloriaeth; y munud nesaf gwangalonnai wrth feddwl y gallai

Ifan fod yn siomedig. Yr oedd cyflogau'n hynod isel yn y chwareli, a da oedd gan bob penteulu'n awr gael ei fachgen i fynd i'r chwarel gydag ef; fe gaent gyfle drwy hynny i chwyddo eu cyflogau eu hunain drwy aros ar ôl i weithio i'w bechgyn. Yr oedd ganddi syniad hefyd y costiai Owen dipyn mwy yn yr ysgol sir nag yn yr ysgol elfennol. Torrwyd ar ei myfyrdodau.

'Ydach chi ddim yn falch, Mam?'

'Ydw, ond 'mod i'n cysidro.'

'Cysidro beth?'

'Beth ddyfyd dy dad?'

'Be, be fydd gynno fo i ddeud?'

'Mi eill neud iti fynd i'r chwarel.'

Ni wawriasai'r posibilrwydd yma ar feddwl Owen.

'Pam?'

'Ella na fydd gynnon ni ddim modd i d'yrru di i'r ysgol ganolraddol.'

'Ond does dim eisio arian, a finna wedi ennill.'

'Nag oes, ond wyt ti'n gweld, ella y bydd ar dy dad eisiau iti fynd i'r chwarel er mwyn ennill arian.'

Aeth Owen yn fud. Ni feddyliasai y gallai neb wrthwynebu. Ac unwaith eto, daeth digalondid trosto pan welodd ef ei hun wyneb yn wyneb unwaith yn rhagor â'r hyn oedd i'w alw'n ddiweddarach yn broblem ariannol.

Daeth ei dad adref, ac nid edrychai yntau fawr balchach na'i fam. Tueddai ef i amau a oedd y newydd yn wir. Ymfywiogodd y fam.

'Ifan,' meddai hi, 'ewch i'r dre i edrach ydi o'n wir. Mae plwc ers pan fuoch chi. Cer dithau hefyd, Owen.'

'Na, does arna i ddim eisio mynd,' meddai Owen.

'Dim eisio mynd i'r dre!'

'Na, well gin i aros gartra. Ella nad ydi'r newydd ddim yn wir.'

Ar adegau eraill buasai Owen yn rhuthro at y cynnig. Ond yr oedd mynd i'r dref i ymholi ynghylch peth a allai droi'n siom yn wahanol iawn i fynd i'r dre Ddifiau Dyrchafael pan gerddai Clwb ei dad, a gweld y band yn cerdded, a chael gwario mwy na dimai, y swm uchaf y câi ei wario ar ei ffordd i'r ysgol. Yr oedd aros gartref hefyd yn boen. Byddai'n rhaid iddo aros oriau lawer cyn cael gwybod.

Aeth i'r cae a gorweddodd ar y ddaear a'i wyneb at yr haul, a dechreuodd feddwl. Cofiai am noson y cyfarfod plant hwnnw, pan gafodd glewtan am luchio'i wobrau ar y bwrdd; pan ddechreuodd sylweddoli nad oedd bwyd a dillad i'w cael am ddim. Cofiai wyneb hapus Ann Ifans y noson honno, a'r rhagor rhyngddo ac wyneb ei fam. Yr oedd yn siomedig am na ddangosodd neb lawer o lawenydd am iddo ennill ysgoloriaeth.

Rhywsut, ni ddangosai neb lawer o lawenydd am ddim yn ei gartref. Yr oedd Wil wedi blino gormod wedi dyfod o'r chwarel. Llusgai ei draed at y tŷ yn ei esgidiau hoelion mawr, a hongiai ei drywsus melfaréd yn llac amdano. Efallai y byddai'n well iddo yntau fynd i'r chwarel yr un fath â Wil. Byddai'n llai o boen yn y pen draw. Yr oedd gan Wil eitha pen, ond byddai'n rhaid iddo weithio yn y chwarel am byth, mae'n debyg, ac nid oedd yn deg iddo ef, Owen, gael y siawns na chafodd ei frawd. Na; yr oedd yn rhaid iddo gael mynd i'r ysgol ganolraddol.

Rhwng y gwres a'i bryder, rhedai'r chwys dros ei holl gorff. Troes ei wyneb oddi wrth yr haul. Yr oedd y ddaear yn boeth odano, hithau'n chwysu. Ag un llygad gallai Owen weld yr adlodd ieuanc yn tyfu'n wyrdd ac ystwyth yng nghanol bonion caled, crin y sofl. Daeth y gath yno, a rhwbiodd ei blew esmwyth hyd ei wyneb. Trawai golau'r haul ar ei blew, a threiddiai drwyddynt at y croen a'i ddangos yn goch gwan, megis y gwêl dyn ei gnawd ei hun wrth ei ddal rhyngddo a'r golau. Daliai'r gath ar ei wynt wrth rwbio ynddo, a rhoes yntau hwb iddi fynd oddi yno. Ymdroai hithau fel pe na wyddai beth i'w wneud, a gwnâi bonion caled y gwair iddi gerdded yn rhodresgar. Daeth ato drachefn a throi ei phen yn garuaidd am ei wyneb.

Cododd yntau ar ei eistedd. Yr oedd y wlad yn braf o'i gwmpas. Yr oedd y môr yn las, Sir Fôn yn bell a thawch ysgafn yn gorwedd arni. Dacw hi'r ysgol sir yn goch ar y gorwel, bron. Wrth ei hymyl yr oedd mynwent Llanfeuno, a'r haul yn taro ar farmor ei cherrig beddau nes gwneud iddynt ddisgleirio fel cannoedd o gerrig deimwnt. Yr oedd y caeau o'i amgylch yn dawel a breuddwydiol, ac ar y funud carai Owen hwynt. Mae'n debyg y carai hwynt bob amser yng ngwaelod ei ymwybyddiaeth. Sylweddolai na châi wario cymaint o amser hyd dir y Ffridd Felen yn y dyfodol agos. Dacw'r llwyn mafon gwylltion yng nghornel isaf y cae. Cofiai am yr ias o lawenydd a ddaeth trosto pan ddarganfu hwynt gyntaf a chanfod wedyn eu bod yr un peth ag a dyfai mewn gardd ond eu bod yn llai. Ar ei chwith yr oedd y llwyn coed llus a safai allan yn glwt gwyrdd ar y clawdd, yng nghanol melyn yr eithin a phorffor y grug. Câi'r llus sylw mawr ym misoedd Mehefin a Gorffennaf.

Gan gofio, byddai gan ei fam deisen lus i de. Ond yr oedd y tŷ yn boeth, ei fam wedi bod yn pobi'r bore ac yn rhostio'r cig at y Sul. Yr oedd fel ffwrnes amser cinio. Er hynny, fe gododd ac aeth at y tŷ. Ni byddai ei dad gartref am hir. Yr oedd y te eisoes ar y bwrdd, a Wiliam wrthi'n bwyta ac wedi newid. Edrychai'n llai blin yn ei ddillad gorau a'i goler starts, ond yn ddigon poeth i wneud i Owen daflu ei goler india-ryber ei hun. Câi Wiliam de yn gynnar i fynd am dro efo'r hogiau.

'Mi gei di de rŵan, efo mi,' meddai ei fam wrth Owen.

Yr oedd y gegin yn oerach erbyn hyn, ac nid oedd ond gluod yn torri'n fflam at y tân, a'r tegell yn berwi'n araf arno.

'Lle mae Twm a Bet?' meddai Owen.

'Mae'r ddau wedi mynd i ben y mynydd i hel gruglus efo plant y Manod,' meddai ei fam.

'Wyt ti wedi blino, 'ngwas i?' meddai wedyn, wrth weld yr olwg boeth oedd ar Owen.

'Wedi bod yn gorfadd yn yr haul ydw i. Pryd daw Nhad adre?'

'Ddim am oriau, waeth iti heb na phoeni.'

A wir, y munud hwnnw, medrodd roi heibio i feddwl am yr ysgoloriaeth. Teimlai'n hapus bob amser pan fyddai ei fam yn gyfeillgar fel hyn. Yr oedd y te'n dda, a'r deisen lus. Yr oedd y tŷ'n braf hefyd, y dodrefn derw'n disgleirio, y bara wedi eu gosod i oeri ar lawr wrth eu hymyl, ac awgrym gweddill aroglau eu pobi i'w glywed yn y gegin. Gwisgai ei fam ffrog gotyn ysgafn a blodyn lelog ynddi. Tybiai Owen fod ei fam yn edrych yn dda yn y ffrog hon. Edrychai ei gwallt yn dduach, rywsut, a'i chroen yn lanach. Paham na buasai ei gartref bob amser fel hyn? I beth yr oedd eisiau poeni am bethau? Erbyn hyn nid oedd dim gwahaniaeth ganddo a gawsai ysgoloriaeth ai peidio. Teimlai'n garedig tuag at bawb, ac at ei fam yn enwedig.

Daeth Twm a Bet adre toc efo rhyw ychydig o ruglus yng ngwaelod piser. Yr oedd Twm yn saith, a Bet yn bedair. Cafodd Jane

Gruffydd step go dda rhwng Owen â Thwm. A phan oeddynt hwy'n bwyta dyma eu modryb Geini ar wib i'r tŷ.

'Ydi o'n wir?' oedd ei gair cyntaf.

'Twn i ddim,' meddai Jane, 'mae Ifan wedi mynd i'r dre i edrach.'

'O, rydw i'n gobeithio 'i fod o,' meddai Geini, yn rhy gynhyrfus i eistedd i lawr bron.

'Petai o'n wir, mae'n gwestiwn fedrwn ni fforddio i adael o fynd i'r ysgol wedyn.'

'Be? Medrwch, siŵr iawn. Mi fasa'n bechod rhwystro'r hogyn.'

'Mi fasa'n medru ennill tipyn yn y chwarel wrth i'w dad ei helpu dipyn, ac mi wyddoch ffasiwn faich ydi talu am y tŷ newydd yma.'

'Ond wedyn, mi ddaw â mwy o arian i chi ryw ddiwrnod wedi iddo orffen ei addysg.'

'Cwestiwn,' meddai Jane Gruffydd.

'Dof, mi ddof,' meddai Owen.

Ac i'r ddwy ddynes yr oedd rhywbeth yn hoffus iawn yn Owen ar y pryd. Amdano ef, buasai'n medru rhoi ei ddwy law am wddf ei fodryb Geini am ddal tano.

'Rydw i'n disgwyl Sioned adre bob munud,' meddai'r fam.

'O, ar 'ych traws chi,' meddai Geini, 'mi gwelis i hi rŵan yn mynd acw at Mam, ac mi ddeudodd wrtha i am ddeud wrthoch chi am beidio â'i disgwyl hi. Mae hi am gymryd swper efo Mam.'

Crychodd Jane Gruffydd ei thalcen yn anfoddhaol. Yr oedd Sioned yn gyrru ar ei dwy ar bymtheg oed, ac mewn ysgol wnïo ym Mhont Garrog. Cychwynasai weini ar ôl gadael yr ysgol, yr un fath â'i chwaer Elin, ond methodd ddygymod â dwy o feistresi, a dywedodd mai gwniadreg oedd am fod. Yn hyn swcrid hi gan ei nain. Dechreuodd Sioned Gruffydd gymryd diddordeb yn ei hwyres tuag amser salwch Ifan, ac yn y Fawnog yr oedd Sioned yn byw ac yn bod bob dydd gŵyl.

Yn un ar bymtheg oed yr oedd yn eneth hardd, dal, bryd golau. Yr oedd ei gwallt o liw ambr golau, ac yn tonni'n donnau llydain. Yr oedd ei llygaid o liw cneuen a thuedd ynddynt i godi ar groes yn eu conglau allanol. Yr oedd ei chroen fel hufen, heb ddim llawer o wrid. Er pan aethai'n brentis rhoesai ei holl fryd ar ddillad, a phan na fedrai ddarbwyllo'i mam i roi arian iddi brynu deunydd ffrog medrai fynd dros ben ei nain i gael rhai. Yn ddiweddar dechreuasai fynd i dŷ ei nain yn lle dyfod adref ar ei hunion brynhawn Sadwrn, a hynny o amser y byddai gartref yr oedd fel petai wedi ei chau mewn byd arall, ac nid oedd ganddi ddim i'w ddweud wrth neb. Yr oedd yn snaplyd pan geisiai neb godi sgwrs â hi.

Pan droes ei thrwyn ar ei brecwast o de a bara ymenyn ryw fore, cafodd ei mam gyfle i wneud yr hyn y bwriadasai ei wneud ers tro byd, sef gofyn iddi, mewn difrif, beth *oedd* yn bod arni ers misoedd bwygilydd.

Gwylltiodd Sioned, a dangosodd yn eithaf plaen fod ei stumog yn dechrau mynd yn rhy uchel i'r Ffridd Felen.

'Rhyw hen le fel hyn,' meddai, 'ym mhen draw'r byd, ymhell ar ôl yr oes, ac yn byta'r un peth bob dydd ar ôl 'i gilydd.'

Syfrdanwyd Jane Gruffydd ormod i siarad bron. I feddwl bod ei phlentyn hi ei hun yn siarad fel hyn! A dweud y gwir, ymfalchïai Jane Gruffydd fod ganddi fwrdd go dda ar y cyfan.

Heb godi ei llais, meddai hi,

'Ella bydd yn dda iti wrth y bwyd yma ryw ddiwrnod. Chei di ddim bwyd gwell yn nhŷ dy nain, beth bynnag.'

Fe wnaeth y ffrae yna les am dipyn. Ond yn ddiweddar dechreuasai Sioned fyned i dŷ ei nain yn aml eto. Dim rhyfedd, felly, i'w mam edrych yn anfoddhaol pan glywodd Geini'n dweud bod Sioned wedi mynd ar ei hunion o'i gwaith i dŷ ei nain.

Daeth Ifan adref gyda'r frêc wyth, ac nid oedd eisiau i neb ofyn a gawsai Owen ysgoloriaeth. Yr oedd y tad yn rhyfeddol o hapus, a'i lygaid yn dawnsio. Ymddangosai i Owen fel petai ganddo natur llygad croes. Yr oedd gwrym coch ar ei dalcen lle buasai ei het, a rhedasai'r chwys i lawr oddi wrth y gwrym gan sefyll yn ddiferion uwchben ei arlais. Yr oedd aroglau gwahanol yn y tŷ rŵan hefyd, aroglau na fedrai Owen ddweud beth ydoedd.

Yn y frêc wrth fyned i lawr cawsai Ifan syniad sut i gael gwybod a oedd y newydd yn wir ai peidio. Yr oedd Elin yn gweini gyda thwrnai yn y dref, a thybiodd y buasai ef yn siŵr o gael gwybod.

Ac felly y cafodd sicrwydd. Elin oedd y cyntaf o'r teulu i ddangos brwdfrydedd mawr dros y peth, a llwyddodd i ddarbwyllo ei thad o'r lol am iddo fyned i'r chwarel yn lle i'r ysgol.

Yn y Maes yn ddiweddarach cyfarfu ag un o'i bartneriaid yn y chwarel, Guto, Cerrig Duon, ac aeth y ddau i ddathlu'r newydd i'r Fox and Horses trwy dretio'i gilydd i beint o gwrw. Fe aeth Ifan allan yn syth o'r fan honno i wyneb Doli, Rhyd Garreg, a'i merch

Gwen. Yr oedd yn amhosibl ei hosgoi, ac o dan ddylanwad y cwrw a'r newydd yr oedd yn amhosibl bod yn llai na chlên wrthi.

Gwisgai Doli gôt sidan fechan ddu a gyrhaeddai dipyn yn is na'i gwasg. Yr oedd ganddi dôc du am ei phen a phethau bychain du fel cen pennog yn disgleirio arno. Yr oedd golwg lewyrchus iawn arni hi a'i merch Gwen, a wisgai het leghorn dda a ffrog ffrensh merino coch.

'Newydd glywed y munud yma y newydd da am 'ych hogyn bach chi,' meddai Doli.

[Mewn gwirionedd clywsai er y bore, a dyna a ddaeth â hi i'r dref.]

'Ia,' meddai Ifan dros y Maes yn orfoleddus, 'mae o'n ucha un.'

'Ydi, yn ucha un o'r hogiau, yntê?' meddai Doli'n felfedaidd. 'Mi ddoth fy hogan innau'n bumed.'

'Ia, yn bumed o'r genod, yntê, a dim ond tri hogyn a thair hogan gaiff fynd i mewn am ddim,' meddai Ifan yn yr un dôn â hithau.

'Mi gaiff Gwen fynd i mewn a thalu, ac yn amal iawn mae rhai fel Gwen yn gwneud yn well na'r rhai uchaf.'

'Ydyn. Pnawn da,' meddai Ifan, ac i ffwrdd ag ef am y frêc.

Adroddodd Ifan hyn i gyd a'i lygaid yn pefrio gan ddireidi.

'Wel,' meddai ei wraig, 'mi gaiff Owen fynd i'r ysgol ganolraddol, petai ddim ond i bryfocio Doli Rhyd Garreg.'

'Naci,' meddai Ifan 'Mae Owen i fynd i'r ysgol i gael addysg. Mi fedar fynd trwy'r byd yma wedyn, a fedar neb ddwyn 'i addysg oddi arno fo.'

Dysgasai Ifan wers Elin, ac mor wahanol oedd ei agwedd i'r hyn ydoedd cyn mynd i'r dref fel y chwarddodd pawb.

'Chlywis i 'rioed monot ti'n siarad cyn galled,' meddai Geini.

Daethai Ifan â brôn adref gydag ef i swper, a bu'n rhaid i Geini aros.

Ni phoenai dim hwy, nes gofynnodd y tad, 'Lle mae Sioned?'

'Acw, efo Mam,' meddai Geini. 'Does dim eisio i chi gadw dim o'r brôn yma, mi fydd wedi cael 'i swper.'

Cuddiodd Jane ei hwyneb rhag i neb weld ei fynegiant.

Tua deg daeth Sioned i'r tŷ, a'i hwyneb yn goch a'i llygaid yn ddisglair. Yr oedd yn furum o chwys ar ôl rhedeg, ond yr oedd goleuni yn ei llygaid na welir ond yn llygad y sawl sy'n caru am y tro cyntaf. Gadawsai dŷ ei nain ers chwech o'r gloch ac aethai i gyfarfod â Dic Edwards, siopwr yn y dref, yng Nghoed y Ceunant. Aberthodd swper er mwyn hynny, ac yn ei gwely bu'n troi a throsi ac yn ail-fyw'r noson hyd oriau mân y bore.

Yn ei gwely hithau, bu'r fam yn hir yn ceisio datrys yr olwg hapus ar Sioned.

Yn ei wely ef, meddyliai Owen am ei dad ac am y natur llygad croes oedd ganddo, a chwarddodd. Yna gwenodd wrth feddwl am y newid ym marn ei dad ar ei ysgoloriaeth mewn ychydig oriau. Wir, yr oedd pobl mewn oed yn fodau rhyfedd, yn troi a newid bob munud. Yna cofiodd mor dlws oedd Sioned pan ddaeth i'r tŷ.

Chwyrnai Wiliam wrth ei ymyl. Efô a'r plant lleiaf yn unig a aeth i gysgu heb feddwl.

VIII

YMHEN CHWECH wythnos priododd Geini'n sydyn heb i'r ardal wybod. Yr oedd yn bymtheg ar hugain oed erbyn hyn, ac ni feddyliasai neb y buasai'n priodi. Buasai'n canlyn Eben, Ffynnon Oer, ers blynyddoedd lawer, ond ni fedrai briodi, am ei bod, megis Ifan ei brawd flynyddoedd cyn hynny, yn methu gadael ei mam. Nid oedd Eben yn ôl o grefu, ond bob tro pan ddeuai i bwynt methai Geini addo, ond digwyddodd rhywbeth a wnaeth iddi benderfynu ar slap.

Fyth er y nos Sadwrn pan ddechreuodd Sioned gyfarfod â Dic Edwards, âi i dŷ ei nain yn amlach, ac un noson gofynnodd i'w nain a gâi ddyfod yno i gysgu nos trannoeth. Cafodd ganiatâd parod honno, ac erbyn myned adref i'r Ffridd Felen yr oedd ganddi stori ddel i'w dweud wrth ei mam, fod arni eisiau gwnïo ac ail-wneud hen ddillad i'w nain. Bodlonodd ei mam dros ei hysgwydd, er yr amheuai fod rhywbeth yn mynd ymlaen na wyddai hi ddim amdano. Yr oedd arni eisiau myned i fyny i'r Fawnog i edrych mewn gwirionedd beth oedd cynllwyn Sioned, ond dyna'r peth olaf a wnâi, gan y gwyddai na wnâi Sioned Gruffydd ddim ond partïo Sioned, ei hwyres. Dywedai greddf Jane wrthi fod y nain yn dial arni hi drwy swcro a chymryd part Sioned. Disgwyliai Geini i lawr bob dydd er mwyn cael siarad â hi am y peth, ond ni ddeuai.

Cyfarfyddai Sioned â'i chariad bob nos, a chyrhaeddai dŷ ei nain yn hwyr gyda'r stori mai gweithio'n hwyr y buasai am ei bod yn brysur ar y wniadreg. Ar ôl y nosweithiau cyntaf dechreuodd Geini amau hyn. Nid oedd o flaen na Phasg na Sulgwyn, ac nid oedd yn ddechrau gaeaf. Yr oedd arni flys mynd i lawr i dŷ'r wniadreg, ond buasai hynny'n rhy debyg i snecian, a beth pe dywedai Sioned y gwir? Ond aeth yn flin ei thymer. Cyn hynny, nid oedd bywyd Geini a'i mam yn hyn y gellid ei alw'n heddychlon. Anghydwelent, ffraeent, sorrent, a siaradent â'i gilydd drachefn. Buasai'n amhosibl dweud 'ailgymodent' oblegid nid oedd gymod yn bod cynt. Eithr bob amser yr oedd y ddwy'n gyfartal. Dim gwahaniaeth pa'r un o'r ddwy a gâi'r gair olaf, câi'r ddwy yr un faint o gyfnerthiad o'r tu allan. Ni allai 'run o'r ddwy gwyno oblegid hynny.

Ond yn awr dyma gog yn y nyth. Buasai'n haws i Geini ddal pe gwnaethai Sioned ryw osgo i wneud cyfeilles ohoni. Na, prin y siaradai â hi. Âi i gysgu gyda'i nain, peth afiach iawn yng ngolwg Geini. Yr oedd yn rhaid bod gan Sioned rywbeth i'w guddio. Cychwynnai yn y bore yn ei ffrog wisgo ddu a pharsel o dan ei chesail, ond deuai i'r tŷ yn y nos yn ei ffrog orau a pharsel o dan ei chesail. Yr oedd yn bechod ym meddwl Geini ei bod yn gwisgo'i ffrog orau bob dydd – ffrog biws olau, wedi ei thrimio â rhuban tipyn tywyllach a grychasid ar flaenau ei llewys ac yn hanner cylch ar draws y frest; y frest o sidan gwyn a les drosto, a band y gwddf yr un fath. Âi'r ffrog yn rhy gwta iddi'n brysur. Tybed a wyddai ei mam ei bod yn gwisgo'i ffrog orau bob dydd? Yr oedd arni flys mynd draw i'r Ffridd Felen. Ond gallai roi ei throed ynddi. Nid oedd am greu twrw os gellid ei osgoi. Gallai greu drwgdeimlad rhwng Jane ac Ifan hyd yn oed.

Modd bynnag, fore'r pedwerydd dydd methodd ddal yn hwy. Buasai allan yn bwydo'r moch a'r ieir ar ôl godro, a deuai i'r tŷ am ei brecwast. Yr oedd Sioned newydd orffen ei brecwast o de a bara ymenyn ac wy, ac yn edrych arni hi ei hun yn y drych cyn cychwyn. Gwelai ei mam yn estyn arian o'i phwrs yn nrôr y dresel. Cychwynnodd Sioned allan trwy'r drws ac aeth ei nain ar ei hôl, a gwyddai Geini fod yr arian wedi newid dwylo. Gwylltiodd hyn Geini. Cofiai'r noson gynt hefyd, a Sioned yn eistedd yn y gadair freichiau fel ledi, a'i thraed ar draws yr aelwyd. Lluchiai'r llestri, a gwnâi sŵn anferth wrth hwylio ei brecwast ei hun.

'I beth wyt ti'n lluchio dy gylchau?'

'Mi faswn i'n licio gwybod beth oeddech chi'n roi i Sioned.'

'Ydi o'n rhywfaint o fusnes neb beth oeddwn i'n roi iddi?'

'Ydi; mae o'n fusnes i mi.'

'Ers pa bryd?'

'Ers pan ydw i'n gweithio ac yn slafio yn y fan yma. Mae o'n helynt o beth i mi hel yr hufen, i chi 'i roi o i beth fel yna.'

'Os nag wyt ti'n cael dy blesio, mi wyddost beth i'w wneud.'

'Gwn, ac mi wn beth fydd yn rhaid i chitha wneud hefyd.'

'Mi ddaw Sioned yma ata i.'

Chwarddodd Geini dros bob man.

'Mi fedra i weld y ledi yna'n rhoi llith i'r lloua. Ha! ha!'

Y noson honno aeth Geini at Eben a dywedodd ei bod am ei briodi.

Ar ei ffordd yn ôl galwodd yn y Ffridd Felen; penderfynasai ddweud y cwbl am Sioned wrth ei rhieni. Ond cafodd sbario. Yr oedd hi'n derfysg yno, er pan ddaethai Ifan adre o'r chwarel.

Yr oedd Morus Ifan, y Stiward Bach erbyn hyn, gŵr Doli, Rhyd Garreg, wedi galw Ifan i'r offis yn y chwarel y diwrnod hwnnw. Nid oedd Bycli y Stiward yn y chwarel.

Teitl ar is-oruchwyliwr yw Stiward Bach, ond yr oedd Morus yn fychan ym mhob ystyr. Yr oedd ei gyraeddiadau mor fychain fel stiward hyd yn oed, nes oedd arno ofn colli ei swydd, ac yn union fel dyn felly, daliai'r afwynau'n dynn ym mhen y gweithwyr. Yr oedd arno ofn y gweithwyr oblegid bod arno ofn ei anghymwysterau ei hun. Ond gweithiai law yn llaw â'r Stiward ac felly i ddwylo'r perchenogion. Ni buasai bywyd Ifan byth yn hapus yn y chwarel er pan briododd y Stiward Bach â Doli. Ni thriodd ormesu arno, ond teimlai Ifan yn ei bresenoldeb bob amser ei fod fel petai'n chwarae â phawennau cath bach. Yr oeddynt yn esmwyth fel melfed, ond gallai'r gath estyn ei hewinedd yn sydyn. A thybiodd Ifan y diwrnod hwn ei fod yn mynd i weld yr ewinedd.

'Steddwch, Ifan Gruffydd,' meddai Morus Ifan.

Gwnaeth Ifan hynny, gan roddi ei het galed lychlyd ar ben ei lin.

'Does a wnelo'r hyn sy gin i i ddweud wrthoch chi ddim byd â'r chwarel,' ebr y Stiward Bach, 'ond,' gan chwarae â chadwyn ei wats, 'ond rydw i'n teimlo y dylwn i ddweud wrthoch chi am ymddygiad Sioned, 'ych merch.'

'Sioned! Beth mae Sioned wedi'i wneud?'

'Wel, mae'n reit gas gin i ddweud wrthoch chi, ond rydw i wedi 'i gweld hi ddwywaith neu dair yn ddiweddar efo rhyw fachgen yng Nghoed y Ceunant.'

'Ydach chi'n siŵr? Achos mae hi'n mynd ar 'i hunion o'i gwaith at Mam i'r Fawnog, i wnïo iddi hi, ac mae hi'n cysgu yno wedyn.'

Gwenodd y Stiward yn awgrymiadol, fel un cyfarwydd â thriciau pobl ifanc pan fônt yn caru. Gwelodd Ifan hynny a chochodd.

'Oedd hi'n gwneud rhywbeth o'i le?' oedd ei gwestiwn nesaf.

'O, nag oedd, ond yr oeddwn i'n meddwl na fasach chi ddim yn licio gwybod bod eich merch, a hithau mor ifanc, yn eistedd yng Nghoed y Ceunant a dyn ifanc â'i law am 'i chanol hi.

Yr oedd Ifan ar fin ei ateb, ond cofiodd mai gweithiwr oedd ef ac mai swyddog oedd y llall, ac yr oedd yr amseroedd yn ddrwg.

'Diolch i chi am roi gwybod imi,' meddai Ifan yn foneddigaidd, ac aeth allan o'r swyddfa.

Teimlai'r Stiward yn siomedig wedi i Ifan fynd allan o'r swyddfa. Disgwyliasai iddo ei ateb yn ôl fel y câi graff arno byth wedyn.

Yr oedd hyn ar fin caniad, ac ni bu'n rhaid i Ifan wynebu'r un o'i gyd-weithwyr gyda'r pwn oedd ar ei feddwl. Ar ei ffordd adref siaradai ei wefusau â'i gyd-weithwyr, ond siaradai ei feddwl ag ef ei hun. Paham na ddywedasai ei feddwl wrth y llechgi bach busneslyd? Os mynd am dro drwy Goed y Ceunant yr ydoedd y noson gyntaf pan welodd Sioned, yr oedd Ifan yn sicr nad mynd am dro oedd ei neges yr ail waith a'r nosweithiau eraill. Ac eto, gorau i gyd iddo fedru cau ei geg. Yr oedd cyflogau'n fychain, a ffafr oedd cael gweithio llawer dros ei blentyn y dyddiau hyn. Gallai'r Stiward ddangos y bonc iddo, gan ei fod ef a'r Stiward Bach fel gwac a mew. Ond O! yr oedd ar Ifan gywilydd. Pe dywedasai ei bartner hyn wrtho fe wybuasai mai o gywirdeb bwriad y gwnaethai hynny, ond fe wyddai'n iawn mai balchder o gael tynnu Ifan i lawr a wnaeth i'r Stiward Bach wneud hynny.

Yna troes ei feddwl at Sioned. Beth oedd i'w wneud â hi? Nid oedd ef ei hun fawr hŷn yn dechrau caru â Doli. Ni fedrai ei beio am fynd i garu. Eto yr oedd yn ifanc iawn, ac yr oedd yr oes yn newid. Yn amser Ifan byddai plant yn ennill digon i gadw gwraig, cyn bod plant yn gadael yr ysgol rŵan. Ond ystumiau Sioned oedd yr hyn na hoffai. Âi ormod i dŷ ei nain yn barod, heb ei wneud yn ddinas noddfa i guddio llygaid ei thad a'i mam.

Ochneidiodd wrth roi ei het ar yr hoel, a gwyddai Jane ar unwaith fod rhywbeth yn bod, wrth ei ddull o ochneidio.

Ar ôl gorffen bwyd chwarel, meddai ei fam wrth Owen, 'Yli, dos am dro i Twnt i'r Mynydd; dwyt ti ddim wedi bod ers talwm.'

Ar adegau eraill fe hoffai gael mynd, ond heddiw fe wyddai oddi wrth yr awyrgylch mai cael ei anfon oddi ar y ffordd yr oedd. Ni ddaethai Twm a Bet yn ôl oddi ar eu pererindodau. Prin y gwelid hwy ar hyd y dydd yng ngwyliau'r haf fel hyn. Nid oedd ond Owen a Wiliam o'r plant yno. Cychwynnodd Owen yn anfodlon dan lusgo'i draed.

'Ga i roi fy sgidia gorau? Rydw i wedi blino yn rhain.'

'Cei,' ebr ei fam, a theimlodd funud o dosturi drosto.

Ac o flaen Wiliam a Jane adroddodd Ifan yr hyn a ddywedodd y Stiward Bach wrtho.

Fel un a amheuai rywbeth ers tro, ni synnwyd y fam gymaint. Y peth a'i gwylltiai oedd fod y peth wedi mynd ymlaen mor hir, drwy fod gan Sioned le i ddisgyn yn nhŷ ei nain. Pe ceisiasai Sioned eu twyllo gartref, fe gawsai gwrs marsial ers talwm.

'Mae bai mawr arnon ni am adael i'ch mam ei swcro cyd,' meddai Jane.

'Oes,' meddai Ifan yn ddiamynedd, 'ond Sioned oedd yn dewis mynd yno.'

'Ia, fel llo ar ôl siwgr,' meddai hithau.

'Mi aeth yno heb y siwgr y tro yma,' meddai Ifan.

Am funud, teimlai Ifan yn gas tuag at Jane am weld mwy o fai ar ei fam nag ar Sioned.

Iddo ef rhyw flinder ysbryd oedd peth fel hyn, yn torri ar dawelwch bywyd dyn. Dechreuodd wawrio ar ei feddwl fod plant yn fwy o drafferth nag o werth. Y cwbl oedd arno eisiau oedd digon o waith a cherrig da yn y chwarel, gweithio ar ôl dyfod adre, a mygyn a phapur newydd cyn mynd i'w wely. Eithr er pan ddechreuodd y plant ddyfod yn fawr yr oedd rhyw fydau efo hwynt o hyd. Cyn gynted ag y daethant yn ddigon mawr i fynd dros yr hiniog ni wyddai neb o ba gyfeiriad y deuai helynt. Y peth a bwysai fwyaf ar feddwl Ifan oedd sut yr âi i dŷ ei fam i nôl Sioned. Dyn oedd ef na byddai pwysau gwaith yn blino dim ar ei gorff, a medrai ddyfod dros anawsterau yn y chwarel, ond unwaith y deuai rhywbeth i bwyso ar ei feddwl, âi fel bretyn.

Aeth i dwtio o gwmpas y das, gan na byddai o unrhyw werth iddo fynd i dŷ ei fam hyd yn hwyr. Tua hanner awr wedi wyth daeth Geini yno a golwg gynhyrfus arni.

'Lle mae Ifan?' oedd ei gair cyntaf wrth Jane.

'Mae o'n twtio'r das,' meddai hithau'n dawel, a chroen ei llygad yn tueddu i ddisgyn dros ei hamrannau; 'gwneud rhywbeth i fynd â'r amser. Mae arno eisio mynd i fyny acw yn o fuan.'

Gwelodd Geini fod y storm wedi dechrau torri.

'Mynd acw ynghylch Sioned y mae o?'

'Ia.'

'Dŵad yma i siarad yn 'i chylch hi rydw innau.'

'Ydach chitha wedi clywed y stori amdani felly?'

'Pa stori?'

''I bod hi'n cwarfod rhyw hogyn yng Nghoed y Ceunant.'

'O, dyna ydi'r cynllwyn, ai e?'

'Wyddech chi ddim felly, ynte?'

'Na; y cwbl wn i ydi 'i bod hi'n dŵad acw'n hwyr, yn fy nhrin i fel tawn i'n faw, ac yn cael arian gin Mam. Rydw i wedi cael llond fy mol. Ond dydw i ddim yn mynd i ddiodda dim rhagor. Mae Eben a finna'n mynd i briodi.'

'Geini!'

Ar y gair daeth Ifan i'r tŷ.

'Ydach chi ddim yn fy ngweld i wedi aros ddigon hir?'

'Ydach, mor hir nes mae o'n ddychryn bron clywed y newydd.'

'Beth wnaiff 'ych mam?'

'Dim ond yr hyn y mae'n rhaid i fam pawb wneud. Rydw i wedi dŵad i ben fy nhennyn.'

Ochneidiodd Ifan. Trybini ar gefn trybini.

'Wyt ti wedi dweud wrth Mam?' oedd cwestiwn Ifan.

'Naddo; mi gei di dorri'r garw iddi, cyn dy fod ti'n dŵad acw i nôl Sioned.'

'Na na, wna i ddim, dyna ben. Mae'n ddigon i mi ddeud yr hyn sy gin i ar fy meddwl ynglŷn â Sioned.'

'Waeth iti daflu fy newydd innau i mewn yr un pryd.'

Chwarddodd Geini, ac edrychodd y ddau arall arni'n hurt wrth ei gweled mor ddifater.

'Rŵan,' meddai Geini, 'tyd yn dy flaen, cynta yn y byd y cei di o drosodd.'

Adwaenai Geini ei brawd yn dda. Ymddangosai bywyd iddi hi ers tro yn ddim ond cael pethau trosodd, ac wedi i chwi lanio yr ochr arall i un helynt, odid na byddai un arall yn disgwyl wrthych wedyn.

Fel y dynesent at y Fawnog, teimlai Ifan fel y gwnaethai lawer tro wrth agosáu at ei gartref. Yn union fel heno y teimlai pan fyddai wedi bod allan yn caru, fel plentyn ac arno ofn cael drwg gan ei fam. Teimlai bob amser y byddai ei fam yn barod i ddisgyn fel cath arno, a byddai ei thymer yn afrywiog bob noson yr âi allan i garu.

'Dyma ddyn diarth,' oedd gair cyntaf ei fam.

Ac yr oedd hynny'n wir. Anaml yr âi i dŷ ei fam ond ar adeg cynhaeaf gwair a chodi tatws. Yr oedd y tŷ yr un fath ag y byddai bob amser. Yr unig beth a newidiai yno fyddai oilcloth bwrdd neu fating aelwyd. Dyna lle'r oedd y garreg gron a gariwyd gan rywun o lan y môr rywdro ac a farneisiwyd yn ddu a'i gosod ar gongl gwal bach yr ardd. Yr oedd yno fel rhyw arwydd tragwyddol; arni hi y disgynnai llygaid Ifan wrth agor cliced y drws ar noson garu. Er pan briododd edrychai amdani bob tro yr âi i'r Fawnog. Yr oedd hi yno heno fel erioed, ac wrth fyned heibio iddi i'r tŷ teimlai yr un fath ag y teimlodd ganwaith cyn priodi. Yr un peth ydoedd mewn gwirionedd, ond ei fod yn achos caru rhywun arall.

Bwriodd Ifan ar ei ben i'r dwfn. 'Lle mae Sioned?'

'Mae hi'n gweithio'n hwyr, on'd ydi hi?'

'Ydi, medda hi a medda chitha.'

'Pwy sy'n deud yn wahanol?'

'Y bobol sy wedi'i gweld hi a rhyw hogyn efo'i gilydd tua Choed y Ceunant.'

Syrthiodd gwep ei fam, ac aeth i eistedd wrth y tân gan blethu ymyl ei siôl fach.

'Pwy ydyn "nhw" felly?' oedd ei chwestiwn nesaf.

'Wel, Morus Ifan ddeudodd wrtha i.'

Aeth ei fam yn fwy mud. Yr oedd ganddi barch taeogaidd i'r dyn a briododd gariad ei mab. Daliai i blethu ei siôl. Aeth yn ffyrnig ynddi hi ei hun am fod ei hwyres wedi ei thwyllo. Ond, rywle yng ngwaelod ei bod, teimlai fod bai ar rywun arall yn hytrach nag ar Sioned. Am unwaith ni fedrai ddweud hynny.

Yn y cyfamser, buasai Geini'n symud o gwmpas yn ôl a blaen rhwng y siamber a'r gegin, yn tynnu ei chôt a'i het, a rhoi barclod o'i blaen. Erbyn hyn daethai i eistedd ar gadair yn ymyl y bwrdd, a cheisiai wneuthur ystumiau ar Ifan iddo ddywedyd ei newydd hi wrth ei mam.

Wrth weld ei fam yn ddistaw, meddyliodd ei bod yn drist, ac yn ei fyw ni allai ei brifo ymhellach drwy ddweud newydd Geini wrthi. Sôn am gyfyng-gyngor! Ie, sôn am Uffern! Yr oedd hyn yn waeth nag adeg ei briodas ei hun, pan fu'n rhaid i Geini dorri'r newydd drosto i'w fam. A dyma Geini'n methu torri'r newydd am ei phriodas ei hun. Mae'n debyg ei bod yn haws torri'r newydd am briodas rhywun arall. Ond meddai Sioned Gruffydd,

'Mae arna i ofn nad ydach chi ddim yn trin yr hogan yn iawn gartra.'

'Trin, pwy drin mae hi'n gael yn wahanol i neb arall?'

'Rydach chi'n dal gormod ar yr hogan i lawr.'

Methodd gan Geini ddal.

'Mi faswn i'n deud 'i bod hi'n cael llawer gormod o'i ffordd ei hun.'

'Doedd neb yn siarad efo chdi,' meddai Sioned Gruffydd.

'Nag oedd, mae'n siŵr,' meddai Geini, 'does neb yn dewis siarad efo mi. Ond mae gin *i* fys yn y brwas yma. Dydw i ddim yn mynd i aros rhagor yma i fynd dan 'ych traed chi na Sioned. Wyddost ti,' meddai, gan droi at Ifan, 'nid am ddengid allan i garu rydw i yn ddig wrth Sioned, ond am 'i bod hi'n gimint o ledi, ac yn troi i thrwyn ar rywun fel tawn i, sy'n ddigon o ffŵl i fynd yn forwyn bach iddi hi. Ond,' ychwanegodd gan droi at ei mam, a'i llais yn crynu, 'mae yna derfyn ar bob dim, ac mi fydda innau'n mynd oddi yma i briodi ymhen tair wythnos.'

'Gwynt teg ar d'ôl di,' meddai ei mam.

'Mam,' meddai Ifan, 'rhag cwilydd i chi, wrth un sy wedi bod mor dda wrthoch chi.'

'Tw,' meddai Geini tan grio, 'dydi hynna yn ddim i beth fydda i'n gael.'

Teimlai Ifan yn druenus. Ar un wedd yr oedd yn well ganddo Geini na neb yn y byd, ond ei wraig a'i blant, ac yr oedd ei berthynas tuag ati'n wahanol hyd yn oed i'w berthynas tuag atynt hwy. Ac efallai mai dyma un o'r clwyfau halltaf a gafodd yn ei oes, oedd clywed ei chwaer, oedd mor dda ganddo amdani, yn lladd ar ei blentyn ei hun yn ei wyneb. Âi bywyd, yn enwedig cysylltiadau teulu, yn fwy dyrus iddo bob munud.

Yng nghanol y crio a'r helynt, daeth Sioned i'r tŷ. Nid oedd yn rhaid iddi ofyn beth oedd. Edrychai fel aderyn gwyllt wedi ei ddal, a sylweddolodd ei thad a Geini hynny. Edrychodd Ifan ar ei ferch fel ped adwaenai hi am y tro cyntaf. Yr oedd megis plentyn dieithr iddo. Ni ddaeth i'w feddwl erioed ei bod hi cyn hardded. Tyfasai o fod yn blentyn i fod yn ferch ifanc heb yn wybod iddo.

'Well iti ddŵad adre efo mi,' meddai wrthi.

Ni fedrai wneud dim ond ufuddhau i'r llais hwnnw.

Ni bu gair rhwng y tad a'r ferch ar eu ffordd yn ôl i'r Ffridd Felen, ac ni bu fawr wedi cyrraedd y tŷ chwaith. Dyn na fedrai geryddu oedd Ifan Gruffydd, a theimlai ei wraig erbyn hyn fod Sioned wedi cael digon o gerydd wrth gael ei dal. Y boen fwyaf i'w mam oedd fod Sioned wedi creu anghydfod rhwng Geini a Sioned Gruffydd a allasai droi'n anghydfod rhwng Geini a hithau. Un o'r pethau gwerthfawrocaf ym mywyd Jane er pan ddaethai i fyw i'r ardal oedd ffyddlondeb Geini. Ni bu'n fyr o ddangos hynny i'w merch. Yr oedd Ifan yn falch bod ei wraig yn bwrw drwyddi mor huawdl, ac yn dangos y fath synnwyr wrth fynegi'r drwg a achosodd Sioned i'w modryb Geini. Teimlai Ifan yn eithaf blin yn aml wrth ei wraig, ond yr oedd ynddi ryw sadrwydd a synnwyr o gyfiawnder a enynnai ei edmygedd bob amser – y pethau a hoffodd ynddi gyntaf erioed a'r pethau y daliodd i'w hoffi ynddi hyd ei bedd.

Ni cheid dim gair gan Sioned ei hun, ffaith a fyrhaodd bregeth ei mam. Ond torrodd allan i grio ymhen tipyn, a bodlonodd i gymryd ei swper.

Modd bynnag, ni chafodd neb wybod ystyr ei dagrau. Yr oedd hi megis y ddol yn y câs gwydr yn y gegin orau.

IX

PRIODODD GEINI, ac aeth hi a'i gŵr i fyw i dŷ moel bychan
oedd yn nes i'r Ffridd Felen nag i'r Fawnog. Câi Eben ei gŵr y
gair ei fod yn daclus, a dechreuodd Geini ei bywyd priodasol yn glir
â'r byd. Bu'n rhaid iddi gael benthyg arian gan Jane ac Ifan i brynu
dillad priodas, ac fe'u talodd yn ôl ar ôl priodi.

Yr unig ddraen yn ystlys Geini pan briododd oedd ei mam.
Teimlai, er hynny, i'r cam a gymerodd wneud mwy o les iddi na
dim yn ei bywyd, a'i bod wedi byw mwy yn ystod y mis diwethaf
nag a wnaethai erioed. Eithr teimlai o hyd na wnaethai ei dyletswydd
at ei mam. Ac eto, fe wnaethai hynny am gyfnod go hir. Ers ugain
mlynedd a rhagor, bu'n dadlau, camddeall a ffraeo â'i mam beunydd
barhaus, ac yn ystod yr holl amser yna bu'n dweud wrthi hi ei hun
y câi ei mam weld ryw ddiwrnod, ac yn ei breuddwydion effro bu'n
gweld y dydd pan ymadawai â'r Fawnog, a hithau drwy hynny'n
cael y llaw uchaf ar ei mam, a dychmygai ei gweled ei hun fel
buddugwr a'i throed ar gorff ei gelyn. Dyma'r dydd hwnnw wedi
gwawrio yn hollol wahanol i'r hyn y tybiodd y byddai. Nid eiddo
Geini'r fuddugoliaeth, oblegid nid edrychai ei mam fel petai'n
malio o gwbl, a phe buasai hi'n malio, fe wnaethai hynny hi'n anos
i Geini ymadael â hi, ac eiddo ei mam y fuddugoliaeth y ffordd
honno wedyn. Er y golygai i'r hen wraig ddechrau ymdrafferthu â
gwartheg a moch eto, ni fynnai gydnabod bod hynny'n golled. Pe
buasai hi'n hollol onest â hi ei hun, fe gydnabuasai mai'r golled
fwyaf a gafodd oedd colli rhywun i gael gweled bai arno. Ei bwyd
a'i diod oedd ymgecru a chredu yn ei pherffeithrwydd ei hun.

Am Sioned ei hwyres, fe gafodd le yn wniadreg mewn siop yn y
dref ar ôl gorffen ei phrentisiaeth. Nid oedd gan ei mam ddim i'w
wneud ond dygymod â hynny. Yr unig ddewis arall oedd ganddi
fuasai iddi ddechrau gwnïo ei hun gartref, ac o ddau ddewis drwg
yr oedd yn well gan Jane Gruffydd iddi fod yn y dref. Yr oedd Elin
yno i gadw tipyn o'i llygad arni. Yr oedd yn rhaid i Sioned, oherwydd

oriau hirion, letya yn y dref ar hyd yr wythnos. Effaith hyn ar Sioned ydoedd ei bod yn siriolach o lawer pan dreuliai'r Sul gartref.

Dechreuodd Owen yn yr ysgol sir. Gan na fedrai gael dim i'w gario yn y dyddiau hynny, yr oedd yn rhaid iddo gerdded y pedair milltir rhwng ei gartref a'r ysgol. Câi ddigon o gwmpeini, hogiau'n mynd i siopau a swyddfeydd. Cychwynnent yr un adeg i'r funud bob dydd, a chyfarfyddent bawb â'i gilydd ar y croesffyrdd. Os byddid yn myned heibio i dŷ un o'r cwmni, chwibanai'r gweddill cyn cyrraedd y tŷ, a'r eiliad nesaf byddai yntau allan wrth y llidiart. Dyma'r gymdeithas berffeithiaf a adnabu Owen trwy ei oes. Yr oedd rhyw ddealltwriaeth ddistaw rhwng y cwmni a'i gilydd. Ni siaradai neb amdano, ond yr oedd yno. Anaml y ffraeent er y dadleuent yn benboeth weithiau, megis ar fater Datgysylltiad (tueddai Owen i gymryd plaid yr Eglwys) neu ryfel De Affrica. Ond yr oeddynt fel un gŵr yn eu gwrthwynebiad i gwmnïau eraill a gerddai'r ffordd. Nid ymunent o gwbl â'r genethod a gerddai i ysgolion a siopau'r dref. Tueddent i'w hysgornio, ac eto fe'u cymeradwyent yn gynnil. Byddai ganddynt sylw cyrhaeddgar neu ffraeth i'r fintai o bobl a gerddai, yn y cyfeiriad gwrthwynebol, o'r dref, gyda'u nwyddau – tuniau, penwaig, siop wen, a ffrwythau – a byddai gan yr olaf yr un ffraethineb i'w droi'n ôl. Yr oeddynt yn un yn eu cymeradwyaeth neu anghymeradwyaeth o ddosbarthiadau eraill o bobl.

Anghymeradwyent hogiau'r dref, neu'r 'cofis' fel y galwent hwy, a throai'r olaf eu dirmyg yn ôl drwy eu galw hwythau'n 'hogia 'lâd'. I hogiau'r dre yr oedd hogiau'r wlad yn anwybodus, yn enwedig o foesau da, ac i hogiau'r wlad yr oedd hogiau'r dre yn neis ac yn debycach i enethod nag i fechgyn. Ni cheid dim dadlau ar bethau fel hyn ymhlith y fintai yr oedd Owen i fod yn aelod ohoni am y pedair blynedd nesaf. Yr oeddynt yn unfryd unfarn yn eu barn am hogiau'r dref.

Fe anghofiodd Owen lawer o bethau a ddigwyddodd yn yr ysgol sir, ond nid anghofiodd ddim ynglŷn â 'run o'r bechgyn a gydgerddai ag ef bob bore. Dyna Rhisiart, yr Allt Ddu, hogyn a gerddai megis ar flaenau ei draed bob amser. Gwisgai drywsus a ddôi'n is o dipyn na'i ben-glin, oblegid bod ganddo frodyr llai a mam ddarbodus; edrychai'r trywsus yn llac fel pe na bai ganddo drôns. Ni byddai ganddo gôt uchaf byth, ac ni welid byth mohono'n oer. Yr oedd gwên ddireidus ar ei wyneb bob amser. Efe oedd canolbwynt hwyl cyfarfod plant a phob cyfarfod arall. Ym mhob cystadleuaeth ysgrifenedig dyfeisiai ryw ffugenw doniolach na'i gilydd, megis 'Un am waed y beirniad', 'Draenog Flewog' – ffugenwau a gostiai iddo ei wobr weithiau. Wedyn dyna John, Twnt i'r Mynydd, bachgen diniwed, difeddwl-ddrwg, a gariai ei ymolchi ymhell i'w wallt, nes oedd ôl dŵr o dan ei fargod, a chudyn gwlyb yn hongian o dan ei gap. A Bob, Parc Glas, bachgen distaw, twt, a bochau cochion mewn croen gwyn, yn cyfrannu ychydig at y sgwrs, ond yn chwerthin llawer.

Aeth bywyd Owen heibio yn eithaf undonog yn yr ysgol sir. Yr oedd yr wythnosau cyntaf, pan oedd yn rhaid iddo geisio troi ei dafod o gwmpas geiriau Saesneg wrth siarad â'i athrawon, yn rhai cas ganddo, ac yr oedd Saesneg y Saeson mor anodd i'w ddeall. Ni ddaeth i hoffi'r ysgol yn gyfan gwbl, ac ni chasâi hi chwaith. Wrth fynd adre'r nos yr oedd allan o'i awyrgylch, ac eto yn ystod y dydd yr oedd allan o awyrgylch ei gartref. Yr oedd ganddo gymaint o dasgau gyda'r nos fel na allai wneud dim gartref o'r hyn a wnâi pan oedd yn yr ysgol elfennol. Ac ar wahân i'r ychydig a gâi ar brynhawn Sadwrn a'r Sul, aeth aroglau'r beudy a'r tŷ gwair yn beth dieithr iddo. Ni pherthynai nac i'w gartref nac i'w ysgol. Yr oedd graen ar ei waith ym mhob pwnc, a byddai yn rhywle tua phen y dosbarth ym mhob dim.

Digwyddodd dau beth mawr iddo yn yr ysgol, pethau a gafodd fwy o ddylanwad arno na'r addysg a gafodd yno – ei garwriaeth â Gwen, merch Doli Rhyd Garreg, a'i gyfeillgarwch â Thwm ei frawd.

Yr oedd Gwen yn yr un dosbarth ag ef, wedi dyfod i mewn heb ysgoloriaeth, ond wedi ennill hanner ei hysgol ymhellach ymlaen. Sylwasai Owen yn gynnar yn ei fywyd newydd ar eneth bach a eisteddai yn ffrynt y dosbarth, ac a droai'n ôl i edrych arno ef yn bur aml. Yr oedd ganddi lygaid glas, byw; gwallt gwinau, crychlyd, byr, a bochau gwridog bob amser. Yr oedd yn fyr o gorff ac yn tueddu at fod yn dew.

Un ganol dydd, pan oedd Owen yn sefyllian ar y cae chwarae ar ôl cinio, daeth ato a gofyn iddo,

'Ydach chi wedi gwneud 'ych syms at yfory?'

'Do,' meddai Owen.

'Gawsoch chi'r ddwytha allan?'

'Do.'

'Mi fethis i'n lân â'i chael hi.'

A chan dynnu copi gwaith rhwydd o rywle o'r tu ôl iddi, dangosodd y lle'r oedd ei dryswch.

Dangosodd Owen iddi, a gweithiodd y sym ar ei hunion.

'Yn y Ffridd Felen ydach chi'n byw?'

'Ia.'

'Rydw i'n credu bod Mam a Nhad yn nabod 'ych tad yn iawn.'

'Ydyn nhw?'

'Wel, ydach chi'n gweld, Nhad ydi'r stiward yn y chwarel.'

'O.'

A dyna'r cwbl a allai Owen ei ddweud. Ni chlywsai ei dad yn sôn digon erioed yn ei glyw ef am y stiward iddo fedru teimlo unrhyw ofn parchus ym mhresenoldeb ei ferch.

Ar ôl hyn deuai Gwen i'w boeni o hyd ynghylch ei hanawsterau, ac aeth cyn belled â chychwyn cydgerdded adref gydag ef un noson, yn lle mynd gyda'r trên yn ôl ei harfer. Yr oedd Bron Llech, ei chartref hi, ar y briffordd, ac yr oedd stesion yno. Ond ni wnaeth hynny fwy nag unwaith. Aeth y cyd-gerddwyr i'w bryfocio, a bu'n rhaid iddo yntau ddweud wrthi. Cadwodd hithau oddi wrtho am beth amser, ond nid yn hir. Yr oedd ganddi ffordd o'i ddenu. Edrychai arno mewn ffordd a wnâi iddo dybio mai ail beth oedd yr help, ac mai ef ei hun a ddôi'n gyntaf yn ei golwg.

Un diwrnod, bu Owen wrthi am hir, â'i bwysau ar ymyl ffenestr, yn ceisio dangos rhyw ddyrysbwnc iddi. Ar hyd yr amser yr oedd gwên foddhaus ar ei hwyneb, a chymerodd Owen y credyd mai ei garedigrwydd ef a rôi bleser iddi. Pan ymunodd hi â'i chyfeillesau yn y cae clywodd Owen y genethod yn crechwen, a gwelodd Gwen yn dal cwd papur fferis i'r merched. Teimlodd i'r byw, a dywedodd wrtho'i hun y gallasai gynnig joi iddo yntau. Pe buasai'n nes at y genethod dyma a glywsai:

'Mae hi'n braf arnoch chi, Gwen, yn cael hogiau ifanc i'ch helpu a rhoi fferis i chi.'

Ac ni chlywsai Gwen yn eu cywiro chwaith.

Y diwrnod rhannu gwobrau cyntaf yn yr ysgol yr oedd Owen ar y blaen yn y rhan fwyaf o'r pynciau. Aeth â'r gwahoddiad, a argraffwyd yn Saesneg ar gardiau ac iddynt ymylon aur, adref i'w rieni. Ond gan na ddeallent ef, taflwyd ef o'r neilltu. Fel yr âi'r dyddiau ymlaen siaradai'r plant drwy ei gilydd am bwy a fwriadai ddyfod i'r cyfarfod, a chafodd ar ddeall fod mam Gwen yn dyfod. Y noson honno gofynnodd i'w fam a oedd hi am ddyfod i'r cyfarfod.

'Y fi?' meddai hi. 'Beth wna i mewn lle felly, a finna'n dallt dim gair o Saesneg?'

'Mae mam Gwen yn dŵad,' meddai Owen.

'A fedar hitha ddim gair o Saesneg,' meddai'r tad.

'Ella, ond mae gynni hi ddillad crand, ac mi gaiff sbario agor ei cheg.'

'Dowch, Mam,' meddai Owen, 'rydw i'n cael mwy o wobrau na neb.'

'Na, ddo i ddim.'

Pan ddaeth y diwrnod yr oedd Owen yn hynod gynhyrfus ac unig. Teimlai mai peth i 'bobol fawr' oedd cyfarfod gwobrwyo, efo'r holl rwysg. Yr oedd arno ofn syrthio wrth fynd i ben y llwyfan, a theimlai petasai rhai o'i deulu yno y buasai ganddo gefn yn rhywle. Cafodd fonllefau o gymeradwyaeth wrth nôl ei wobrau.

Ar y diwedd ymdroai pobl yn y cynteddoedd, a sylwodd Owen ar Gwen yn sefyll gyda'i mam a merched eraill. Cawsai Gwen un wobr am fod yn ganolig ym mhob pwnc ac edmygai'r twr merched y llyfr. Pan welodd Gwen Owen, troes ei phen draw, ond sylwodd Owen fod un o'r merched, oedd yn debyg iawn i Gwen, yn ceisio dal un llygad arno ef a chadw'r llall ar yr edmygedd a gâi gwobr Gwen. Yr oedd ganddi gôt sil amdani, a gwisgai fêl. Methai Owen ddeall paham y troes Gwen ei phen i ffwrdd a pheidio â dyfod â'i mam ato (mae'n debyg mai ei mam oedd y ddynes gôt sîl). Ond bwriodd yn ei feddwl na welodd hi mohono.

Y diwrnod wedyn yr oedd hi'n siriol yr un fath ag arfer yn yr ysgol. Ond ar ôl hynny ni fedrai Owen wneud llawer o siapri ohoni, a chadwodd ddigon clir oddi wrthi.

Hyd eu pedwaredd flwyddyn bu merched y dosbarth a'r bechgyn ar wahân, ond yr oeddynt yn ôl yn yr un dosbarth drachefn y flwyddyn honno.

Erbyn hyn cawsai Gwen fachgen arall i'w helpu, a theimlai Owen dipyn bach yn eiddigeddus. Nid oedd arno eisiau ei helpu ei hun, ac nid oedd arno eisiau i neb arall godi cyfuwch ag ef yn syniad Gwen chwaith. Daeth i ddechrau edrych ar y bachgen arall yma fel un a dresbasai ar ei feddiant ef. Fe'i cafodd ei hun yn siarad â hi, yn hytrach na'i hosgoi.

Un prynhawn Sadwrn tua dechrau mis Mai yr oedd Cymanfa Ganu Plant yn un o gapeli ardal Bron Llech. Cynhelid y gymanfa hon yn ei thro yn un o dair ardal. Heblaw canu, yr oedd yno holi Maes Llafur a rhoi gwobrau am Arholiadau Ysgrythur. I'r plant ieuengaf yr oedd cael mynd i'r gymanfa hon yn rhywbeth tebyg i gael mynd i'r dref am y tro cyntaf. Nid aent byth o'u pentref eu hunain ond pan aent i'r dref ar y Sulgwyn neu Ddydd Iau Dyrchafael, neu i lan y môr ym mis Awst. I'r plant hynaf collasai'r gymanfa lawer iawn o'r pleser a roesai iddynt ar y cyntaf. Daethant i gynefino â mynd i le dieithr, a daeth Owen i gynefino â'r hyn a elwid yn gipio gwobrau. Daeth pobl eraill i gynefino hefyd.

'Waeth i neb heb na chynnig; hogyn Ifan y Fawnog sy'n ennill ar bob dim.'

Ac erbyn hyn, daethai un arall o hogiau Ifan y Fawnog i ennill yn y dosbarth ieuengaf.

Yr unig ias o bleser a gâi Owen yn awr oedd yr ias o weled lot o blant gyda'i gilydd, y rhan fwyaf ohonynt yn ddieithr i'w gilydd, yn canu gyda'i gilydd. Rhoddai tyrfa fawr yr ias yma iddo bob amser. Y Sadwrn hwn yr oedd yn boethach nag arfer. Yr oedd ffenestri'r capel yn agored, a deuai awel ysgafn a bref defaid i mewn o'r mynydd. Wrth edrych drwy'r ffenestr, yr hyn a wnâi Owen yn aml, gwelai domen y chwarel, a edrychai'n lasgoch yn ei hymyl. Disgleiriai'r haul arni. Trawai ei olau ar un plyg a gwasgarai'r pelydrau i bob cyfeiriad, megis y gwnâi golau'r lamp yn y capel yn y gaeaf. Llithid ef i edrych ar y goleuni. Aeth yr holi a'r ateb yn gefndir i'w ymwybyddiaeth, a'r goleuni ar y llechen yn ganolbwynt iddo. Deuai'n ôl i fyd y gymanfa pan ganent 'Blodau Iesu' neu 'Milwyr Ffyddlon'. Ond wedi eistedd, denid ei lygaid at y llechen drachefn. Yna ymgollodd ynddo ef ei hun, ond aeth y goleuni a phob dim yn gefndir i'w ymwybyddiaeth.

Yn fuan, daeth i wybod bod wyneb rhyngddo a'r ffenestr yn troi'n ôl i edrych arno'n ddi-baid. Pan sylweddolodd hynny, rhoes ysgytiad iddo ef ei hun, a chanfu y dylai adnabod yr wyneb hwnnw. Gwenodd arno'n union, a gwawriodd ar ei feddwl yntau mai Gwen ydoedd. Nid oedd cyn hawsed iddo ei hadnabod yn ei dillad gorau. Gwisgai ffrog o las llwyd – lliw'r gog – a choler les o amgylch ei gwddf. Yr oedd ganddi het o wellt lliw hufen, a thorch o flodau glas o gwmpas ei chorun. Cantel tonnog o wrymiau a phantiau oedd i'r het, yn hanner cysgodi ei hwyneb. Dyna paham nad adnabu hi cyn hyn, a dyna a wnaeth iddo ddal sylw arni o hyn i ddiwedd y gymanfa, ac a gynhyrfodd deimladau ynddo nas cysylltodd hwynt â hi o'r blaen. Fel pe byddai'n beth hollol naturiol iddo, ymdrôdd o flaen y capel yn lle mynd adref ar ei union. Pan ddaeth Gwen allan, daeth ato oddi wrth y genethod oedd gyda hi.

'Hylô,' meddai hi.

'Hylô,' meddai yntau'n swil, gan rwbio blaen ei esgid yn y pridd a gwneud hafn ynddo.

'Ydach chi'n mynd adre efo'r genod yna?' meddai ymhen tipyn.

Ar hyn dyma lais oddi wrth y twr genethod,

'Gwen, ydach chi'n dŵad?'

'Nag ydw am dipyn. Ewch chi, mi dalia i chi.'

Tywyllasai erbyn hyn, ac yng nghanol y dorf a safai tu allan i'r capel nid adwaenai neb ei gilydd.

'Ga i ddŵad i'ch danfon chi?' gofynnai Owen.

'Waeth gin i,' meddai hithau, a'i thwrn hi yn awr oedd edrych i lawr.

'Mi awn ni drwy'r caeau,' meddai Gwen.

'Mi gewch chi ddeud y ffordd,' meddai yntau.

Yr oedd ef yn rhy swil i'w chynorthwyo hi dros y camfeydd. Yn y tywyllwch edrychai pob dim fel cysgod y peth ei hun, a chan fod y llwybrau'n ddieithr iddo fe'i teimlai ei hun yn symud megis trwy ganol cysgodion.

'Ffordd yma,' meddai Gwen o hyd tan ei arwain, ac o'r diwedd gafaelodd yn ei fraich. Nid oedd yn ddrwg ganddo am hynny. Wrth droi tuag ati ac edrych ar ei hwyneb yn y tywyllwch, meddyliai Owen na welsai neb tlysach erioed. A dweud y gwir, nid oedd Gwen yn dlws. Yr oedd ganddi holl briodoleddau tlysni – llygaid glas, byw; gwallt gwinau, tonnog; trwyn union; ceg siapus; dannedd da, a chroen glân. Ac eto nid oedd yn dlws. Yr oedd fel pe cawsai rhywun ddarnau prydferth o ddarlun ac wedi methu ei osod wrth ei gilydd i wneud darlun hardd ohono. Heno, wrth edrych ar ei hwyneb yn y tywyllwch, a chantel ei het yn goblygu'n fylchau nes hanner ei gysgodi, teimlai Owen ei bod yn brydferth iawn. Hoffai deimlo defnydd ei ffrog ar ei fraich a chlywed ei aroglau.

'Rydach chi'n glws yn yr het yna,' meddai Owen.

'Ydach chi'n meddwl hynny? Mae hi'n het ddrud iawn.'

'I beth ydach chi'n gadael i hen hogyn y dre yna ddangos i chi sut i wneud syms?'

'Doeddach chi ddim yn dangos fawr o osgo at wneud hynny.'

'Wel, mi wna i hynny o hyn allan.'

Wedi cyrraedd y ffordd, dywedodd Gwen,

'Well i chi fynd yn 'ych ôl rŵan, rhag ofn i rywun 'yn gweld ni. Mi fedrwch fynd y ffordd yma. Daliwch ar 'ych union a throwch ar y chwith wedi i chi ddŵad i'r mynydd.'

Ymdrôdd Owen. Yr oedd arno eisiau ei chusanu, ond yr oedd yn rhy swil.

'Ddowch chi i nghyfarfod i i rywle nos Sadwrn nesaf, tuag wyth?'

'Do i,' meddai hithau, a diflannodd oblegid iddi glywed sŵn troed.

Rhedodd Owen adref, ac nid oedd fawr iawn hwyrach na Thwm a Bet.

Gan ei fod yn cario lot o wobrau, a chan yr ystyrid ef yn hogyn sad, suful, ni holodd neb gwestiynau. Ond yr oedd Owen dros ei ben a'i glustiau mewn cariad.

Bob nos Sadwrn wedyn am fisoedd, cyfarfyddent yng Nghoed y Wern, hanner y ffordd rhwng cartrefi'r ddau. Buont yn fwy lwcus na Sioned a Dic Edwards. Y tro cyntaf y cyfarfuont yr oedd Owen yn siomedig. Daethai Gwen â'r syms tragwyddol gyda hi.

'O, hitiwch befo rheina,' meddai Owen, 'gadwch inni siarad.'

Am wythnos gyfan fe'i gwelsai hi o'i flaen wrth wneud ei dasgau. Synfyfyriai amdani bob yn ail â phlwc o weithio. Nid oedd blas ganddo at waith. Meddyliai amdani bob munud. Llinierid tipyn ar ei dwymyn yn yr ysgol, gan ei bod hi yn yr un ystafell ag ef, ond wedi mynd adref cnoai ei bensel a'i ewinedd bob yn ail, ac yn ei ddychymyg gwelai'r nos Sadwrn nesaf. Efallai mai'r noson a'i phrofiad newydd oedd fwyaf o flaen ei lygaid, ac nid Gwen. Yn awr dyma'r noson wedi dyfod yn ddidramgwydd, wedi dweud celwydd am ei neges. Eithr ni feddyliodd y daethai Gwen â gwaith gyda hi. Yr oedd y noson hon yn wahanol i bob noson arall. Ond ni chymerodd Gwen sylw o'i siom ef o gwbl. Yr oedd fel pêl newydd, yn codi'r bownd wedi ei tharo'n ysgafn.

'Dim ond y ddwy sym yma; mi siaradwn ni wedyn.'

Cytunodd Owen.

'Dyna fo. Taflwch yr hen lyfr yna,' meddai wedi gorffen.

Gwnaeth hithau â gwên un a gafodd a geisiai ar ei hwyneb.

Siaradai'r ddau'n swil gyda'i gilydd, gan dynnu gwair a rhedyn allan o'r ddaear a'u chwalu hyd y llannerch.

'Lle mae'r het oedd gynnoch chi'r nos Sadwrn dwetha?' gofynnai Owen.

'Wel, cha i ddim gwisgo fy het orau bob nos. Pam?'

'Roeddach chi'n edrach yn ofnadwy o ddel ynddi hi.'

'Ydach chi ddim yn licio hon?'

'O, ydw, ond mae honno'n eithriadol.'

Edrychai Gwen yn foddhaus ond nid yn hoflus. Ni sylwodd Owen ar y gwahaniaeth.

'Ydach chi'n meddwl mod i'n glws?' oedd ei chwestiwn nesaf.

'Ydw, yn glws iawn.'

'Wyddoch chi, mi fyddwn ni, genod Fform IV, yn cael gêm o ddweud y gwir am 'yn gilydd yn wynebau'n gilydd.'

'O! i beth?'

'Rhag inni feddwl gormod ohonom ni'n hunain.'

'Cerwch, mi faswn i'n meddwl mai mynd i feddwl mwy ohonoch 'ych hunan y basach *chi.*'

'Naci wir; mi ges i mrifo'n arw iawn.'

'Pam?'

'Wel, mi ddeudwyd wrtha i nad oeddwn i ddim yn glws ar wahân i 'nillad.'

'Wel, mi ddeudwyd celwydd wrthoch chi.'

A daeth y wên oer, foddhaus i'w hwyneb eto.

Ac felly y treuliwyd y noson a nosweithiau eraill tebyg iddi, ac wedi i'r haul fynd i lawr, ymgofleidio a chusanu. Ond bob nos Sadwrn deuai Gwen â'i llyfrau ysgol gyda hi, ac fe'i cafodd Owen ei hun yn athro ac yn garwr.

Pan ddaeth y gwyliau cyfarfyddent yr un fath, ac nid oedd gan Gwen esgus i ddyfod â llyfrau gyda hi; eithr blinai ynghylch canlyniad yr arholiad. Tybed a fyddai hi drwodd? Pan ymddangosai Owen yn ddidaro, ocheneidiai a dywedai y gallai ef fforddio bod felly, oblegid yr oedd yn siŵr ei fod wedi pasio.

'Na, ddim mor siŵr. Ond waeth heb na phoeni rŵan. Mi siaradwn ni am rywbeth arall.'

Ond ni feddyliodd, wrth awgrymu hynny, beth oedd i'w ddisgwyl.

'Deudwch i mi,' meddai Gwen, 'sut hogyn ydi Wiliam 'ych brawd?'

'Sut hogyn be'?'

'Ydi o'n un cas neu'n anodd byw efo fo?'

'Dwn i ddim. Fydda i ddim yn gweld llawer arno fo ond yn ein gwlâu, ac mi fydd wedi blino gormod i siarad yn fanno. Pam roeddach chi'n gofyn?'

'O, dim,' meddai hithau, 'ond y bydda i'n clywed Nhad yn sôn amdano weithiau wrth Mam.'

'Fydd o'n dweud rhywbeth gwael amdano fo?'

'O, na fydd, dim byd, ond 'i fod o a'ch tad yn weithwyr tan gamp.'

Tawelodd hyn Owen. Ni ddaethai'r berthynas yr oedd tad Gwen ynddi yn ei gysylltiad â'i frawd ac â'i dad erioed i feddwl Owen.

Felly'r aeth yr wythnosau ymlaen, a chanlyniad yr arholiad yn nesáu. Ofnai Owen fod ei garwriaeth â Gwen wedi amharu ar ei waith. Ond pan ddeuai nos Sadwrn ni phoenai am hynny.

Yr oedd diwrnod y gwobrwyo ym mis Hydref. Fel arfer, daeth Owen â'r cerdyn gwahoddiad ymyl aur adref i'w dad a'i fam, ac fel arfer taflodd Jane Gruffydd ef ar y bwrdd.

'Na, mae'n rhaid i chi ddŵad y tro yma,' ebe Owen.

'Ia, cerwch, Jane,' meddai Ifan, 'chwarae teg i'r hogyn. Waeth i chi befo neb.'

'Ia, dowch, Mam; gin i mae'r stifficiat gorau yn yr ecsam.'

Dyna'r tro cyntaf iddynt glywed y ffaith yna. Ni fedrent ddeall yr adroddiad swyddogol Saesaeg a ddaeth drwy'r post, ac ni thrafferthodd Owen gyfieithu.

'Does gin i ddim Saesneg na dillad,' meddai Jane Gruffydd.

'Does arnoch chi ddim eisiau Saesneg,' meddai Owen. 'Cymraeg mae pawb yn 'i siarad ond y rhai fydd ar ben stêj.'

'Ia, a dos i ordro côt at Ifan y Teiliwr,' meddai Ifan, 'ac mi ddaw Ann Ifans efo chdi'n gwmpeini.'

Ac felly y bu. O'i le, o flaen y llwyfan, gallai Owen weld ei fam ac Ann Ifans yn eistedd yng nghanol y llawr. Ni welsai erioed mo'i fam mewn côt, ddim ond mewn ffrog ei hun, neu gêp drosti. Edrychai'n dda, ac yr oedd ganddi dôc newydd du a blodyn piws ynddo, yn lle'r bonet a wisgai ers blynyddoedd. Yr oedd ganddi grafat les gwyn am ei gwddf, a broets fawr ddu yn ei sicrhau. Wrth fynd i nôl ei wobrau teimlai Owen yn hapusach, er yn fwy cynhyrfus, am fod ei fam yno. Mor llawn oedd ei ymwybyddiaeth o'i fam ac Ann Ifans, onid anghofiasai am Gwen. Pan ddaeth ei thwrn hi i fynd i nôl ei thystysgrif, trawodd Owen mor dila oedd y gymeradwyaeth a gâi hi rhagor na llawer o'i chyd-ysgolheigion. Nid oedd ganddi dystysgrif dda o gwbl chwaith. Teimlai Owen dipyn o dosturi drosti. Ond yr oedd hi'n grand iawn, mewn ffrog o lama gwyn wedi ei drimio â brêd a'r mymryn lleiaf o liw ynddo.

Yr oedd yn dda ganddo weled y diwedd. Ni hoffai awyrgylch yr ysgol ar ddydd y gwobrwyo byth – y coed palmwydd ar y llwyfan, pawb yn ei ddillad gorau, a'r naws grach-fonheddig oedd yn llenwi'r lle.

Pan grynhoai'r plant ar y diwedd i weled llyfrau gwobrwyon y naill a'r llall, aeth Owen i siarad at Gwen.

'Mae gynnoch chi ffrog grand,' meddai, rhag canolbwyntio'r siarad ar y gwobrwyon.

Ond y tro hwn ni siriolodd ei llygad.

'Mae Nhad a Mam yma,' ebe hi, 'a rhaid imi fynd atyn nhw.'

'Mae Mam yma hefyd,' ebr yntau, 'efo ffrind iddi.'

Edrychai Gwen mor synedig â phe clywsai am y tro cyntaf fod ganddo fam.

'O!' meddai, a diflannodd at ei theulu.

O bob 'O' a glywodd Owen yn ei fywyd dyna'r un mwyaf mynegiadol. Ni chlywodd na chynt nac wedyn un mor llawn o syndod gwawdlyd.

Yn ddiweddarach safai yn y lobi, yn agos i'r drws allan, gyda'i fam ac Ann Ifans. Gwelai Gwen a'i thad a'i mam yn dyfod tuag atynt ar eu ffordd allan. Y tro hwn yr oedd yn amhosibl i Gwen beidio â'i weld. Cofiodd am ei gyfarfod gwobrwyo cyntaf, pan na welodd hi ef. Safodd y tro hwn a'i wyneb tuag atynt. Eithr aeth y tri heibio iddynt heb gymryd arnynt eu gweled.

'Rhoswch chi,' meddai Ann Ifans, 'nid Doli Rhyd Garreg a'i gŵr oedd rheina?'

'Ia,' meddai Jane Gruffydd.

''U hogan nhw oedd honna?'

'Ia,' meddai Owen, bron â thagu.

'Hen gyrbiban bach lartsh, yntê?' meddai Ann Ifans, 'y hi gafodd leia o tsïars o bawb.'

Bu hyn yn achlysur iddynt chwerthin; a da oedd ei gael i Owen, beth bynnag.

Arhosai Owen yn y dref dros y gaeaf yn awr, gan fod ei waith yn drymach. Aeth y tri i'r llety i gael te. Teimlai Owen y gymysgfa ryfeddaf o deimladau yn ei gorddi. Siom, dicter, hapusrwydd. Siom a dicter o achos ymddygiad Gwen, a hapusrwydd o achos ei fam. Medrodd fod ddigon gwrol i fwrw gwawd Gwen tros gof amser te, a rhoi ei holl feddwl ar ei fam a'i chysur. Yr oedd mewn cyfnod ar ei fywyd pan frifai popeth ef. Yr oedd gweld ei fam ac Ann Ifans yn mwynhau peth mor syml a the tŷ *lodging* a chael dyfod i gyfarfod gwobrwyo yn beth digalon iddo ef.

'Y titsiars oedd rheini yn y cepiau duon rheini, Owen?' gofynnai Ann Ifans.

'Ia, mae gynnyn nhw B.A. neu B.Sc. i gyd.'

'Tad, on'd tydi hi'n braf amyn nhw. Mi fyddi dithau'r un fath â nhw ryw ddiwrnod,' meddai hi'n edmygol.

'Dwn i ddim wir.'

'Ac ella y caiff hogan y Doli yna un hefyd,' meddai Jane Gruffydd, heb fod yn edmygol.

'Na chaiff wir, gobeithio,' meddai Ann Ifans. 'Ond, ran hynny, chaiff hi ddim, achos da gŵyr Duw i bwy i roi B.A.'

Bu agos i Owen dagu gan chwerthin.

'Mi fasa'n dda gin i petaswn i'n medru dallt y dyn yna oedd yn rhannu'r gwobrwyon,' meddai Jane Gruffydd, 'on'd oedd o i'w weld yn ddyn clên? Oedd o'n siarad yn dda, Owen?'

'Oedd.'

'On'd ydi o'n biti na fasa rhywun yn dallt tipyn o Saesneg, Ann Ifans?'

'Dwn i ddim wir; mae rhywun yn dallt llawn digon yn yr hen fyd yma eisys. Wybod ar y ddaear faint o boen mae dyn yn 'i arbed wrth beidio â gwybod Saesneg.'

Chwarddodd Jane Gruffydd ac Owen.

'Faint sy ers pan fuoch chi yn y dre o'r blaen, Jane Gruffydd?'

'Diwrnod pwyso'r moch, ond fydda i byth yn cyfri hynny; mae blwyddyn ne ragor ers pan fuom i yma yn ymdroi dim.'

'Rydw i'n siŵr yr aiff Owen yma â ni am dro mewn clôs carraij – pan ddaw o i ennill,' meddai Ann Ifans.

'Ôl-reit,' meddai Owen, gan yfed o ysbryd y siarad, 'y cyflog cynta ga i, mi awn ni am dro i Sir Fôn.'

'I Lŷn,' meddai Jane Gruffydd.

'Ia, i Lŷn,' meddai Owen.

A daeth llawenydd prudd i wyneb Jane Gruffydd. 'Mi ddigwydd llawer o bethau cyn hynny, mi wn,' meddai hi.

Ond yr oedd Owen yn sicr ei bod hi'n hapus iawn y munud hwnnw. Mwynhasai ei diwrnod, mae'n amlwg. Edrychai Owen arni pan gychwynnai, yn dal ac yn urddasol yn ei chôt newydd, ei gwallt du yn tonni dros ei chlust o dan ei thôc newydd, ac yn fwy na'r cwbl y tawelwch ysbryd hwnnw a oedd yn rhan ohoni.

Ni fedrai Owen beidio â'i chyferbynnu â mam Gwen, oedd yn fyr ac yn dew, yn gwisgo côt sîl a wnâi iddi edrych yn dewach, a'r fêl a wnâi i'w hwyneb edrych yn llai taeogaidd.

Galwasant gyda Sioned yn y siop am funud. Yr oedd Sioned yn swil, ond yn ceisio'i gorau fod yn glên. Yr oedd Elin yn falch iawn o'u gweled, a thaflodd ei ffedog a'i chap o'r neilltu i fyned i'w danfon gam.

Crawciai'r brain yng Nghoed Afon, a thrwy'r coed deuai lliwiau machlud haul Hydref, lliwiau oren tanbaid a redai'n grych hyd y dŵr. Edrychai'r bryniau a'r chwareli'n dywyll a digalon. Yr oedd naws gaeaf yn y gwynt.

Noson ryfedd ym meddwl Owen – mynd i ddanfon ei fam – heb gael mynd yr holl ffordd adref – gorfod troi'n ôl. Teimlai'n wirion o feddal. Troes lawer gwaith i godi ei law ar ei fam.

'Be sy arnat ti?' meddai Elin.

Ni chafodd ateb.

'Tyd i mewn efo mi am dipyn,' meddai.

'Na, ddim heno; mi ddo i nos yfory os ca i.'

Aeth i'w lety ac i'r llofft, a beichio wylo.

Yna aeth i lawr, a bu'n chwarae *dominoes* gyda gŵr ei lety am oriau.

Yn ei wely'r noswaith honno, bu Owen yn adolygu'r sefyllfa o'i chychwyn, ac fe'i ciciodd ei hun am iddo fod yn ddigon o ffŵl i weld dim byd erioed yn Gwen. Yr oedd hi iddo megis llyfr erbyn hyn. Medrai ddarllen trwy ei hunanoldeb i gyd. Yr oedd yn dda ganddo iddo ddeffro'n awr, cyn i'r ffaith eu bod yn caru fynd i glustiau neb. Yr oedd hynny'n dda. Hyd y gwyddai, ni wyddai neb am eu carwriaeth. Bu yno ddigon o helynt yn y Ffridd Felen am i Sioned wneud yr un peth. Y teimlad a'i gorthrechai yn ei wely oedd cywilydd, cywilydd iddo fod mor ddwl â Gwen, ac iddo fod mor llechwraidd tuag at ei dad a'i fam, a'r cywilydd mwyaf oedd ei fod wedi ei wneud, peth na all neb ei oddef. Troes hyn yn gasineb yn ei galon, ac yn benderfyniad iddo, a daeth allan o'r pair megis un wedi ei lanhau. Fe allai adael y cwbl o'i ôl heb edifaru. Yr oedd yn brofiad iddo, profiad chwerw'n awr, ond ym mhen blynyddoedd eto, ym mhatrwm ei holl fywyd, ni byddai iddo ond lle bychan.

Meddyliasai ar y cyntaf am anfon nodyn i Gwen drannoeth, ond wrth gofio rhai o'i sylwadau am ei deulu, a'r cyfeiriadau at ei thad a'i mam hi yn y Ffridd Felen, tybiodd y gallai'r nodyn ysgrifenedig wneud drwg i'w deulu, er y gallai wneud lles mawr i Gwen, ac i'w enaid yntau o gael ei ysgrifennu. Erbyn hyn, modd bynnag, ni theimlai fod Gwen yn werth araith hyd yn oed.

Fe'i gwelodd yn yr awr ginio. Daeth hi ato â'r wên foddhaus honno a gasâi erbyn hyn. Dywedodd yntau wrthi heb wylltio, 'Gan nad oeddwn i na nheulu'n ddigon da i chi ddoe, dydw i ddim yn ddigon da i chi heddiw, na byth eto chwaith.'

Rhedodd oddi wrthi ar ôl ei ddweud, gan ei gadael wedi ei syfrdanu. Yr oedd hi'n mynd i'w ateb, ond ni chafodd siawns. A dyna ddiwedd carwriaeth gyntaf Owen Gruffydd y Ffridd Felen.

X

AM Y DDWY flynedd nesaf yn yr ysgol sir nid aeth dim â bryd Owen ond ei waith; a methai ddeall sut y medrodd ei adael erioed.

Yn ei flwyddyn olaf ef, daeth Twm i'r ysgol sir wedi ennill ysgoloriaeth, a chan fod Owen o angenrheidrwydd yn lletya yn y dref, tybiodd ei rieni mai gwell oedd i Twm letya hefyd er mwyn i Owen fedru cadw ei lygad arno. Yr oedd gan Ifan a Jane Gruffydd syniad y medrai rhai o'r plant gadw eu llygaid ar y lleill, ac felly daflu tipyn o'r cyfrifoldeb oddi ar eu hysgwyddau eu hunain. Ni ellid byth alw'r tad a'r fam yn ddisgyblwyr. Yr oedd y plant yn debyg iddynt, ac felly ni chyflawnent byth eu dyletswydd o gadw eu llygaid ar ei gilydd. Yr oedd gan Owen ddigon o waith cadw ei lygad ar ei Roeg a'i Ladin. Eithr yr oedd yn rhaid iddo sylwi ar Twm pan oedd yn y tŷ gydag ef. Ni fedrai beidio. Yr oedd yn fachgen neilltuol o hardd – tebyg i Sioned ei chwaer o ran pryd a gwedd, ond yn fwy hynaws ac agored ei ddull. Pan basiodd Owen i'r ysgol sir, rhyw bwt bach seithmlwydd oedd Twm, yn trotio efo Bet ei chwaer i bobman, ac felly nid adwaenai Owen ef cystal â'r plant eraill.

Yr oedd pob math o waith fel chwarae plant i Twm. Rhyw bluen o blentyn ydoedd, yn myned heibio i bawb mor ysgafn fel na thynnai sylw neb. Gwnâi ei dasgau mewn ychydig funudau, ac yna eisteddai ar gadair i chwibanu.

'Dos ymlaen efo dy waith,' ebe Owen.

'Rydw i wedi gorffen,' meddai Twm.

'Dwyt ti 'rioed wedi gorffen mewn cyn lleied o amser. Dyro i mi weld.'

A phasiai Twm ei gopi gan ddal i chwibanu, a rhoi ei draed ar ffon y gadair a dal yn ei hochrau â'i ddwylo. Yr oedd yn berffaith gywir.

'Yldi, rhaid iti ddŵad â llyfrau o'r llyfrgell, er mwyn iti gael rhywbeth i'w ddarllen.'

'Well gin i fynd allan.'

'Wel, dos, ynte, am heno, a phaid â bod yn hir.'

Ymhen tua dwyawr daeth Twm yn ôl, ac aroglau siop *chips* arno.

'Ble buost ti?'

'Rownd y ciei efo'r hogia, ac wedyn yn siop *chips*.'

'Pwy hogia?'

'Hogia'r dre yma, sydd yn yr un clàs â fi. Defi ac Arthur.'

A dyna drefn pethau bron yn ddieithriad wedyn. Fe'i mwynhâi Twm ei hun yn y dref. Ni welai Owen byth mohono. Dim ond ystafell aros iddo weithio ynddi oedd ei lety, ac nid âi byth allan. Ni ddeuai i ddygymod ag awyrgylch swrth tŷ mewn tref, awyrgylch a gysylltai bob amser â phapur dal pryfed yn niwedd Medi, y tai gyda'u cefnau caeedig di-ardd, a'u lein ddillad a'i chynnwys pyg. Eithr cyn bod yn y dref ddeufis, gwyddai Twm lle'r oedd y siop *chips* orau, lle'r oedd cael afalau wedi eu cleisio 'n rhad, lle'r oedd pob stryd gefn, a lle'r oedd y lleoedd ymguddio yn y cei. Adwaenai bob bachgen o'r dref oedd yn yr ysgol, a phob ynfytyn a chymeriad od a stelciai ar bennau'r ystrydoedd ac yn y farchnad. Câi Owen lonydd i wneud ei dasgau, a chan y gwnâi Twm ei rai yntau ni phoenai.

Weithiau âi Twm i gyfarfodydd y Diwygiad, yn fwy o gywreinrwydd nag o ddim byd arall. Medrodd gael gan Owen ddyfod unwaith neu ddwy, ond ni theimlai'r olaf unrhyw ddiddordeb ynddynt, a medrai erbyn hyn gadw'r cydbwysedd rhwng ei waith a phethau tu allan iddo. Dilynodd Twm hwynt yn gyson am ychydig, ac yna blinodd arnynt. Ond deuai ag ystraeon digrif am y cyfarfodydd i Owen weithiau.

Dechreuodd fynd i weled Elin i'w lle hefyd, a châi swper ganddi, ac yn aml bres ei swper yn y siop *chips* nos drannoeth. Yr oedd Twm yn ddieithrach brawd i Elin nag i Owen byd yn oed, ac fel y cyfryw ymhyfrydai Elin ynddo megis darganfyddiad newydd. Câi ganddo bob stori am gartref ac am Owen, ie, ac am Sioned. Yn ei grwydriadau hyd y dref wedi amser cau, dôi Twm ar draws Sioned yn mynd, yn swel i gyd, gyda rhyw fachgen. Trwy ei gyfeillion cafodd wybod mai hogyn o'r dref ydoedd, clarc yn un o'r siopau. Dywedai'r pethau yma gydag awch wrth Elin, am fod Sioned yn cau bwlch ei ddieithrwch tuag ati, ac am ei fod yntau'n hoffi siarad ac yn cymryd diddordeb ym mywydau pobl eraill. Pan gâi Elin ei noson allan ar nos Sadwrn gweithiai Sioned yn hwyr, a cherddai adref neu gymryd y frêc ddiwethaf; felly ni welai Elin hi, ac er erfyn yn daer arni ymweled â hi yn ei lle ni wnâi Sioned. Oblegid hynny, yr oedd newydd Twm yn un diddorol.

'Sut un oedd o, Twm?' ebe hi.

'Rhyw dili-do o rywbeth,' meddai Twm. Ni chyfleai *dili-do* lawer i fwyafrif poblogaeth Cymru, ond fe gyfleai'r cwbl i Elin.

'Mi fasa'n well i Sioned o lawer droi mwy o gwmpas hogia o chwarelwrs, yn lle mynd ar ôl rhyw ddwylo babi fel yna. Mi ffendith hi ryw ddiwrnod nad ydi hogia'r dre ddim yn fats iddi hi.'

'Neu nad ydi hi ddim yn fats i hogia'r dre,' meddai Twm.

'Paid ti â chamgymryd,' meddai Elin. '*Comic Cuts* ydi'r peth dyfna fedar rhai ohonyn nhw 'i ddallt.'

Wedi mynd yn ôl at Owen, ailadroddodd wedyn, gan ychwanegu sylwadau Elin. Yn ei wely y câi'r newyddion hyn. Ni chaniatâi'r wraig lety wastraffu golau.

'Paid ti â deud y pethau yma gartre,' meddai Owen.

'Wyt ti'n meddwl y deudwn i?' meddai Twm, wedi ei frifo.

'Wel, ia, dim ond rhoi hym iti oeddwn i, achos mae yna un helynt wedi bod acw efo Sioned o'r blaen.'

'Beth oedd o?'

Ac wrth ddweud hanes Sioned yn y tywyllwch wrth ei frawd, teimlai Owen fod ei gydnabyddiaeth ohono'n tyfu.

Wrth gofio dirmyg y criw cerddwyr o hogiau tebyg i gariad Sioned, ni fedrodd Owen ymatal rhag dweud, 'Y ffŵl gwirion iddi hi.'

'Ond dydi hogia'r dre ddim i gyd fel yna,' meddai Twm.

'Pe tasa nhw fel angylion,' meddai Owen, 'maen nhw'n wahanol i ni.'

Ymhen y flwyddyn, aeth Owen i Fangor i'r coleg, gydag ysgoloriaeth gwerth ugain punt, gyda'r bwriad o fynd yn athro. Dim ond un peth arall a dybid yn briodol iddo, sef mynd yn bregethwr. Ond nid oedd peth felly yn nheulu'r Ffridd Felen, ac ni theimlasai Owen erioed dynfa yn y cyfeiriad hwnnw. Am dair blynedd o'i fywyd cafodd Twm gerdded adref yn lle aros yn y dre, ffaith a achosodd chwithdod mawr iddo ar y dechrau.

XI

GARTREF DALIAI Jane ac Ifan Gruffydd i ymdrechu â'u byw. Erbyn hyn yr oedd cyflogau'r chwareli'n is nag y buont erioed, a gofynion bywyd yn fwy. Daethai Wiliam i oed talu am ei fwyd ei hun yn lle rhoi ei gyflog i gyd i'w fam, ffaith a'i gwnâi ef yn fwy annibynnol ac a wnâi ei fam yn dlotach. Câi ei fwyd a'i olchi a llawer o fân bethau am ddeg swllt ar hugain y mis. Y ffaith galed i Wiliam oedd fod ei gyflog yn lleihau fel yr âi'n hŷn, ac na fedrai gadw dim o'i arian. Gwnâi hyn ef yn anfodlon a chwerylgar. Gwneid pethau'n galetach iddo ef a'i dad oherwydd agwedd y Stiward a'r Stiward Bach tuag atynt. Yr oedd safle'r farchnad lechi'n isel oherwydd arafwch y farchnad adeiladu ac oherwydd dyfod â llechi tramor i'r wlad. Nid oedd cyflog pawb mor isel â'i gilydd er cyn ised ydoedd, gan fod yno gynffonna i swyddogion – llawer cyw iâr a gŵydd ar fwrdd y Stiward ar y Sul oedd yng nghae rhyw chwarelwr y Sul cynt. Gan na ddefnyddiai'r Ffridd Felen eu da pluog i'r cyfryw amcanion ni dderbynient ffafrau. Yr oedd yn well gan Morus Ifan, y Stiward Bach, wneud ei waethaf na'i orau i hen gariad ei wraig, ac i dad a brawd yr un a gipiai'r gwobrwyon oddi ar ei ferch yn yr ysgol. Yn ei swydd ei hun, ni allai Morus Ifan wneud llawer o ddrwg gwaeth nag y medrai ei dafod ei wneud, ond yn ei ymwneud â'r Stiward treiddiai ei ddylanwad yn bellach.

Ar ddechrau'r mis, pan ddôi Bycli'r Stiward o gwmpas i 'osod', ni fedrai Ifan wneud dim ond gwingo. Yr oedd ei fargen ef a'i bartneriaid yn sâl. Nid oedd wiw ymliw am un well, nac ymbilio am well pris. Petai'r fargen a'r cerrig yn dda, pris isel oedd i'w ddisgwyl, ond gan eu bod fel arall, gallent ddisgwyl pris gwell ar ddechrau mis. Ond yr oedd yn rhaid bodloni ar bris isel, a gallent ddisgwyl bob amser i'r marciwr cerrig ar ben mis falu mwy o lechi a ffawt arnynt, pan oedd y farchnad yn wan.

Deuai Ifan adref gyda theirpunt y mis yn aml, weithiau gyda phedair, a chyfrifai iddo wneud cyflog da os deuai adref â phumpunt yn ei boced. Unwaith daeth adref gyda deunaw swllt, wedi gweithio'n galed am fis cyfan.

Rybela y bu Wiliam hyd yn hyn, gwaith hap a siawns, ac nid oedd ganddo obaith am ddim byd arall, ond cael ei gymryd yn 'jermon' at griw. Telid cyflog mor fychan i jermon wedyn, fel na byddai fawr well allan. Yr unig fantais fyddai ganddo fyddai gwybodaeth sicrach o faint ei gyflog.

Ni fedrasant dalu dim o'r arian oedd ar eu tyddyn. Yn wir, weithiau byddai'n rhaid codi arian arno yn hytrach na'u talu, ar adeg pan fyddai arnynt angen buwch newydd, ac wedi gorfod gwerthu'r hen un am lai. Magent ddigon o foch i dalu'r llog a'r trethi, ac er i Jane Gruffydd gynnig y cynllun o gael tair ffreitiad o foch i ffwrdd mewn blwyddyn yn lle dwy, drwy brynu dau fochyn bach cyn i'r ddau fochyn tew fynd i ffwrdd, rywsut nid oedd fawr ar ei hennill. Byddai bil y blawdiau'n fwy yn y siop, a'i blinder hithau'n fwy ar derfyn diwrnod.

Mae'n wir i Owen a Thwm ennill eu hysgol, ond gan fod Moel Arian mor anghysbell a diarffordd, yr oedd yn gost ychwanegol talu am lety i'r ddau yn eu blynyddoedd olaf yn yr ysgol. Byddai'n greulon gwneud iddynt gerdded yr holl ffordd a dechrau ar eu tasgau wedyn, wedi i'r rhai hynny gynyddu. Yr oedd arnynt eisiau gwell dillad, ac yr oedd eu llyfrau'n gostus. (Caent ychydig help ariannol at yr olaf.)

Fe'u cadwai Wiliam ac Elin eu hunain – Wiliam weithiau yn methu – ond ni wnâi Sioned. Nid oedd ei chyflog yn ddigon i'w chadw mewn bwyd a dillad. Ond medrai Jane Gruffydd wneud digon o ddillad i Bet o hen ddillad Sioned. Pan fyddai ar y fam eisiau dillad newydd iddi hi ei hun, megis amser y cyfarfod gwobrwyo, golygai fyned i fwy o ddyled i'w cael.

Ni chynilai hi byth ar fwyd. Ni wnâi ymdrech galed, fel y gwnâi rhai, i fyned â menyn i'r siop drwy roi llai ar y bara gartref, neu trwy gymysgu menyn a margarîn, fel y gwnâi eraill. Yr oedd ganddi un neu ddau o gwsmeriaid bychain, a châi'r rhai hynny eu llaeth enwyn am ddim.

Gweithiai'n fore ac yn hwyr, gwaith tŷ a'r rhan fwyaf o'r gwaith gyda'r anifeiliaid. Gwnïai ddillad isaf y plant, a'u dillad gwisgo uchaf. Torrai hen drywsusau i Ifan a Wiliam i'w gwneud i Owen a Thwm, cyn iddynt fyned i'r ysgol sir. Ychydig hamdden a gâi i fynd i unman, nac i ddarllen. Os rhôi ei sbectol ar ei thrwyn i ddarllen llyfr gyda'r nos, syrthiai i gysgu.

Ei gŵr, yntau yr un fath. Ymlafnio a lardio yn y chwarel; chwysu a gwlychu; dyfod adref yn y gaeaf yn wlyb at y croen, ac yn teimlo'n rhy flin i ddarllen papur newydd. Yn y gwanwyn a'r haf byddai digon i'w wneud ar y ffarm bob nos a phrynhawn Sadwrn.

Yr unig ŵyl a gaent oedd codi'n hwyrach ar fore Sul, a mynd i'r dref weithiau ar brynhawn Sadwrn. Ni chwynent oblegid diffyg gwyliau. Ni wybuasent beth i'w wneud â hwy, pes cawsent yn aml. Poen a phryder eu rhaglunio oedd medru talu ffordd, medru bod yn glir â'r byd, a chael y pethau y bu arnynt eu heisiau ar hyd bywyd ond na fedrent gredu eu prynu.

Ond ar ôl gorffen priddo tatws neu doi'r das, yr oedd pleser i Ifan o gael rhoi ei bwys ar ben y wal a smocio'n hamddenol ac edmygu gwaith ei ddwylo, weithiau ar ei ben ei hun, weithiau gyda chyfaill; gweld y rhychau union a'r pridd gwyryf o gwmpas egin tywyll y tatws; gweld ochr y das yn wastad a solat, ac yfed o aroglau melys y gwair; neu, yn y chwarel, pan gâi gerrig da a'r rhai hynny'n hollti fel aur, ac yntau'n chwipio gwaith trwy ei ddwylo dan ganu, a medru sgwrsio'n braf ar ôl gorffen ei bryd bwyd yn y caban ganol dydd. Oedd, mi roedd yna bleser mewn bywyd.

A gyda'r nos, wrth roi ei droed ar ben y wal bach o flaen y tŷ, a gadael i'w lygaid orffwys ar wrid y tonnau wedi machlud haul, cyn troi i'r tŷ am ei swper, deuai rhyw fodlonrwydd braf drosto.

Yr oedd Wiliam yn wahanol. Ni wybu ef amser gwaeth; eithr fe wybu amser gwell. Dyna un drwg y gyfundrefn a adawai i dadau bechgyn weithio drostynt pan aent i'r chwarel gyntaf. Rhoddai iddynt syniad anghywir am gyflog chwarelwr, ac wrth weld ei gyflog yn lleihau yn lle mynd yn fwy, aeth i weld bai ar yr unig beth gweledig yn y gyfundrefn, sef y stiwardiaid a'r perchenogion; ac efallai mai hwy oedd y gyfundrefn. Fe wyddai ei dad am amseroedd gwell ac amseroedd gwaeth. Gwyddai beth oedd dechrau gweithio'n naw oed, a chario beichiau o lechi trymion ar ei gefn, cyn i'w esgyrn ddechrau caledu. Gwyddai beth oedd codi am bedwar fore Sadwrn a mynd i'r chwarel wrth olau llusern a gweithio hyd un, er mwyn gwneud hanner diwrnod yn ddiwrnod cyfan. Gwyddai beth oedd mynd i'r twll a hongian mewn rhaff pan ddylai fod yn yr ysgol wrth ei wersi, ac nid oedd creigiau iddo ond yr hyn yw coed i wiwer.

Eto, pan oedd yr un oed ag oedd Wiliam yn awr fe wyddai beth oedd ennill cyflog gweddol a breuddwydio am briodi, cyn lladd ei dad yn y chwarel. Ni chafodd Wiliam erioed y pleser hwnnw. Daeth i gael blas ar grwydro, drwy fod breciau'n rhedeg i'r dref, ac âi'r trên o'r fan honno i'r fan a fynnid. Yr oedd yn rhaid i'w dad gerdded i bob man pan oedd yn ieuanc. Nid oedd hynny'n rhwystr iddo rhag crwydro, ond yr oedd yn help iddo beidio â gwario.

Dechreuwyd ysgol nos yn yr ardal, a dysgid Saesneg a rhifyddiaeth ynddi. Yr oedd Saesneg yn help i chwi fynd trwy'r byd, ac yr oedd rhifyddiaeth yn beth reit handi. Yr oedd eisiau codi'r gweithiwr o'i safle bresennol. Yr oedd eisiau rhoi cyflog byw iddo. Wedi dysgu ychydig mwy o Saesneg nag a ddysgwyd iddynt yn yr ysgol elfennol, daeth y bobl ieuainc i ddechrau darllen am syniadau newydd a enillai dir yn Lloegr a de Cymru. Lle y buasai eu tadau (y rhai mwyaf byw ohonynt) yn dysgu syniadau Thomas Gee ac S.R., daeth y plant (y rhai mwyaf byw ohonynt hwythau) i ddysgu syniadau Robert Blatchford a Keir Hardie.

Dechreuodd rhai o'r bobl ifanc gyfarfod yn y cwt torri barf, ac aed ati i ffurfio cangen o'r Blaid Lafur Annibynnol. Wiliam oedd prif yrrwr y symudiad. Eu prif waith oedd ceisio darbwyllo eu cyd-chwarelwyr i ddyfod i berthyn i Undeb y Chwarelwyr. Ni cheid safon cyflog heb hynny. Ym mrwdfrydedd cyfiawnder yr hyn y safent trosto, teimlent y byddai pob chwarelwr yn rhedeg i dalu. Yna ni byddai anhawster o gwbl mewn sefyll yn erbyn gostwng cyflog. Eu siom gyntaf oedd gweld diffyg sêl eu cyd-weithwyr; rhai'n anfodlon rhag tynnu gwg y meistri, eraill yn methu gweld pa ddaioni a ddeuai ohono, y lleill yn ddifater. Ychydig a gafwyd yn selog. Talai rhai, megis Ifan Gruffydd, o ddyletswydd. Teimlent y gallai fod yn beth da yn y pen draw, yn amser rhywun arall efallai, ond nid yn eu hamser hwy.

Felly, daeth y to yma yn yr ardal i gymryd diddordeb yn y Gweithiwr. Caent eu syniadau o lyfrau Saesneg ac o bapurau Cymraeg oedd yn adlais o'r papurau Saesneg. Daeth y Gweithiwr yng Nghymru i'w ystyried ar yr un tir â'r gweithiwr yn Lloegr. Iddynt hwy yr un oedd ei broblem ym mhob gwlad, a'r un oedd ei elyn – sef cyfalafiaeth. Darllenai Wiliam bopeth y câi afael arno ar y pwnc o un safbwynt. A phan ymgodymai ef â'r problemau hyn ni ddywedodd neb wrtho i'r feri chwarel y gweithiai ynddi gael ei gweithio ar y cychwyn gan y chwarelwyr eu hunain, a rhannu'r elw rhyngddynt.

A daeth newid ar eu crefydd. Astudiodd eu teidiau a'u neiniau, a ddechreuodd yr achosion Anghydffurfiol ar hyd ochrau'r bryniau, eu diwinyddiaeth yn ddwfn. Yr oedd defosiwn ac aberth yn eu crefydd. Yr oedd eu hwyrion yn amddifad o'r defosiwn, ac nid oedd cymaint o alw am aberth. Dalient i astudio diwinyddiaeth, ond megis peth oer ar wahân iddynt hwy. Ymddiddorent mewn pynciau fel Person Crist, yr Ymgnawdoliad, Rhagluniaeth, yr Iawn, fel pynciau a roddai gyfle i'w deall, ac nid fel pynciau oedd a wnelont â'u bywyd hwy, ac yn yr ystyr yma yr oedd gan y pynciau afael yn yr ifanc fel yn yr hen a'r canol oed. Fel y newidiai cyflyrau eu bywyd bob dydd, fel yr âi'r byd yn wannach, daeth y newid hefyd yn eu hagwedd at bynciau crefydd. Yn yr ifanc y daeth y newid hwn. I rai oedd â'u bryd ar godi'r gweithiwr, dyletswydd dyn at ei gyd-ddyn oedd yn bwysig bellach, a daeth y Bregeth ar y Mynydd yn bwysicach nag Epistolau Paul. Newidiodd eu hagwedd at bregethwyr. Y pregethwyr gorau'n awr oedd y rhai a bregethai am onestrwydd cymdeithasol a dyletswydd dynion at ei gilydd. Fe foddheid yr ieuanc trwy alw Crist yn Sosialydd. Ond mater o ddiddordeb i'r deall oedd hyn eto, ac nid mater o gredo. Symudasid eu diddordeb o Grist y Gwaredwr i Grist yr Esiampl. Nid effeithiai hynny ar eu bywyd. Mwynhaent bregeth dda o'r pulpud, a dadl dda yn yr Ysgol Sul. Nid oedd ganddynt weinidog i gyd-weld nac i anghydweld ag ef. Yr oedd eu diddordeb mewn gwleidyddiaeth yn unochrog. Yr oedd yr hen a'r canol oed yn Radicaliaid, am y credent mai dyna oedd orau i'r gweithiwr. Plaid y 'bobl fawr' oedd y Blaid Dorïaidd, a holl amcan y bobl fawr oedd cadw'r gweithiwr i lawr. Yr oedd Rhyddfrydiaeth wedi ennill tir byth er 1868, a daliai'r chwarelwyr i sôn am ryddid y gweithiwr a safon byw. Yn awr dyma do o bobl ifanc yn dysgu darllen Saesneg ac yn darllen am bobl oedd yn dechrau blino ar Ryddfrydiaeth ac yn dweud mai rhwng Cyfalaf a Llafur y byddai brwydr fawr y dyfodol, ac nad oedd Rhyddfrydiaeth yn ddim ond enw arall ar gyfalafiaeth. Yr oedd yr hen dipyn yn ddrwgdybus ohonynt, a chilwgai blaenoriaid a phobl flaenllaw'r capel yn agored oherwydd cysylltid enw'r blaid newydd hon ag anffyddiaeth. Ni ddaeth hyn ag anghydwelediad teuluol i'r Ffridd Felen, oherwydd nid oedd yno argyhoeddiadau crefyddol na gwleidyddol dwfn.

Ni thyfodd Cangen Moel Arian o'r Blaid Lafur Annibynnol yn fawr o ran rhif, ac araf oedd cynnydd eu dylanwad. Ond yr oedd yr ychydig a berthynai iddi yn selog. Ceisient gael aelodau newydd, a cheisient gael y chwarelwyr yn Undebwyr. Bu nifer o fân streiciau yn yr ardaloedd yn ystod y blynyddoedd hyn, ond nid o dan nawdd Undeb y Chwarelwyr y deuai'r dynion allan, ond ohonynt eu hunain, ac ychydig iawn a gâi fudd Undeb. Âi telerau cyflog yn waeth o hyd, ac ni wellhâi pethau ar ôl streic. Ofer oedd darbwyllo'r dynion na cheid isrif cyflog heb Undeb. Un o'r rhai mwyaf siomedig oedd Wiliam y Ffridd Felen. Siaradai a dadleuai ar bob cyfle dros y blaid newydd. Câi bobl i gyd-weld ag ef, ond nid i gydweithio. Hoffent ei huodledd, a mynegid eu hedmygedd ohono yn y frawddeg nodweddiadol honno o'r eiddynt: 'Hen bry' garw ydi Wiliam y Ffridd Felen yna.' Codai eu hedmygedd o Lloyd George oddi ar yr un peth.

XII

YCHYDIG CYN i Owen fynd i'r coleg, bu farw Sioned Gruffydd, y Fawnog. Cafodd ergyd o'r parlys, a bu farw ymhen tridiau heb ennill ei hymwybyddiaeth. Yr oedd Geini ac Eben wedi mynd i fyw ati ymhen ychydig fisoedd wedi iddynt briodi. Methodd yr hen wraig ddal ymlaen i weithio. Gwrthododd adael y Fawnog, er i Geini gynnig iddi fynd i fyw i'w thŷ hi ac iddi hithau ac Eben fynd i'r Fawnog. Fe gydsyniodd yn anewyllysgar i Geini a'i gŵr ddyfod i'r Fawnog ar ei thelerau hi, ac nid ar eu telerau hwy. Gwrthododd roddi'r ffrwynau o'i dwylo, fel yr oedd Geini eto'n gweithio i'w mam fel morwyn. Câi sbario talu rhent, a châi Eben gyflog gweddol wastad yn y chwarel gan mai saer coed ydoedd. Yr oedd henaint neu rywbeth wedi llarieiddio llawer ar ysbryd Sioned Gruffydd. Daliai o hyd i weld bai, ond ni faliai Geini gymaint yn awr. Yr oedd Eben ganddi, ac nid oedd yn rhaid iddi weithio cyn galeted.

Yr oedd amser Sioned y Ffridd Felen yn rhy fyr pan fyddai gartref dros y Sul i ddyfod i weld ei nain. Er pan weithiai yn y dref nid oedd angen iddi wneud neb yn fwch dihangol i'w hanturiaethau carwriaethol. Pan anfonwyd ati i ddweud am salwch ei nain, ni chymerodd lawer o sylw o'r peth. Pan glywodd am ei marw, y meddwl cyntaf a ddaeth iddi oedd: tybed a edrychai hi'n dda mewn du? Ac wedi iddi ei darbwyllo ei hun y gwnâi, cafodd bleser wrth feddwl am gael dillad newydd. Penderfynodd y mynnai gael ffrog ddu a choler wen, a het wen a ruban du arni. Fe drefnodd i gael y ffrog yn y siop lle gweithiai heb ymgynghori dim â'i mam ymlaen llaw.

Daeth Elin ati i'r siop i wybod beth oedd am ei wneud ynglŷn â phrynu du. Pe câi hi Sioned i wneud yr un peth, yr oedd hi am fentro beirniadaeth ardal ac am beidio â mowrnio, ond cipiodd Sioned hi ar ei chyrn am awgrymu'r ffasiwn beth.

'Pam?' meddai Elin yn ddiniwed.

'Wel, meddylia am y testun siarad fyddwn ni.'

'Gad inni fod yn destun siarad. Nid y nhw fydd raid dalu am 'yn dillad ni.'

'Dim ots gin i; rydw i wedi ordro fy siwt yn barod.'

'Pwy sy'n mynd i dalu?'

'Gaiff pwy fynno wneud. Rydw i am fynnu cael siwt ddu ar ôl fy nain.'

'Ia, rydw i'n cofio; roeddat ti'n *arfer* bod yn ffond iawn ohoni hi, pan oedd hynny'n talu iti.'

Cochodd Sioned a cherddodd yn benuchel drwy'r siop i'r ystafell wnïo, a'r genethod a glywodd yr ymgom yn cilwenu ar ei gilydd.

Fe brynodd Elin ffrog ddu o'r deunydd rhataf a fedrai, a gwnaed ef gan y wniadreg rataf yn y plwy.

Diwrnod angladd eu mam oedd y diwrnod cyntaf i rai o blant y Fawnog weled ei gilydd ers blynyddoedd lawer. Yr oedd Betsan a Wiliam yn hŷn nag Ifan. Yna deuai Gwen, Huw, Morus, Ann, Edwart, a Geini. Ac eithrio Ifan a Geini, ymadawsent â Moel Arian a mynd i fyw i ardaloedd eraill y sir. Wiliam a Gwen oedd yn byw bellaf, a hwy a welid anamlaf. Ond, ac eithrio Betsan, ni throai'r un o'r lleill fawr o gwmpas eu mam. Daethant yno pan glywsant ei bod yn sâl, a gwelent fai ar Geini na wnaethai'r peth yma a'r peth arall. Holent a stilient sut y cafodd hi'r strôc. Tybed a beidiodd rhywun â'i chyffroi neu ddweud rhywbeth yn gas wrthi? Hofrent o gwmpas y lle yn union fel y gwnaethent pan oedd Ifan yn sâl, ac nid oedd siawns i Geini gael mynd yn agos at y gwely. Eisteddent wrtho, gan estyn llymaid i'w mam, neu dwtio'r gynfas o gwmpas ei gên. Gan fod Geini yn gwneud bwyd iddynt yr oedd mwy o waith tendio arnynt hwy nag ar ei mam, ac ni chynigiodd yr un ohonynt help iddi olchi dillad y gwely.

Deuai Ifan yno, ac eisteddai wrth y tân yn y gegin dan synfyfyrio. Âi i'r siamber yn awr ac yn y man a thaflu ei olwg ar ei fam, a dyna'r cwbl. Teimlai Geini'n nes tuag ato am mai felly'r ymddygai. Gyrrai digwilydd-dra'r lleill hi'n wyllt. Ceisiai ddal ei thymer, am na byddai'n rhaid iddi ddal yn hir. Ond methodd unwaith. Yr oedd Ann yno'n eistedd fel dol yn y siamber ers deg y bore, heb godi ond i gael ei chinio. Tua thri yn y prynhawn dyma hi'n mynd i un o ddroriau'r dresel i nôl lliain sychu glân i sychu glafoerion ei mam.

'Howld on,' meddai Geini, 'fy llieiniau i sydd yn y drôr yna; mae rhai Mam yn y drôr uchaf.'

'O, wyddwn i ddim fod gin ti dy bethau dy hun,' meddai Ann, wedi dychryn tipyn.

'Beth wyt ti'n feddwl oedd gin i pan oeddwn i'n byw yn fy nhŷ fy hun?' meddai Geini.

'Rhai rhyfedd ydi dy deulu di,' meddai Eben ryw noson wedi i Sioned Gruffydd farw, 'pan oedd dy fam, roeddan nhw'n cadw draw i gyd ond Ifan a Betsan, ond unwaith y daru nhw ffeindio 'i bod hi'n mynd i farw, mi roeddan nhw am ben dyn fel haid o wenyn, ac yn edrach arnat ti a fi fel llofruddion.'

'Rwyt ti'n deud y perffaith wir,' meddai Geini. 'Maen nhw i gyd, ond Ifan a Wiliam a Betsan, wedi bod yn holi tybed ydi hi wedi gneud 'i hewyllys.'

'Ydi hi, tybed?'

'Dwn i ddim; rydw i'n gobeithio nad ydi hi ddim, achos mae'n debyg mai i'r rhai fuo sala wrthi y gwnâi hi ei harian.'

Dyma'r unig adeg y gwelai plant y Fawnog ei gilydd i gyd, fyddai amser cynhebrwng un o'r teulu, ac yr oeddynt yn fwy dieithr i'w gilydd na llawer o'u cymdogion. Ac yn wahanol i genhedlaeth a gododd wedi hynny, nid adwaenent ei gilydd yn dda iawn yn blant, dim ond y rhai nesaf atynt. Y pryd hwnnw cipid mab i'r chwarel neu ferch i weini pan oeddynt tua deg oed. Yr oeddynt dros yr hiniog cyn iddynt adael yr aelwyd bron, ac nid oedd cartref ond rhyw le i droi'r plant allan ohono i'r byd.

Cynhebrwng digon oer a gafodd Sioned Gruffydd. Ni ddaeth i feddwl yr un o'r plant beidio â chymryd offrwm ynddo, gan na bu cynhebrwng yno ers pymtheng mlynedd ar hugain. Pasiwyd mai Wiliam, y mab hynaf, oedd i dderbyn yr offrwm, ac eisteddodd yntau ar y setl wrth y tân, a bwrdd crwn o'i flaen a hances fawr wen ac ymyl ddu wedi ei thaenu arno i dderbyn yr offrwm. Gadawsai ef gartref ar ôl priodi a mynd i fyw i Bont y Braich, ac felly dim ond pobl hen a chanol oed yr ardal a'i hadwaenai. Eisteddai gweddill plant Sioned Gruffydd a'i phlant-yng-nghyfraith ar gadeiriau o gwmpas, y gegin. Nid oedd ganddi na chwaer na brawd yn fyw. Safai'r wyrion a'r wyresau o'r tu allan wrth y drws yn syllu ar ddillad ei gilydd, rhai ohonynt yn gweld eu cefndyr a'u cyfnitherod am y tro cyntaf.

Yr oedd y gegin yn drom ac yn dywyll. Ni chyrhaeddai llenni ffenestri'r gegin a'r siamber lawn at y gwaelod, a deuai ychydig oleuni i mewn felly a thrwy'r drws. Gallai'r plant a wynebai'r drws weled llain o olau ar yr arch yn y siamber. Gwisgai'r merched i gyd ddillad duon, ac yr oedd ganddynt grêp ar eu hetiau, a Gwen yn addurno ei chôt a'i sgert hefyd. Deuai aroglau pin yr arch o'r siamber, ac aroglau menig *kid* duon o'r gegin. Troai Gwen ei phen bob munud i gael gweld pwy a ddôi i mewn, ac os nad adwaenai hwynt gofynnai'n uchel i Geini pwy oeddynt, nes i honno o'r diwedd ddweud wrthi am fod yn ddistaw. Ceisiasai Betsan ddweud hynny wrthi ers meitin drwy daflu cuchiau erchyll arni. Deuai'r bobl i mewn o un i un, rhoent eu chwechau ar y bwrdd. Os byddent gyfoedion i Wiliam fe glywid,

'Sut wyt ti, 'r hen fachgan, ers talwm?'

Troai'r lleill oddi wrth y bwrdd ac aent yn ôl i ymuno â'r dorf y tu allan. Weithiau dôi ebwch o dawelwch heb i neb ddyfod i mewn, ac yn yr ebwch tawelwch hwnnw clywid sŵn dioglyd y tegell mawr yn canu ar y pentan, a chlwt golau arno oddi wrth y goleuni a ddôi i lawr y simnai. Yr oedd sŵn y tegell mor gartrefol i Geini, oni theimlodd ar y funud y dylsai fynd i hwylio te, ac mai breuddwyd oedd y cynhebrwng. Yna daeth y pwl olaf o bobl i mewn, ac yn y tawelwch a'i dilynodd, llais y pregethwr yn rhoi'r emyn allan. Ar lan y bedd Ifan oedd yr unig un a wylai. Edrychodd Owen arno, oblegid dyna'r unig dro iddo weld ei dad yn wylo.

Ychydig cyn y cynhebrwng galwasai'r ysgolfeistr yn y Ffridd Felen i ddweud bod Sioned Gruffydd wedi gwneud ei hewyllys, a'i bod ganddo ef, gan mai ef a'i gwnaeth. Cawsai orchymyn ganddi i beidio a sôn amdani hyd ddydd yr angladd, a chan mai dyna'r unig ddiwrnod y gellid cael y teulu i gyd at ei gilydd, tybiai mai doeth fyddai ei darllen ar ôl te. Yr oedd yn rhaid i'r ysgolfeistr, felly, ddyfod i gael te gyda hwynt, ac y mae'n sicr mai dyna'r pryd mwyaf annifyr a gafodd y rhan fwyaf ohonynt ers blynyddoedd.

Ac yno wrth y bwrdd, ar ôl symud y llestri, y darllenwyd ewyllys Sioned Gruffydd. Edrychasai'r ysgolfeistr yn bur bryderus drwy amser te, oblegid gwyddai na rôi cynnwys yr ewyllys foddhad i'r un ohonynt. Gadawsai'r hen wraig ei harian i'w hwyres, Sioned y Ffridd Felen. Dyddiwyd yr ewyllys Hydref 12, 1899 – sef ychydig amser wedi i Geini briodi. Yr oedd y munud hwnnw'n un ofnadwy i bob un oedd yn bresennol, heb eithrio'r ysgolfeistr, ond ni ddangosodd neb ei deimladau tra fu ef yno. Aeth Geini'n wyn, ac aeth Ifan i grynu. Hwy eu dau a gafodd y loes drymaf o'i chlywed. Cododd yr ysgolfeistr i fynd, a dywedodd Wiliam, yntau, ei fod am ddal ei drên.

'Rhoswch funud,' ebe Wiliam, a'i chwys yn sefyll fel pys ar ei dalcen. 'Oes yna sôn o gwbl am y dodrefn a phethau'r ffarm, Mr Evans?'

'Na, dim o gwbl. Dim ond yr arian sy ganddi yn y banc.'

'Ydach chi'n siŵr mai honna ydi'r wyllys ddwaetha a wnaeth Mam?'

'Hyd y gwn i, ia. Wel, pnawn da.' A dihangodd yr ysgolfeistr.

'Eista i lawr am funud,' ebe Ifan wrth Wiliam.

'I be 'r eistedda i? Mae'n well imi ddal fy nhrên.'

'Nag ydi. Mi wyddost beth ddeudodd y Scŵl am y dodrefn.'

'Dim ots gin i amdanyn nhw.'

'Ond mae'n ots gin y lleill.'

'Ydi,' meddai Ann, gan ysgwyd plu ei het. 'Rhaid inni watsio nad aiff y rheini ddim i'r un fan â'r arian.' A phlannodd ei llygaid ar Ifan. Ac eithrio Wiliam, Betsan a Geini, gwnaeth y lleill i gyd yr un peth.

'Mae'n amlwg bod rhywun yn stwffio'i blant i fyny llewys Mam, er mwyn cael arian i yrru 'i blant drwy'r ysgolion,' meddai Gwen.

Gwawriodd peth o'i meddwl ar Ifan, ac wrth weled yr olwg hunan-gyfiawn, glwyfedig oedd ar fwyafrif ei deulu, cronnodd holl anghyfiawnder oes yn ei fynwes, a byrlymodd allan.

'Ylwch chi,' meddai, a'i lais yn crynu, 'os ydach chi'n meddwl fy mod i'n mynd i gael dimai o'r arian yna gin Sioned, fy merch, mi rydach chi'n camgymryd. Mae hi dros 'i hun ar hugain oed, ac mi fedar wneud beth fynno hi â nhw, ac mae gin i ges go lew na wela i na neb arall o'r tŷ acw ddimai ohonynt. A phetaswn i'n 'i cael nhw, mi fasan yn dŵad i'r lle dylsan nhw fynd. Fy arian i ydyn nhw, fi nillodd nhw ar ôl claddu Nhad, ac mi fûm yn ddigon o ffŵl i rhoi nhw bob dimai bron i Mam, a gweithio fel nafi yn y fan yma, a hynny ar adeg pan oedd rhai ohonoch yn medru 'i swagro hi tua'r dre yna bob nos Sadwrn, ac yn meddwl 'ych bod chi'n gneud 'ych dyletswydd wrth roi rhyw symthing am 'ych bwyd, a rhoi'r gweddill am ddillad a chwrw. Ond y peth fasa orau gin i fasa gweld Geini yn 'u cael nhw, gan mai hi sydd wedi gwneud fwya i Mam yn niwedd 'i hoes, pan oedd pawb arall yn cadw ddigon pell draw.'

'la wir,' meddai Betsan.

Sychodd Ifan ei chwys gyda'i hances wen. Dyna'r araith hwyaf a roes erioed yn ei fywyd. Snyffiodd Gwen, Huw, Edwart, Ann a Morus eu hanghymeradwyaeth.

Rhoes Wiliam ei ambarél o'i law ar y gadair, gan wneud osgo i golli'r trên hwnnw ac i aros y nesaf.

'Does yna ddim sôn am y dodrefn a'r gwartheg?' gofynnai Wiliam.

'Nac oes,' meddai Ifan.

'Peth rhyfedd iawn na fasa'r Scŵl wedi'i goleuo hi ar y peth, a fynta yn Scŵl,' meddai Edwart.

'Mae'n debyg 'i fod o'n gweld mai i'r un fan yr aethai rheini,' meddai Betsan.

'Mi rwyt ti'n siŵr o fod yn iawn,' meddai Ifan.

'Wel, mi rydw i'n cynnig,' meddai Betsan, 'bod Geini i gael holl ddodrefn y tŷ a phob dim sydd yma, a'r ddwy fuwch a'r ddau fochyn a'r das a phethau felly. Mi faswn i'n cynnig bod Ifan i gael eu hanner nhw, pe gwyddwn i na châi o ddim gan Sioned, ond mae'n siŵr gin i y rhydd hi rywfaint o'r arian i'w thad a'i mam.'

Chwarddodd y lleill yn sbeitlyd.

'Pam raid i Geini gael mwy na'r un ohonom ni?' gofynnai Morus.

'Am 'i bod hi wedi rhoi 'u gwerth nhw i Mam drwy aros adre,' meddai Ifan, 'a fedar yr un ohonoch chi ddeud yr un peth.'

'Wel, na chaiff wir,' meddai Gwen. 'Rydw i'n cynnig bod pob dim sy yma'n cael 'i werthu, a rhannu'r arian yn gyfartal rhwng pawb.'

'Ac mi gaiff pob un ohonom ni ryw chwephunt yr un,' meddai Betsan.

'Mi fydd yn dda iawn i rai ohonom ni wrth hynny,' meddai Morus, y tlotaf a'r mwyaf didoreth ohonynt, a'i wraig mor wastrafflyd ag yntau, un o'r math hwnnw fydd yn bwyta bara y diwrnod y cresir ef.

'Yldi, Wiliam,' meddai Ifan, 'y chdi ydi'r hyna. Cym di bethau mewn llaw. Mae yma ddau gynnig rŵan. Mae arna i eisio mynd adre.'

'Oes, mi wn, i ddeud y newydd wrth dy ferch,' meddai Gwen.

'Wel,' meddai Geini, a fuasai fel delw hyd yn hyn, 'dydw i am gymryd dim heb i bawb fod yn unfrydol, a chan mai dyna'r gyfraith ar y mater, gwell gwerthu pob dim a rhannu'r arian.'

Ac felly y cytunwyd.

Yn y Ffridd Felen yr oedd te parti. Aeth Jane Gruffydd adre ar ei hunion o'r fynwent, ac er mwyn trugaredd â Geini aeth â holl blant y teulu adre gyda hi i gael te. Mwynhaodd y plant eu hunain yn gampus, ac yr oedd eu hedmygedd o'u modryb Jane yn amlwg. Pan eisteddai Elin a'i mam wrth y tân yn cael sgwrs cyn i Elin gychwyn yn ôl am y dref, chwaraeai'r plant hyd y caeau, yn y gadlas, a phob twll a chornel o'r beudy a'r cytiau. Yr oeddynt yn hollol gyfeillgar, ac yn meddwl yr hoffent weled mwy ar ei gilydd, a'r plant dieithr yn meddwl bod y Ffridd Felen yn lle ardderchog. Yn y llofft yn ei hedmygu ei hun yn y drych yr oedd Sioned.

Daeth Ifan Gruffydd adre, ac wrth weled y plant mor hapus daeth lwmp arall i'w wddf. Yr oedd yn ddrwg ganddo dorri ar eu cwmnïaeth dda a dweud wrthynt am fynd i chwilio am eu rhieni i'r Fawnog.

Dyma'r diwrnod rhyfeddaf a fu yn hanes Ifan Gruffydd er pan fu farw ei dad. Yr oedd y diwrnod hwnnw'n ddedwydd o'i gymharu â hwn. Yr amser hwnnw nid oedd ond un teimlad iddo, teimlad o hiraeth a thrueni; hiraeth am ei dad, y dyn tawel, caredig y bu'n cydgerdded ag ef i'r chwarel er pan ddechreuodd weithio, a theimlad o drueni dros ei fam a adawyd yn weddw a'r fath bwn arni, a theimlad hefyd o greulondeb ffawd yn taro dyn i lawr yng nghanol ei ddyddiau, heb adael iddo gael y cysur a haeddai yn niwedd oes.

Heddiw, yr oedd yn wahanol. Cawsai ei fam fyw i fynd yn hen. Yn ei blynyddoedd olaf buasai ei hagwedd at y plant hynny a fu'n dda wrthi yn un hynod hunanol, yn agwedd na fedrai Ifan ei deall o gwbl. Nid felly y byddai wrth fagu ei phlant. Ac fel y clywai ei chwynfan cyn iddi farw, daeth ei dyddiau ifainc yn fwy byw i'w gof na'i dyddiau hen – y dyddiau pan weithiai fore a hwyr; a chofiai o hyd ei bod hi yn ogystal â'i dad yn gyfrifol am gyflwr y Fawnog, ei bod hi wedi tyfu o dir mynydd i fod yn ffarm fach eithaf cynhyrchiol. Y dydd o'r blaen, wrth fynd â fflagiau at ei bedd, a gweld carreg fedd ei dad wedi suddo'n fychan, teimlai ei fod yn beth rhyfedd rhoi gyda'i gilydd gyrff dau a fu'n un bywyd ar un adeg, ac a fu ar wahân cyhyd wedyn. Yr oedd marw ei dad yn y cof yn unig, ac nid yn y teimlad. Yr oedd teimladau a fu'n llosgi ac yn brifo unwaith wedi oeri a chaledu. Aeth yntau'n drist o feddwl am y newid sy'n dyfod i ddynion yng nghwrs bywyd. Carasai sefyll ar lan bedd ei fam heddiw, a'i feddwl yn llawn o bethau caredig amdani, er y buasai'r meddyliau hynny'n oeri yn hollol yr un fath â meddyliau llai caredig. Ond wedi clywed darllen yr ewyllys, teimlai mai ofer a fu pob meddwl trist a fu iddo ar hyd yr wythnos.

Ac eto, wrth glywed gweiddi hapus ei blant ei hun a'i neiaint a'i nithod wrth agor llidiart ei gartref, daeth yr un lwmp i'w wddf ag oedd ar lan bedd ei fam.

XIII

NI DDANGOSODD Sioned unrhyw gyffro pan dorrwyd y newydd iddi am yr arian, ac ni ddangosodd chwaith unrhyw arwydd ei bod am roi dim ohonynt i'w theulu. Yn y siop yr oedd yr un fath. Ni fedrai'r genethod eraill ddweud arni o gwbl iddi ddyfod i arian. Âi ymlaen â'i gwaith yn fwy annibynnol na chynt, petai hynny'n bosibl. Yr unig un y dangosodd unrhyw arwydd o falchder iddo oedd Bertie Elis, ei chariad diwethaf. Y noson gyntaf aeth ato'n syth i'w hysbysu, ac iddo ef y dangosodd ei gwir lawenydd.

'A rŵan,' meddai hi, 'does dim yn rhwystro inni briodi.'

'Wel, nag oes, am wn i.'

'Am wn i, beth?'

'Wel, dim byd, just meddwl oeddwn i –'

'Meddwl beth?'

'Meddwl tybed fedrwn ni fyw ar gini yr wsnos.'

'Dydach chi ddim yn mynd i ennill gini am byth. Mi gewch godiad rywdro, gobeithio.'

'Wel, ella; mae'n gwestiwn gen i. Ydach chi'n gweld, mae *trade* mor slac rŵan.'

'O, wel, mi fedrwn fanejio rywsut; mi fedrwn brynu dodrefn efo'r arian yma.'

'Dydw i ddim yn licio cymryd 'ych arian chi. Piti na faswn i'n medru ennill ar anagram, yntê?'

'Enillwch chi byth arnyn nhw. Well i chi gadw'ch chwechau o lawer.'

'Does gynnoch chi ddim llawer o feddwl o mrêns i.'

'Ddim at wneud anagrams, beth bynnag.'

Pan oedd y chwech ugain punt a gafodd Sioned ar ôl ei nain yn barod i'w trosglwyddo iddi, fe gafodd ei thad a'i mam sgwrs â hi yn eu cylch un Sul. Casâi'r ddau yr ymddiddanion hyn ag unrhyw un o'r plant, ond yn fwy felly â Sioned na'r un. Pan yw malwoden yn estyn ei chyrn allan o'i chragen y mae siawns gwneud rhywbeth ohoni, ond pan fyn gadw yn ei chragen . . .

'Yli, Sioned,' meddai ei thad, 'beth wyt ti am wneud efo'r arian yna, heblaw eu cadw yn y banc?'

Cymerwyd y gwynt o'i hwyliau am funud. Cawsai gymaint o lonydd gyda'i chwnsel ei hun yn ddiweddar, fel na feddyliodd y buasal neb yn busnesu dim â hi.

'Dwn i ddim,' meddai hi, gan gordeddu ei hances boced.

'Wyt ti ddim yn meddwl y basat ti yn licio rhoi tipyn ohonyn nhw i ni i orffen rhoi ysgol i'r hogiau.'

Ni ddywedodd Sioned ddim.

'Ac,' ebr ei mam, 'mewn ffordd, arian dy dad ydyn nhw.'

'Sut felly?' meddai, mewn llais a awgrymai ofn i'w lwc dda ddianc.

'Wel,' meddai ei thad, 'dydi o ddim yn hawdd egluro, ond fod Mam wedi hel yr arian yna pan oeddwn i gartra cyn priodi. Mi fasan yn rhagor heblaw bod Mam wedi gorfod eu hiwsio at 'i byw, wrth gwrs.'

'Y fi pia nhw yn ôl y wyllys, yntê?'

'Ia, ond 'yn bod ni'n meddwl y basat ti'n licio helpu tipyn ar dy dad a dy fam.'

'Pam na wnaiff yr hogia helpu yr un fath ag y gwnaethoch chi?'

'Nid hyna mo'r llall, mi wyddost yn iawn. Gin bod yr hogia wedi ennill 'u hysgol, mae'n iawn iddyn nhw gael tipyn o addysg.'

'Wel, dydw i ddim am dalu am 'u haddysg nhw. Rydw i am briodi.'

Nid oedd yn syn gan yr un o'r ddau glywed, oblegid yr oeddynt yn barod i dderbyn unrhyw daranfollt a ddôi o gyfeiriad eu merch Sioned, oedd mor wahanol i bob un o'r plant. Aeth y ddau'n rhy brudd i fedru dweud dim.

Pan fedrodd, ebr y fam,

'Pwy ydi'r llanc ifanc, os nad ydw i'n gofyn gormod?'

'Hogyn o'r dre.'

'Beth ydi 'i waith o?'

'Clarc.'

'Efo phwy?'

'Efo Davies a Johnson.'

'Ydi o'n ennill cyflog go lew?'

'Fedra i ddim dweud, wir.'

'O,' meddai'r tad, 'mae'n well gin ti roi y chwech ugain punt yma i estron nag i dy deulu.'

'Nid 'u rhoi nhw rydw i.'

'Bydd di'n ofalus, 'y ngenath i, ne nid y chdi fydd pia d'arian. Mae o'n beth rhyfedd iawn dy fod chdi'n priodi rŵan, cynta y cest ti nhw.'

Yn y beudy ar resel y fuwch, yn eistedd ar eu hancetsi poced, yr oedd Owen a Thwm yn adolygu'r sefyllfa. Gorffenasai Owen yn yr ysgol sir, ond ni wyddai ganlyniad ei arholiad; felly yr oedd cwestiwn ei fyned i'r coleg yn un amwys. Gwyddai yr âi. Byddai ei dad a'i fam yn siŵr o gael yr arian rywsut, ond dyna'r cwestiwn – sut i'w cael. Yr oedd eisiau llawer i fyw mewn tref am dair blynedd. Nid oedd Twm ond megis dechrau ar ei addysg, ac nid oedd lawn digon hen i sylweddoli'n iawn beth oedd pwysau byw, ond yr oedd yn ddigon hen i wybod bod eisiau tipyn o arian i fod mewn ysgol ac fe wyddai'n iawn mai cyflog bychan a gâi ei dad.

'A meddylia,' meddai Owen, 'mai Sioned a gafodd yr arian yna; pe tasa Elin neu Wiliam neu chdi neu fi wedi'u cael nhw. Ond Sioned!'

'Ia,' meddai Twm, 'mi ân' fel cyllell boeth trwy fenyn. Mi fydd yn swancio hyd y lle yma efo nhw.'

'Swancio?'

'Ia, torri cyt.'

'Ne mi briodith efo'r hogyn hwnnw welis di efo hi.'

Ar hyn, daeth Bet heibio, a chymerodd y stôl odro o'r rhigol a'i gosod yn union o flaen yr hogiau ac eistedd arni a syllu arnynt. Yr oedd gan Bet arfer o wneud hyn â phobl na welai mohonynt yn aml – syllai arnynt fel pe na bai'r fath bobl yn y byd.

'Mae Sioned yn mynd i briodi,' oedd ei newydd cyntaf.

'Cer o 'na; wedi bod yn gwrando yn y cwt gwair yr wyt ti.'

'Naci wir; wedi bod yn gwrando yn y tŷ.'

Daethai Bet i mewn i'r tŷ a chlywsai gynffon y sgwrs rhwng Sioned a'i rhieni.

'Roedd hi'n deud wrth Nhad a Mam rŵan,' meddai Bet.

'Wel, yn iach i ti, Gymru,' meddai Twm, 'welwn ni byth ddima o'r rheina.'

Daeth Wiliam heibio o rywle.

'Hei, Wil, glywist ti'r newydd?' gwaeddai Twm.

'Mae Sioned dy chwaer yn mynd i briodi efo un o'r cofis.'

'Ydi, mi wn,' meddai yntau'n gwta, 'mi fydd yn well gynni hi rannu'i harian rhwng estroniaid.'

'Beth fasat ti yn 'i wneud tasat ti yn 'u cael nhw?' gofynnai Owen.

'Mi faswn yn agor chwarel fy hun.'

'Ac yn rhannu'r elw rhwng y gweithiwrs, fel gwir Sosialydd,' mentrai Owen.

Aeth Wiliam allan wedi ei anafu. Ei unig ddyhead y dyddiau hyn oedd cael mynd o grafangau'r Stiward.

'Yldi,' meddai Owen wrth Bet, 'faint o siawns sy gin ti i ennill *scholarship*?'

'Dim,' meddai Bet, 'fedra i ddim gwneud syms.'

Teimlai Owen yn rhyddach o'i glywed. Buasai i un arall o'r teulu ennill ysgoloriaeth yn ormod o demtio ar Ragluniaeth.

Yr oedd cryn dipyn o boen yn y Ffridd Felen o achos priodas Sioned. Weithiau teimlai Jane Gruffydd yr hoffai ddweud wrthi am fynd a pheidio byth â dyfod ar gyfyl ei chartref. Ond unwaith y gwnâi hynny ni byddai diwedd ar siarad ardal, a byddai rhai o'i theulu yng nghyfraith, er gwaethaf eu casineb at Sioned, yn siŵr o wneud popeth yn waeth nag ydoedd. Yr unig gysur a gafodd y fam o'r cwbl oedd profi i'r rhai hynny o'i deulu oedd yn erbyn Ifan nad hwy yn y Ffridd Felen a gafodd fraster ewyllys Sioned Gruffydd wedi'r cwbl. Daeth rhai ohonynt yno i gydymdeimlo. Derbyniwyd eu cydymdeimlad am ei werth, ac aeth y teulu ymaith gan gnoi eu gwefusau a methu deall sut y cymerai Jane Gruffydd bopeth mor dawel.

Mewn un peth rhoes Ifan a Jane Gruffydd eu troed i lawr: nid oedd y briodas i ddigwydd ym Moel Arian.

Trwy gydol gwyliau'r haf hynny crogai'r boen yma uwchben y Ffridd Felen, a chan fod Owen a Thwm gartref drwy'r dyddiau, hwy a'i teimlent fwyaf. Bu agos i Owen fynd i chwilio am waith dros y gwyliau, a phe buasai'n hawdd cael gwaith felly fe'i cymerasai. Bwytâi ef a Thwm gymaint â phedwar. Gwisgent drywsusau ac esgidiau'n dyllau. Gwnaent gymaint ag a allent o help: cario dŵr, troi handlen y corddwr, hel grug i aros torri'r das, carthu'r beudy a'r cwt mochyn, ond yr oedd digon o amser wedyn a digon dros ben i'w mam boeni.

Priododd Sioned yn y dref, mewn gwisg lwyd olau a llathenni o diwl gwyn am ei gwddf, a gwisgai Bertie het silc a chôt gynffon fain. Owen ac Elin a gynrychiolai deulu'r Ffridd Felen, a diolchai'r ddau mai yn y dref yr oedd y briodas – meddylient am Bertie a'i het silc yn y Foel Arian! Po fwyaf yr edrychai Owen arno, mwyaf yn y byd y meddyliai am ddisgrifiad Twm ohono – dili-do. Yr oedd yn un o'r dynion hynny na phrifiai byth o ran ei feddwl, ac fe ddaliai ei groen i edrych yn ifanc dragwyddol. Yr oedd yn rhaid i'r ddau gyfaddef bod Sioned yn brydferth iawn.

Felly y cafodd Sioned ei delfryd o fynd i fyw i'r dre, i dŷ â pharlwr a llawr coed iddo – nid cegin orau â llawr teils fel un y Ffridd Felen; cael *Venetian blinds*, a soffa blwsh a chlustogau, yn lle un rawn ac *antimacassars*.

Ymhen rhyw bythefnos daeth Sioned a Bertie i fyny o'r dref ar brynhawn Sul. Cafwyd te yn y gegin orau, ac yr oedd y llestri gorau allan. Yr oedd pawb yn annaturiol ac annifyr: y dynion yn barod yn brydlon, ac yn cerdded o gwmpas fel y bydd pobl o flaen amgylchiad pwysig megis cyfarfod pregethu neu gynhebrwng. Rhedai Bet o gwmpas yn ei hesgidiau newydd, esgidiau botymau uchel a thrwynau llydain, a ffriliau stiff ei brat gwyn yn taflu allan dros ben ysgwydd ei ffrog ddu a gwyn a gafodd ar ôl ei nain. Yr oedd ei gwallt, a blethasid yn ddwsin o blethi y noson cynt, yn sefyll allan fel crinolîn, a chlymid darn ohono uwchben ei chlust â ruban gwyn. Dilynai'r bechgyn i bob man, gan glepian ei dwylo o'r tu blaen a'r tu ôl. Jane Gruffydd oedd fwyaf naturiol, am mai hi oedd brysuraf, yn gorffen rhoi siwgr mân hyd wyneb y deisen a thynnu llwch oddi ar y cwpanau te.

Pan glywyd clic y llidiart teimlodd pawb yn anghysurus ond Bet, a rhedodd hi i gyfarfod â hwynt, a chyda'i dull nodweddiadol fe rythodd arnynt gydag edmygedd, ac iddi hi, blentyn dengmlwydd, yr oedd yno rywbeth i'w edmygu, y tiwl gwyn yn chwifio o gwmpas wyneb Sioned, a Bertie yn ei het silc a'i gôt gynffon fain. Syrthiodd calon Owen; gwelai'r cwpl priodas yn cerdded i fyny'r capel a hwythau'r plant eraill o'u blaenau neu ar eu holau fel gosgordd, a llygad pob enaid yn y capel yn treiddio trwy eu dillad a'u cnawd at y mêr.

Aeth y te heibio heb lawer o siarad a heb lawer o fwyta. Ceisiai pawb wneud ei orau. Yr unig un na theimlai'n anghyfforddus oedd

Bet. Daliai i ofyn am ragor o deisen afalau nes i Twm roi cic iddi o dan y bwrdd, ac edrychodd hithau arno gyda'r olwg ddiniwed honno a ddywedai nad oedd gŵr ei chwaer am ei rhwystro hi rhag bwyta, beth bynnag.

Tybiwyd unwaith iddynt daro ar destun y medrent siarad yn gyffredinol arno.

'Mae gynnoch chi *view* neis iawn oddyma,' meddai Bertie, a eisteddai gyferbyn â'r ffenestr.

'Oes,' meddai Ifan Gruffydd, 'nid yn aml y gwelwch chi un 'run fath â hi, digon o fynydd a mor.'

'Mi fedrwch weld y Werddon pan fydd hi'n glir iawn,' meddai Owen.

Ond aethai stôr sylwadau Bertie yn hesb.

'Gymerwch chi sigarét?' meddai wrth ei dad-yng-nghyfraith.

'Na, ddim, diolch; mae'n well gin i getyn.'

'Wiliam?'

'Na, ddim, diolch.' Deisyfai un, ond nid oedd am ddangos i'w frawd yng nghyfraith nad oedd gynefin â smocio sigarennau.

Fel y dynesai amser capel, suddai calon Owen. Yr oedd am roi ei fys yn ei wddf i daflu i fyny, neu wneud rhywbeth er mwyn cael esgus i aros gartref.

A dyma'r cwestiwn tynghedol yn dyfod oddi wrth ei dad,

'Beth ydach chi am wneud 'ych dau? Ydach chi am ddŵad i'r capel?'

Edrychodd Sioned ar Bertie, ac yntau arni hithau.

'Na, ddim heno,' meddai ef. 'Mi fydd yn rhaid inni gychwyn yn ôl rŵan jest.'

Medrai Owen roi ei ddwylo am ei wddf o ddiolch, ond ni wyddai Ifan pa un ai codi ai gostwng a wnaeth ei fab yng nghyfraith yn ei olwg drwy wrthod dyfod i'r capel.

Arhosodd Owen a'i fam gartref gyda'r cwpl ieuanc, a buont o gwmpas yn gweled yr anifeiliaid a phethau eraill. Ond nid oedd gan Bertie unrhyw ddiddordeb ynddynt.

'Ydach chi wedi trio ar anagrams erioed?' gofynnodd i Owen.

Ac am unwaith bu'n rhaid i Owen gydnabod ei anwybodaeth wrth ei frawd yng nghyfraith.

'Dwn i ddim beth ydyn nhw.'

'Fel hyn,' meddai Bertie, gan dynnu llyfr coch o'i boced. 'Dyma i chi air, a mae'n rhaid i chi wneud dau air neu dri i ddescribio hwnna efo'r un *letters* ag sydd yn y gair ei hun. Efo'ch *brains* chi mi ddylech fedru gwneud rhai iawn. Mi wn i am *chap* o'r dre acw sydd wedi ennill £300 am un.'

'Dowch, rŵan,' meddai Sioned, 'ne chyrhaeddwn ni byth adre.'

'Newch chi ddim cymryd tamed?' meddai Jane Gruffydd.

'Na, mi awn ni, er mwyn inni fedru clirio cyn iddyn nhw ddŵad o'r capel,' ebe Sioned.

Fe ddangosasai'r prynhawn hwn i Sioned nad yw pobl y wlad bob amser yn llyncu crandrwydd.

Wedi iddynt fynd, ebr Owen wrth ei fam,

'O, dowch â bwyd imi; rydw i bron â llwgu.'

'Wir, mi allasat tithau fwyta mwy amser te. Dwn i ddim sut yr oedd yn rhaid i hogyn bach diniwed fel yna effeithio cimint ar 'ych stumog chi i gyd.'

XIV

YR OEDD Jane Gruffydd yn y dre tua chanol y mis Medi canlynol yn prynu bocs i Owen fynd i'r coleg. Cawsai ysgoloriaeth gwerth £20, a rhwng hynny a rhodd yr adran hyfforddi gallai Owen ei gadw ei hun yn y coleg ar wahân i lyfrau a thâl y coleg ei hun.

Cerddai o gwmpas y siopau yn araf a difywyd. Yr oedd yn un o'r dyddiau poeth hynny ym mis Medi pan dry gwres a thawch y dydd yn noson leuad oer a chlir. Gwibiai pobl o gwmpas, a'u dillad haf yn cael ail les ar fywyd ar ôl wythnosau o dywydd gwlyb mis Awst. Llwythid ffenestri siopau a'u cynddrysau â ffrwythau aeddfed, a gwenyn meirch yn hofran o'u cwmpas. Yr oedd y ffenestri'n fudr gan faw pryfed.

Cerddasai Jane Gruffydd i lawr i'r dref yn haul canol dydd, ac yr oedd ei hwyneb yn furum o chwys a'i gwallt fel pe tynasid ef o'r afon. Un gôt oedd ganddi haf a gaeaf. Teimlai er hynny'n eithaf hapus. Yr oedd yn ysgafnder meddwl iddi i Owen ennill ysgoloriaeth, ac fel y dywedodd Ann Ifans wrthi, dylai fod yn falch o'i bachgen.

Aeth i mewn i siop yr *ironmonger*, oedd yn oer ar ôl y stryd boeth.

'Y rhain sydd yn y ffasiwn rŵan,' ebe'r dyn, wedi iddi ddweud ei neges, gan bwyntio at focsus pren.

'Faint ydi hwnna?'

'Deg swllt ar hugain.'

Dychrynodd Jane Gruffydd.

'Na, rhaid i mi gael un rhatach.'

'Wel, dyma bethau a lot o fynd arnyn nhw,' a dangosodd fasgedi gwellt mawr, a'r caead yn cau am holl gorff y fasged. Gwelai y gwnâi honno'r tro ond iddo roi ei lyfrau mewn bocs siwgr.

Yr oedd Jane Gruffydd yn falch fod y fasged honno'n costio llai nag a feddyliodd. Ond costiai crysau a phethau felly fwy, ac fe aeth y bunt a gadwasai o'r cyflog pen mis fel dŵr trwy ogor. Meddyliai tybed a gâi hi rywdro ddyfod i'r dref a'r arian yn ei phoced yn fwy na'i hangenrheidiau. Câi, fe gâi. Fe ddôi Owen i ennill, fe ddôi Twm i ennill. Fe gaent gyflog da; fe gâi hithau dalu ei dyledion a chael prynu tipyn o foethau wedyn. Prynodd ychydig bach rŵan. Yr oedd yn rhaid mynd â thipyn o eirin adref.

Aeth i dŷ Sioned wedyn. Yr oedd ei merch yn falch o'i gweled, a rhedodd i wneud te iddi. Rhoesai'r gwrid poeth yn ei hwyneb le i welwder melyn erbyn hyn, ac ni fedrai Sioned lai na sylwi ar hynny.

'Ydach chi'n sâl, Mam?'

'Nag ydw, ond mod i wedi hyrio i lawr trwy'r gwres.'

'Doedd hi ddim ffit ichi gerdded. Pam na fasach chi'n cymryd y frêc?'

'Rydw i am 'i chymryd hi i fynd yn ôl, cawn i bicio i weld Elin am funud; ond mae o'n ddrud iawn cymryd y frêc i fynd a dŵad. O, mae'r te yma'n dda.'

'Ydach chi'n well rŵan?'

'Rydw i wedi dŵad ataf fy hun yn iawn.'

'Mae gynnoch chi ryw gôt drom ofnadwy.'

'Oes, ond mae'n rhaid iddi wneud y tro; mi ddaw'n aea toc.'

'Dowch i weld y tŷ.'

A bu'r fam yn edmygu'r cadeiriau plwsh a'r dodrefn staen *walnut*, a'r gwely ffasiwn-newydd oedd yn bres i gyd.

'Mi ddo i i'ch danfon chi cyn belled â lle Nel,' meddai Sioned, 'os ydi'n rhaid i chi fynd rŵan.'

Yn y gegin yn lle Elin yn ddiweddarach eisteddai Jane Gruffydd a'i hwyneb at y ffenestr yn clustfeinio am y frêc oedd i ddyfod yn y munud. Cariai sgwrs Elin hi bob amser tu hwnt i gofio am amser.

'Ddaru Sioned ddim cynnig dim i chi?'

'Naddo, ond mi roedd hi'n glên iawn, ac mi ges de da gynni hi.'

'Fedra hi wneud dim llai, gobeithio.'

'Wel, rydw i wedi gweld llai gin Sioned; mae'n dda 'i gweld hi wedi stopio cuchio, a'i bod hi'n medru siarad efo rhywun fel rhyw fod dynol arall.'

'Hy! Mi allsa basio peth o'r chwech ugian punt yna i chi yn hawdd, a'r fath gostau arnoch chi rŵan.'

'Well gin i iddi hi beidio.'

Clywyd carnau'r ceffylau a adwaenid mor dda gan y ddwy, ac yna sŵn y brecio a rhygnu'r olwyn.

Cododd Elin ei llaw ar ei mam, a daliodd ei dannedd ar ei

gwefusau rhag crio. Nid oedd blynyddoedd o weini yn y dref wedi ei diddyfnu o'r Ffridd Felen.

Dyna lle'r oedd basged Owen wedi ei chlymu wrth ochr y frêc, ac yn siglo yrŵan ac yn y man wrth i ysgogiadau'r cerbyd ei hysgytio. I Jane Gruffydd yr oedd y fasged yn arwydd o ddechrau gwir chwalu ei theulu. Er bod Elin a Sioned yn y dref, a'r hogiau yn yr ysgol, ni theimlai iddynt ymadael â chartref am eu bod mor agos. Ni fedrai dynnu ei llygaid oddi ar y fasged, a ymddangosai iddi fel rhyw ffawd angharedig. Merched a fyddai yn y frêc ganol yr wythnos, a mwy o dduedd siarad ynddynt nag mewn cwmni cymysg.

'Pryd mae Owen yn dechrau yn y coleg?' meddai un.

'Ymhen tair wsnos.'

'Mi gwelwch hi'n chwith iawn.'

'Gwela am dipyn, mae'n siŵr.'

'Ond fel yna mae hi, unwaith y dechreuan nhw fynd.'

'Ia, a does fawr ddim yma i gadw hogia gartra.'

'Nag oes, a mae hi'n ffiaidd ar rai hŷn na hogia. Ond mi ddaw 'ych hogia chi i lefydd da.'

'Dwn i ddim; mi all llawer o bethau ddigwydd. Mae digon o gostau 'u gyrru nhw mlaen, beth bynnag.'

Chwythai tipyn o awel erbyn hyn, a chodasai'r tawch oddi ar y môr. Safai'r ŷd yn ei styciau hyd y caeau, neu fe'i cerid i mewn ar wagenni. Yr oedd y môr wrth ymyl yn awr, ac edrychai'n wahanol i'r fel yr edrychai o'r Ffridd Felen. Yr oedd cysgodion tywyll arno, ac yr oedd ei liw'n ddyfnach. Troes Jane Gruffydd ei phen i weld Moel Arian, ac edrychai yntau'n wahanol a'i ffenestri'n wincio wrth i'r haul daro arnynt. Yr oedd tawelwch Medi ar y wlad i gyd, a dim ond awgrym newid lliw ar y coed. Ymfodlonai ysbryd Jane Gruffydd tan ddylanwad yr olygfa, a'r ceffylau'n tynnu'n araf i fyny'r allt, blaen eu carnau'n taro'n galed ar y ffordd ac anger' yn codi oddi ar eu crwyn. Ni châi'r genhedlaeth nesaf a ddaeth i deithio'r daith hon mewn moduron mo'r bodlonrwydd ysbryd hwn, na chwaith weled golygfeydd dros bennau'r perthi.

Yr oedd pob plentyn yn blentyn bach yn y Ffridd Felen pan âi eu mam i'r dref, a rhuthrid am ei basged cyn iddi gael tynnu amdani.

Nid oedd yn rhaid iddi wneud dim wedi cyrraedd. Codasai'r bechgyn datws at swper chwarel, a godrasent y gwartheg ddwy awr yn gynt nag arfer er mwyn i'w mam gael sbario wedi cyrraedd y tŷ.

''Y mhlant bach i,' meddai hithau, 'mi fydd 'u pyrsiau nhw ar dorri bore 'fory, ac mi fydd yn rhaid imi godi cyn codi cŵn Caer i'w godro nhw.'

XV

A R FORE LLUN yn Rhagfyr 1908, yr oedd cegin y Ffridd Felen mor brysur â phetai hi'n ganol dydd ac yn brysurach. Pedwar o'r gloch y bore ydoedd, a Wiliam a'i dad a'i fam yn bwyta eu brecwast wrth y bwrdd. Eisteddai Twm a Bet wrth y tân o dan y simnai fawr, wedi cael cwpanaid o de ar y pentan; ac oni bai am ei achos buasai Twm a Bet ar ben eu digon. Nid oedd dim a rôi fwy o fwynhad i Bet na chael codi ar ryw awr afreolaidd, annaearol, a chael brecwast wrth y tân wedi taro ei ffrog ar ei choban. Er nad oedd ond pedwar y bore, yr oedd tân coch yn y grât ac awyrgylch gynnes yn y gegin. Yr oedd Jane Gruffydd ar ei thraed er hanner awr wedi dau, er bod pac Wiliam yn barod er y noson cynt. Yn y Ffridd Felen nid oedd wahaniaeth pa mor fore y codai pawb ond y fam, ni cheid byth awyrgylch oer tân newydd roi matsen ynddo.

Cychwynnai Wiliam am y De, ac âi i ddal y mêl yn stesion Bron Llech.

'Cofia di ddal dy ddillad o flaen tân, Wiliam. Maen nhw'n berffaith eirin rŵan, ond well iti 'u dangos nhw i'r tân. A thendia gael gwely tamp, a gobeithio y cei di *lodgin* iawn efo rhywun o ffor' yma.'

'Mae yno ddigon o bobl fforma yno, medda nhw, ond mae Jac yn deud y bydd yn well imi fynd i aros at Hwntws, y bydd o'n well yn y pen draw.'

'Digon tebyg,' meddai'r tad, 'fydd ar y rheini ddim eisio sgwennu at neb o ffordd yma.'

'A chofia di sgwennu i ddeud y byddi di wedi cyrraedd. Ydi'r postciard yna yn dy boced ti'n barod?'

'Ydi.'

Eisteddai Wiliam erbyn hyn ar y gadair freichiau a'i droed ar y ffender yn cau ei esgid, a rhoi ei ben i lawr cyn ised ag y medrai rhag i neb weld ei fod bron â chrio. Dyma'r tro cyntaf iddo erioed fynd oddi cartref i aros noson.

'A gobeithio y cei di gwmpeini,' meddai ei fam, 'ac na chei di ddim annwyd.'

Daliai'r fam ymlaen i siarad am yr un rheswm ag y daliai Wiliam ei ben i lawr.

Ac yna, y mae Wiliam yn rhoi ei gôt uchaf amdano, a'i het galed am ei ben, ac yn lapio crafat mawr ddwywaith am ei wddf; yna yn cymryd gafael yn y fasged a orffwysai fel tynged ar ben y bwrdd mawr er y noson cynt, yr un fasged ag a ddawnsiai wrth ochr y frêc bedair blynedd cyn hynny, ac a welwyd yn cychwyn Owen i'r coleg. Pan aeth Wiliam i'r De, Owen a gafodd y bag newydd.

'Wel,' meddai Wiliam, 'da boch chi i gyd.' A heb edrych ar neb, dilynodd ei dad i'r tywyllwch. Aeth y fam i nôl y lamp i ddal golau iddynt, ond daeth ebwch o wynt a gyrru tafod o fflam i fyny'r gwydr. Rhedodd hithau â'r lamp ar y bwrdd, ac erbyn mynd yn ôl ni welai ddim ond dau gysgod megis wrth y llidiart, ac un yn gweiddi 'Gest ti hi?' wrth ymbalfalu. Yna lapiodd y tywyllwch hwynt, a diflanasant mewn sibrydion. Caeodd hithau'r drws ac aeth i eistedd wrth y tân, lle'r oedd Twm a Bet yn synfyfyrio'n gysglyd i ganol y fflamau. A daeth llonyddwch trwm i'r gegin a oedd funud yn gynt yn llawn sŵn symud traed a siarad.

'Wel,' meddai Iane Gruffydd, 'waeth imi heb na phendympian. Dos i dy wely, Bet, a chditha, Twm. Mae gormod o amser i chi fod ar 'ych traed dan amser ysgol.'

Aeth hithau ati i glirio'r bwrdd ac i lanhau'r esgidiau.

Dyma'r bore y bu'n ei ofni ers wythnosau. Er pan ddywedodd Wiliam yn herfeiddiol na fedrai ddioddef bod yn gardotyn yn hwy yn y chwarel a'i fod am fynd i'r Sywth, yr oedd fel petai bwysau wrth ei chalon. Yr oedd y plant eraill i gyd yn weddol agos, ond am y Sywth – pen draw byd o le! A chymerasid yn ganiataol rywsut nad ymadawai Wiliam byth â'i gartref ond i briodi. Ond dyma fo wedi mynd i bellteroedd byd, ac i waith hollol wahanol. Yr oedd bywyd yn galed iawn. Ond yn wir, ni wyddai ba un oedd galetaf, gweled Wiliam yn cychwyn i ffwrdd, ai ei weled yn dyfod adref bob nos yn surbwch a digalon. Dywedai Ifan yr âi yntau petai'n ieuengach. Cyraeddasai cyflogau'r dyffryn hwn y gwaelod isaf.

Toc daeth Ifan Gruffydd yn ei ôl, wedi cael cwmni'r postman i fyny. Yr oedd yn rhaid iddo gychwyn taith o dair milltir at ei waith, a hynny ei hun heddiw.

Yn y trên, eisteddai Wiliam a'i law dan ei ben, a'i brudd-der yn lwmp yn ei frest. Âi'r trên heibio i dai â rhyw olau bychan, crwn, egwan yn y ffenestri. Gallai yntau ddychmygu'r wraig yn torri bara ymenyn, yn llenwi'r tun bwyd, a rhoi te yn y piser. Gwelai ei gŵr yn taflu ei hances boced fudr o'i boced ac yn cymryd un lân o'r dôr, a'i esgidiau yn twymo ar y ffender, yn ddu am heddiw, ar fore Llun, wedi eu hiro â saim, a hwnnw heb sychu yn nhyllau'r careiau, ac yn chwysu yng ngwres y tân. Yna'r gŵr yn rhoi ei ben heibio i'r drws ac yn galw i'r tŷ, 'Na, dydi hi ddim yn bwrw, 'd a' i ddim â sach heddiw.' Yna'n taflu hen gôt dros ei war a'i chau â phìn sach ac yn troi'r bìn at ei ysgwydd.

'O Dduw!' griddfanai Wiliam, 'pam na chawn innau gychwyn yr un fath?'

Ac eto, fe gofiai am ei atgasedd diweddar o'r chwarel. Gallai ei dychmygu'n awr, yn gorwedd yn ddu ar ochr y mynydd yn y fan acw, a niwl fel cap llwyd am ei phen, fel rhyw hen wrach yn gwneud hwyl am ei ben, ac yntau'n ymbalfalu tuag ati ar foreau tywyll fel hyn, a dim gwaith i ddechrau arno yn oerni'r bore, dim ond mynd o gwmpas a'i ddwylo yn ei boced i fegera. Dyna beth ydoedd, a dim arall. Mynd o'r naill fwrdd i'r llall, a sefyll yno fel mudan. Cael clwt gan ambell un, ond cael ei wrthod yn amlach; cael ei wrthod yn serchog gan ambell un oherwydd gwir brinder cerrig, cael ei wrthod yn oer gan y llall, a'i wrthod yn ffals gan un arall crintachlyd. Nid oedd dim yn well na rybela i ddyfod i adnabod dynion.

Dyna'r hen —————— (berwai Wiliam wrth gofio amdano'n awr) yn gwrthod rhoi clwt iddo ryw brynhawn yn yr haf, yn ei ddull cyfrwys. Ar ganiad bron, y prynhawn hwnnw, fe ddaeth llwyth o gerrig o'r twll i ——————, a phenderfynodd yntau ofyn iddo'r peth cyntaf bore trannoeth. Yn ei wely'r noson honno plyciodd rhywbeth ef, ac aeth at ei waith hanner awr yn gynt. Fel y disgwyliasai, pwy oedd yno wrthi ond —————— wedi llifio nifer mawr o glytiau a phentwr o sglodion ar y fainc. Yr oedd yn rhy ffiaidd ganddo ofyn am glwt iddo wedyn, ond fe ofalodd adael i bawb yn y chwarel wybod.

Ac ar ddiwedd mis, mor anodd oedd dioddef cuchiau'r marciwr cerrig oni fyddai ganddo ddigon o gyfrif, a gorfod begera'n llythrennol am glytiau wedyn.

Meddyliai am ei dad wedyn, wedi cael telerau gosod, rhai gwael yn aml, na wyddai yn y byd a gâi efe dâl am ei lafur ar ddiwedd mis. Yr oedd cyflog chwarelwr fel cynnwys lwci bag. A dyna'r holl fân streiciau a gafwyd yn ystod y blynyddoedd diwethaf. Pum wythnos yrŵan a deufis wedyn. Dim un ddimai'n dyfod i mewn o unman, a phawb yn bwyta mwy na'i lwfans wrth fod gartref yn segur. Yr oedd ei fam yn wrol yn medru wynebu'r siopwr, ac yr oedd y siopwr yn amyneddgar.

Ac yr oedd y chwarelwyr yn ddall (yn ôl ei feddwl ef) i beidio ag ymuno â'r Undeb, ac ymladd am isrif cyflog a safon gosod. Ymunasai tipyn yn rhagor yn ddiweddar, ond nid hanner digon. Faint well oeddynt o godi helynt a dyfod allan ar streic, onid oedd nerth Undeb tu cefn iddynt? Wel, os oedd yn well ganddynt lyfu cadwynau eu caethiwed!

Fel yna y rhedai meddyliau Wiliam, a'r trên yn symud yn araf, gan chwythu fel dyn yn mynd i fyny gallt. Safai mewn rhyw stesion bach ddigalon yr olwg, ddistaw fel y bedd, ar wahân i sŵn anger' y trên yn ebychu. Yng nghanol y tywyllwch daliai porter ei lamp i fyny, a hithau'n taflu ei phelydrau allan yn gylch i niwl y bore. Troai hi drachefn, a symudai'r trên wrth fesur araf allan o'r stesion, a chleddid y porter a'i lamp yn ei thywyllwch. Blinodd Wiliam feddwl, ac aeth i gysgu.

Unwaith wedyn ar ei daith y daeth y chwarel yn fyw iawn iddo. Tynnai at derfyn ei daith; yr oedd yn nosi drachefn. Anghofiodd Wiliam ei gydymaith yn y trên. Gwelai hogiau'r sied, eu capiau i lawr yn isel am eu pennau, a golwg denau, lwyd arnynt, yn sgythru yn yr oerni wrth sefyll yn nrysau'r sied yn disgwyl caniad. Bob hyn a hyn, brathent eu pennau heibio i'r cilbost, fel llygod mawr yn eu tyllau. Yna, cyn gynted ag y canai'r corn, cymerent y wib fel haid o waetgwn i lawr y ffordd haearn ac i'r mynydd. Cofiai'r wynebau hynny'n awr, yn arw ar yr wyneb ond yn cuddio llawer o hynawsedd. Medrent chwerthin pan fai dduaf arnynt, a gwneud sbort am ben cyflog gwael. Yr oedd llawer ohonynt yn marw o'r diciâu.

Dechreuodd ferwi o gynddaredd wrth feddwl eto am y chwarel. Carasai gael lladd Morus Ifan, y Stiward Bach. Gwyddai fod ganddo rywbeth personol yn erbyn ei dad, a gwyddai y carai gael gwared ohono, ond medrai ei dad gadw'i dymer, yr hyn na fedrai Wiliam. Yr oedd yn awr yn ail-fyw'r olygfa y dydd y cafodd notis. Wedi mynd at Bycli'r Stiward i ofyn am rywbeth gwell na rybela, hwnnw heb fod ar gael, ac yntau wedi dweud ei neges wrth Morus Ifan. Cofiai am ei ddirmyg. Yr oedd hynny'n ddigon, ond pan edliwiodd hwnnw iddo ei gysylltiad â'r Blaid Lafur a'i waith ynglŷn â'r Undeb methodd gan Wiliam ddal, a neidiodd i'w wddf. Lwc i'r Stiward Bach i rywun ddyfod heibio ar y pryd. Daeth ei atgasedd ato eto i'w waed, ac ymwrolodd wrth feddwl am y pwll glo.

XVI

DIWRNOD RHYFEDD oedd y diwrnod yr aeth Wiliam i ffwrdd, yn y Ffridd Felen. Ni theimlai'r fam ar ei chalon olchi, na gwneud dim arall, ac aeth i fyny yn y prynhawn i Twnt i'r Mynydd.

'Roeddwn i'n meddwl amdanoch chi,' meddai Ann Ifans, 'roeddwn i am bicio i lawr gyda'r nos. Mi faswn wedi rhedeg y bore yma, ond mae rhywbeth ar yr hen fuwch yma.'

'Tewch chitha.'

'Does dim llawer o helynt. Mi yfodd ormod o ddŵr pan aeth hi allan am funud ddoe, ac mi ddaeth i mewn a'i blewyn hi yn syth gin gryndod.

'On'd does rhyw helynt o hyd? Dydi byd gwan ar griadur tlawd ddim yn ddigon.'

'Nag ydi. Mae hi'n fyd sobor.'

'Dydw i ddim yn cofio byd cyn sobred, er y bydd Mam yn deud 'i bod hi'n waeth pan oedd hi'n ifanc.'

'Felly y bydd Mam yn deud hefyd. Ond does dim rheswm 'i fod o'n dal mor ddrwg o hyd; disgwyl i bethau ddŵad yn well mae dyn.'

'Wir, ddaw o ddim,' meddai Ann Ifans, gyda'r ysbryd trychinebol hwnnw sy'n nodweddu pobl lawen. 'Ond sut oedd Wiliam cyn cychwyn?'

'Rydw i'n credu 'i fod o dest â'i dymchwel hi, ond 'i fod o'n trio dal.'

'Mi gwêl 'i dad o hi'n chwith ar 'i ôl o yn y chwarel.'

'O, ofnadwy.'

'Ond mi gewch chi weld y bydd Wiliam yn iawn, wedi cyrraedd a dechrau ennill arian. Maen nhw'n deud imi fod arian da iawn i cael yn y Sywth yna.'

'Gobeithio wir, ond mae cimint yn cael 'u lladd yn y pyllau glo yna.'

'Mae digon o hynny yn y chwareli yma, petai hi'n mynd i hynny, a digon o bobol yn marw o'r diciâu.'

'Oes, digon gwir.'

'A dyna i chi siopau'r dre yna wedyn. Dwn i ddim pwy rôi 'i gi yno, heb sôn am blentyn.'

'Ia, 'ntê, a'r cyflogau'n fychan.'

'Bychan, ia. Meddyliwch chi rŵan am John yma, yn cael dim ond pymtheg swllt yn yr wythnos ar ôl gweithio blynyddoedd am ddim, a sefyll tu ôl i'r cownter o fore gwyn tan nos, a'r hen ddyn hwnnw'n cerdded o gwmpas y siop, efo'i hen lygada ym mhob man. Petasa posib iddo fo brynu rhagor o lygada i'w rhoi yn 'i ben mi fasa'n gwneud hynny, er mwyn gwatsiad rhag ofn bod rhywun yn dwyn.'

A chwarddodd Jane Gruffydd.

'Sut mae Owen?'

'Reit dda; mi ges lythyr y bore yma, yn licio 'i le'n iawn.'

'Da iawn bod rhywun yn hapus.'

'Ond cofiwch, dydi 'i gyflog yntau ddim hanner digon, a chysidro'r gost sy wedi bod efo fo.'

'Nag ydi, mae'n siŵr.'

'Mae o'n talu chweugian yn yr wsnos am *lodging* ac yn prynu 'i fwyd 'i hun.'

'Gwared y gwirion!'

'Ydi, a mae'r criadur bach yn trio anfon rhyw 'chydig adre bob mis.'

'Chwarae teg iddo fo. Hen hogyn bach iawn ydi Owen.'

'Ia,' meddai Jane Gruffydd. 'Ond does yr un ohonyn nhw wedi rhoi'r fath boen i mi â Sioned, cofiwch.'

'Sut mae hi a'i gŵr, a'r hogyn bach?'

'O, maen nhw'n iawn. Peth bach annwyl iawn ydi'r babi, ond fedra i neud dim â'i gŵr hi. Fydda i'n credu nad oes dim gronyn o sa ynddo fo. Ond chewch chi wybod dim o giarbad bag Sioned. Mi fasa'n rheitiach o lawer i ni neu Geini gael arian mam Ifan.'

'Roth hi ddim i chi?'

'Ddim dima. Mor dda y basan nhw rŵan! Dyna Twm eto, fydd yn mynd i'r coleg ymhen tipyn.'

Ac fel yna y bu'r ddwy wraig yn siarad am eu hamgylchiadau, heb wybod dim am eu hachosion. Ond yr oedd eu heffeithiau'n fyw iawn iddynt. Nid oedd ganddynt ddim i'w wneud ond mynd ymlaen o ddydd i ddydd gan ddisgwyl pethau gwell. Ond yr oedd cael sgwrs â chymydog yn ysgafnu meddwl rhywun.

Yr oedd Ifan Gruffydd gryn ddeng munud yn hwyrach yn cyrraedd y tŷ y noson honno. Aeth i gysgu yn y gadair freichiau y munud y cafodd ei fwyd. Sylwai ei wraig ar y düwch tan ei lygaid ac ar ei ddwylo caled. Yr oedd yn rhaid aros ac aros ar hyd dechreunos hir mis Rhagfyr. Ond fe gâi gerdyn Wiliam drannoeth.

Un peth sydd yn newid wedi i blant fynd oddi cartref yw'r pwysigrwydd a roir i bostmon. Pan fo teulu gartre gyda'i gilydd y mae cael llythyr yn ddigwyddiad mewn hanes. Ond unwaith y dechreua'r plant fynd i ffwrdd, daw llythyr yn beth cyffredin a'r postmon yn ddyn pwysig.

Eithr, er disgwyl a disgwyl wrth ben y badell olchi bore trannoeth, ni ddaeth gair. Yn nychymyg Jane Gruffydd yr oedd y De yn bellach deirgwaith nag ydoedd mewn gwirionedd. Er hynny, disgwyliai gael llythyr yn hanner yr amser a gymerai i ddyfod oddi yno.

Fe ddaeth y cerdyn bore Mercher, a phan soniai Wiliam ynddo am gael cwmni ar ei daith, fe deimlai ei fam fel petai'r daith honno wedi digwydd ers mis.

Ymhen ychydig ddyddiau fe ddaeth llythyr oddi wrtho, llythyr byr, swta ei frawddegau, na ddangosai ddim o'i wir deimlad. Dywedai iddo gael gwaith a chael llety gyda Hwntws caredig iawn. Nid oedd ynddo air o sôn am ei hiraeth, nac am ei swildod wrth gael twbyn o flaen y tân, nac am y ferch lygeitddu yn ei lety. Y peth nesaf at fynegiant o hiraeth oedd yn ei lythyr oedd ôl-nodyn a ddywedai fod y dorth a'r menyn a roes ei fam yn ei fasged yn dda iawn.

Rhowd ar Twm ysgrifennu llythyr y Sul hwnnw. Yr oedd Twm yn llythyrwr di-ail, ond fod ei lythyrau'n cyfleu awyrgylch y cartref mor dda oni chodent hiraeth ar eu derbynnydd.

XVII

Y R ADEG YMA yr oedd Twm ar ei ddwy flynedd olaf yn yr ysgol sir, ac oherwydd pwysigrwydd ei waith yn lletya eto yn y dref. Aeth i letya i gychwyn at Sioned ei chwaer. Ymddangosai hi'n awyddus i'w gael, er y teimlai ei rieni y buasai'n well ganddynt iddo fynd at estron. Âi â'r rhan fwyaf o'i ymborth i lawr gydag ef. Prynai ddeunydd ei ginio yn y dre, a thalai driswllt yr wythnos i'w chwaer. Ymhen tipyn dechreuodd ei fenyn, ei fara, ei gig moch a'i wyau orffen cyn diwedd yr wythnos. Gwyddai na ddylent wneud, oblegid medrai gyfrif sawl wy a fwytâi, hyd yn oed os na fedrai gyfrif y pethau eraill.

Un wythnos darfuasai ei fara, ei wyau a'i gig moch erbyn bore Iau, a bu'n rhaid iddo brynu torth o'i bres poced. Digwyddasai hyn unwaith o'r blaen, ond yr oedd ganddo fwy o bres yr adeg honno. Y tro hwn, modd bynnag, ni allai fforddio prynu dim ond torth. Bore Gwener, amser brecwast, meddai Sioned,

'Rwyt ti wedi byta lot yr wsnos yma. Hwda, well iti gymryd tipyn o fy menyn i,' gan estyn slisen o ryw fenyn siop meddal iddo.

Gwylltiodd Twm.

'Dy fenyn di wir; cadw dy sothach. Nid y fi sydd wedi byta'r pwys ddois i o cartre fore Llun, ac nid y fi sydd wedi byta'r wyau. Dim ond pedwar ydw i wedi'u cael ohonyn nhw.'

Eisteddodd Sioned ar y gadair i grio, ac edrychodd Bertie ar Twm fel petai wedi llofruddio ei chwaer.

'Rhag cwilydd i chi, yn ypsetio Janet fel hyn. Ydach chi'n aciwsio'ch chwaer o ddwyn 'ych bwyd chi?' meddai yn y llediaith ferchetaidd honno o'i eiddo.

'Nag ydw,' meddai Twm, gan ymestyn i'w lawn hyd, oedd yn hyd go hir erbyn hyn, wrth ben ei frawd yng nghyfraith. 'Rydw i'n gwybod mai wedi'u benthyca nhw mae hi, am nad ydi hi ddim yn cael digon gynnoch chi.'

Beichiodd Sioned ar hyn, a daeth Eric y plentyn i lawr o'r llofft dan grio. Ceisiodd Bertie sefyll yn urddasol, a dweud wrth Twm, a'i law am ei wraig,

'Well i chi fynd allan o'r tŷ yma rŵan.'

'Mi a' i,' meddai Twm. 'Gwae imi ddŵad yma 'rioed. Rydw i wedi gweld pethau nad oedd arna i ddim eisio 'u gweld nhw.'

Cipiodd ei fag ac aeth i'r ysgol, a sŵn crio Sioned yn ei glustiau. Galwodd ar ei gyfaill, Arthur, ar ei ffordd. Yr oedd ef ar ei frecwast o gig moch ac wyau.

'Hylô,' meddai, wrth weled Twm mor wyn ac mor fore, 'be sy'n bod?'

'Dim,' meddai Twm, gan roi winc ar ei gyfaill tu cefn i'w fam, 'ond 'y mod i wedi codi'n fore, ac yn meddwl y liciwn i dro rownd y Cei cyn mynd i'r ysgol.'

Yno cafodd egluro'r amgylchiadau i Arthur.

'Dowch yn 'ych ôl y munud yma,' meddai yntau, 'i chi gael tamaid o frecwast.'

'Na ddof,' meddai Twm, 'fedra i fyta dim. Ond mi ddo i am damaid o ginio efo chi os ca i.'

'Croeso,' meddai Arthur, oedd yn fab i siopwr ac yn gwybod y byddai yno rywbeth i ginio bob dydd.

'Ond does neb i wybod am hyn ond chi ac Elin. Rhaid imi wneud rhyw stori, ac mi a' i at Elin am de, a dweud wrthi.'

'Mam,' meddai Arthur ganol dydd, 'oes yma ginio gaiff Tomi? Mae 'i chwaer o'n reit giami yn 'i gwely.'

'Croeso, 'machgen i; be sy ar 'ych chwaer?'

'Dwn i ddim, ond dydi hi ddim yn dda iawn.'

'Wel, ylwch, fasa dim gwell i chi aros yma efo Arthur nes daw hi'n well?'

'Mi gawn weld,' meddai Twm. 'Mi a' i i fyny o'r ysgol y pnawn yma i edrach sut y bydd hi.'

'Wel, ia, does gynnoch chi ddim amser i fynd i dendio arnoch 'ych hun, a'r flwyddyn yma'n un mor bwysig i chi yn yr ysgol.'

Yn lle mynd i dŷ Sioned am de, aeth Twm at Elin a dywedodd y cyfan wrthi.

'Wel,' meddai Elin, gan ysgwyd ei phen, 'mi ddeudis i na ddôi dim da o'r briodas yna. Ond rhaid inni gadw hyn oddi wrth Mam.'

'Wel, 'd a' i ddim yno i lodgio eto, beth bynnag, petasa Sioned a'r corgi bach yna'n crefu ar 'u glinia gin i.'

'Pam?'

'O, dwn i ddim; dda gin i mo'r Bertie yna, a does arna i ddim eisio bod yn rhy agos i ŵr a gwraig y gwn i nad ydyn nhw ddim ond yn rhagrithio byw efo'i gilydd. Roedd arna i eisio hitio'r Bertie hwnnw y bore yma, wrth 'i weld o'n gafael am Sioned mor dendar, ac ella nad y hi ydi'r unig un y mae o'n gafael amdani.'

'Twm!'

'O, ella mai fi sy'n amheus; well i mi beidio â siarad rhagor. Be wnawn ni? – dyna ydi'r cwestiwn.'

'Yldi, dos at Arthur hyd y Sadwrn, gan 'u bod nhw mor ffeind, a dos at wraig dy hen dŷ *lodging* i ofyn gei di fynd yno eto, a dwad wrth mam na fedri di ddim dysgu yn nhŷ Sioned o achos bod Eric yn cadw gormod o dwrw.'

Derbyniodd Jane Gruffydd reswm Twm dros newid ei lety am ei fod yn ddigon rhesymol. Ni wawriodd ar ei meddwl fod dim o'i le yn nhŷ ei merch. Pan ofynnai ar ddydd Sadwrn i Twm sut yr oedd Sioned, byddai ganddo ei ateb parod. Byddai wedi ei gweld y noson cynt. Ond yn wir ni welai hi byth ond ambell dro ar y stryd. Pan aeth yno i dalu am ei lety y nos Lun ar ôl y ffrae yr oedd Sioned mor benuchel â Bertie, ac ni ofynnodd iddo alw yno drachefn.

XVIII

NESÂI'R NADOLIG, gŵyl sy'n newid ei hystyr i rieni fel y tyfo'r plant. Pan oedd y plant yn fychain yr oedd y Nadolig yn amser digon prysur a dedwydd yn y Ffridd Felen; prysur am fod pawb yn paratoi ar gyfer y Cyfarfod Llenyddol a barhâi am ddeuddydd; yn ddedwydd am na ddisgwyliai'r plant anrhegion ond hynny o wobrau a gaent yn y Cyfarfod Llenyddol. Deuai Ann Ifans a Bob Ifans, Twnt i'r Mynydd, yno noson cyn y Nadolig, ac âi'r plant i gyd i'r Cyfarfod Llenyddol. Dôi Ann Ifans â thipyn o'i chyfleth hi i'r Ffridd Felen, a châi hithau dipyn o gyfleth y Ffridd Felen i fynd adref. Mwynhâi'r plant lleiaf y noson gwneud cyfleth bob amser. Ar ôl iddynt fynd i'w gwely dôi eu mam â joi o gyfleth a'i roi yn eu cegau, gyda siars nad oeddynt i'w dynnu oddi yno, rhag iddynt faeddu dillad y gwely. Os byddai'r joi'n fawr byddai hyn yn waith anodd, a cheid trafferth i'w throi yn eu genau. Byddai esgyrn eu bochau'n brifo.

Ond erbyn 1908 newidiasai pethau. Yr oedd y plant hynaf i ffwrdd, ac yr oedd Twm a Bet yn rhy fawr i'r Nadolig roi pleser iddynt. Fe ddôi Owen adre, ac efallai y deuai Elin i fyny brynhawn dydd Nadolig. Efallai y deuai Sioned a'r gŵr a'r babi, ond ni faliai Jane Gruffydd am hynny.

Ychydig ddyddiau cyn y Nadolig aeth i lawr i'r dref a galwodd gydag Elin ar ei ffordd.

'Dwn i ddim beth i wneud efo gofyn i Sioned a'i gŵr ddŵad i fyny'r Nadolig,' meddai hi.

'Dydw i ddim yn meddwl y daw hi ichi,' meddai Elin, a gofiai am achos ymadawiad Twm.

'Tybed?'

'Na ddaw wir; mi clywis i hi'n sôn rhywbeth am aros gartre, a bod yno ryw de parti a phethau felly.'

'O. Sut fyw sydd arni hi, dywed?'

'Iawn, am wn i.'

Nid oedd croeso Jane Gruffydd yn nhŷ Sioned y tro hwn mor gynnes ag y bu. Yr oedd Sioned wrthi'n brysur yn gwneud pasteiod.

'Mi wna i gwpaned o de i chi, cynta y rho i rhain yn y stof,' meddai hi mewn tôn a awgrymai y buasai'n well ganddi beidio.

'Does dim eisio iti drafferthu o gwbl,' meddai'r fam. 'Rydw i wedi gaddo mynd at Elin.'

Siriolodd Sioned ar hyn.

'Rhoswch ddau funud, ynte. Mi ddo i i eistedd i lawr rŵan.'

Pan oedd Sioned yn y gegin groes gyda'i phasteiod, edrychai ei mam o gwmpas yn y gegin ganol. Nid oedd yn hollol yr un fath ag y byddai. Edrychai pob dim yn siabi a dilewych, ac yr oedd Eric yn ddigon blêr yn chwarae efo rhyw hen geffyl pren budr. Ni allech ddweud bod y gegin yn flêr, ond nid oedd yno sglein arni chwaith.

Toc daeth Sioned i mewn, a rhyw frat pyg o'i blaen, a rhwygiad croes-gongl ynddo.

'Gwneud tipyn o *fince pies* yr ydw i,' meddai; 'rydw i wedi gwneud fy nheisen.'

'Teisen? Oes rhyw deisen heblaw bara brith at y Nadolig?' meddai ei mam yn flin.

'Ia, bara brith ydw i'n feddwl.'

'Wel, siarad tithau'n iawn, ynte.'

'Ni chymerodd Sioned sylw o'r cerydd, ond aeth ymlaen, 'Mae Bertie'n dŵad â gŵydd adre heno – presant gin ryw ffrind.'

'Lwcus iawn, er na faswn i ddim balchach o'i chael hi.'

'Rydan ni'n mynd i gael lot o'n ffrindiau yma i de diwrnod Nadolig a'r diwrnod wedyn.'

'Fedrwch chi ddim dŵad i fyny acw, ynte?'

'Na fedrwn. Oedd rhywun yn dweud 'yn bod ni'n dŵad?'

'Nag oedd, neb,' yn swta.

'Meddwl oeddwn i y gallasa Nel fod wedi dweud wrthoch chi, achos mae hi'n meddwl y gwnawn ni bob dim yr un fath â hi.'

'Fuo Elin yn sôn dim gair wrtha i,' meddai Jane Gruffydd yn boeth.

'Mi fasan ni'n licio dŵad, ond mae'r ffrindia yma i Bertie'n dŵad yma. Maen nhw'n bobol neis iawn.'

'Felly,' meddai ei mam. 'Rydw i am 'i throi hi. Tyd yma, cariad,' meddai wrth Eric, a eisteddai o dan y peiriant gwnïo, 'iti gael tamaid o gyfleth.'

Rhedodd Eric am y cyfleth, a chipiodd ef o law ei nain.

'Deudwch "thanciw",' meddai ei fam.

Edrychai Eric i mewn i'r cwd papur.

'Rŵan, Eric, deudwch "thanciw" am y toffi wrth Nain.'

'Eric, deudwch "thanciw".'

Yr oedd darn o'r cyfleth yng ngheg Eric.

'Gad lonydd iddo fo,' meddai ei nain.

Yr oedd gan Jane Gruffydd bwys o fenyn yn ei basged gyda'r bwriad o'i roi i Sioned, ond aeth ag ef yn ôl adref.

Yr oedd mewn tipyn o dymer pan gyrhaeddodd le Elin.

'Dwn i ddim i be bydda i'n mynd.'

'Mynd i b'le?' gofynnai Elin.

'I weld Sioned.'

'Beth oedd arni hi heddiw?'

'Dwn i ddim. Roedd hi ar gefn 'i cheffyl am rywbeth. Doedd arni hi ddim o eisio fy ngweld i, beth bynnag.'

'Chawsoch chi ddim cynnig te?'

'Do, mi ofynnodd dros 'i hysgwydd imi. Ond mi ddeudis i mod i'n dŵad atat ti.'

'Mi wnaethoch yn iawn.'

'Y gnawes bach iddi hi, efo'i *mince pies* a'i theisen a'i gŵydd.'

'Ydi hi'n mynd i gael gŵydd?' A safodd Elin ar hanner torri brechdan.

'Ydi; mae Bertie yn cael un yn bresant, medda hi.'

'Ydi, mae'n siŵr.'

'Ac mae rhyw ffrindiau iddo fo yn mynd yno i de y Nadolig, medda hi; rhyw bobol neis iawn.'

'Ydyn, maen nhw'n neis i gyd yng ngolwg Sioned os ydyn nhw'n siarad Saesneg ac yn gwisgo *bracelets*.'

'Dwad i mi, ydyn nhw'n medru byw a thalu ffordd?'

'Ydyn, am wn i wir. Mi gafodd o godiad yn 'i gyflog yn ddiweddar.'

'Gweld rhyw olwg ddi-raen ar bob dim yr oeddwn i, a'r hogyn bach hwnnw'n ddigon blêr.'

'Ydi, mae o. Dydi hi ddim yn cymyd dim diléit yn 'i fagu o.'

Yr oedd golwg ddigon poenus ar Jane Gruffydd yn mynd at y frêc.

'Mi fydda i i fyny ddydd y'm Dolig.'

'Ia, tyd yn fuan.'

Tynnodd ei mam ei bwa blewog yn dynn am ei gwddf. Yr un gôt oedd ganddi ag oedd ganddi chwe blynedd cyn hynny yn y cyfarfod gwobrwyo, a'r un tôc wedi ei roi ar ffurf arall.

XIX

A R ÔL CINIO ddydd Nadolig, eisteddai Owen a Thwm yng
nghegin orau'r Ffridd Felen yn rhoi eu byd yn ei le, yn lle
mynd i'r Cyfarfod Llenyddol yn ôl eu harfer yn blant. Oddi mewn
yr oedd popeth yn gysurus, tân gloyw, a dodrefn y Fawnog yn
disgleirio. (Medrasai Owen ddarbwyllo'i dad i brynu'r olaf ar ôl
marw'r hen Sioned Gruffydd, a rhannu'r arian rhwng y plant.) Oddi
allan yr oedd pob man yn llwyd a digysur. Yr oeddynt newydd gael
cinio da o gig eidion, tatws o'r popty a phwdin a menyn melys. Yn
y bore daethai'r postmon yno â llythyr yn cynnwys papur post am
chweugian oddi wrth Wiliam a cherdyn Nadolig Saesneg oddi wrth
Sioned. Daeth Elin ei hun i fyny yn y prynhawn.

Yr oedd chwarter wedi mynd heibio er pan gawsai Owen a Thwm
gyfle i sgwrsio, ac yr oedd Owen yn awyddus iawn i bwmpio Twm
am hanes Sioned, oblegid sylwodd ar yr olwg boenus ar wyneb ei
fam wrth daflu cerdyn Sioned yn ddiseremoni ar y dresel. Y
prynhawn hwn felly y cafodd hanes ffrae Twm a Sioned, hanes nas
rhoddodd Twm mewn llythyr.

'Mi ddaw y ddau yna i ddinistr ryw ddiwrnod,' ebe Owen.

'Waeth iddyn nhw ddŵad mwy na pheidio,' meddai Twm. 'Mae
pawb yn poeni gormod yn 'u cylch nhw o lawer. Y nhw sydd wedi
dewis 'u byw, ac mae pawb wedi anghofio erbyn hyn mor gwta y
buo hi efo'r arian rheini.'

'Ydi,' meddai Owen, gan synfyfyrio a meddwl peth mor rhyfedd
oedd teulu. Edrychai darluniau rhai ohonynt arno yn awr oddi ar y
parwydydd. Byddai arno awydd eu malu weithiau er mwyn anghofio
ei dras. Ac eto, yr oedd yn amhosibl ymddihatru oddi wrthynt, mor
amhosibl ag ydoedd ymddihatru oddi wrth y boen a geid gan y rhai
ohonynt oedd yn fyw. Dyma hwy, yn ffraeo a dyfod yn ffrindiau,
ffraeo wedyn; fe'u casâi hyd at deimlo y medrai eu lladd. Lawer
gwaith yn ystod ei ddyddiau coleg teimlai Owen y medrai ladd
Sioned am wneud tro mor sâl, ac yntau'n byw heb angenrheidiau

bywyd. Ond wedyn, pan welai Sioned, fe siaradai â hi heb
ddangos dim o'r casineb hwnnw. Paham na fedrent adael llonydd
i'w teulu?

'Waeth iti heb na phoeni,' meddai Twm wrth ei weld yn
synfyfyrio i'r tân.

'Faswn i'n poeni dim fy hun, petaswn i'n gwybod na phoena
Mam ddim. Ydi hi'n gwyhod pam yr eist ti oddyno?'

'Nag ydi, ond yr ydw i'n credu 'i bod hi'n amau nad ydi pob dim
ddim yn iawn yno. Mi fuo i lawr yno'r wsnos yma, a chafodd hi
fawr o groeso gin Sioned.'

'Y gnawes iddi hi!'

'Yr oedd Sioned yn llances i gyd yn sôn am 'i *mince pies* a'i
gŵydd.'

'Ydyn nhw'n medru fforddio pethau felly?'

'Nag ydyn, ar 'i ben. Fedra nhw ddim, os na chafodd Bertie lwc
ar geffyl. Mae o wedi rhoi gorau i anagrams.'

Chwarddodd Owen.

'Mae'n siŵr bod yr arian i gyd wedi mynd erbyn hyn,' meddai.

'Digon tebyg, ac mi ddaw i fyny yma pan aiff hi heb ddim.'

'Na wnaiff,' meddai Owen yn wresog, 'mi dendia i hynny.'

'Ia, ond nid y chdi fydd yn penderfynu, 'ngwas i. Y peth ddylsa
ddigwydd adeg helynt wyllys Nain, wedi ffeindio beth oedd Sioned
am wneud efo'r arian, fasa dweud wrthi am gadw draw am byth, a'i
thorri allan o'r teulu.'

'Ella wir.'

'Ond i beth y poenwn ni ymlaen llaw? Yr ydan ni'n poeni
gormod o lawer ynghylch 'yn teulu yn lle gadael llonydd iddyn
nhw. Yr ydw i wedi stopio poeni ynghylch Sioned ers tro.'

'Ia, ond fedri di ddim, rywsut.'

'Mae rhai'n medru. Dydi Sioned yn malio dim faint o boen rydd
hi i neb, a pham mae'n rhaid i ni wneud 'yn dyletswydd pan mae
hi'n methu?'

'Mi fasa'n sobor iawn ar Nhad a Mam petasa ni i gyd yr un fath
â Sioned.'

'Ond mi all y gweddill wneud gormod am fod un yn gwneud
rhy 'chydig.'

Teimlai Owen fod lot o wir yng ngeiriau Twm.

Aeth y ddau am dro cyn te ar hyd y lan. Yr oedd yr ardal yn

ddarlun perffaith o lwydni gaeaf: coed noeth, caeau cringoch, môr llwyd, niwl llwyd, a gwlybaniaeth dan draed.

'Fyddi di'n licio bod gartre yr adeg yma o'r flwyddyn?' gofynnai Twm.

'Rydw i'n licio bod yn y tŷ,' meddai Owen, 'ond am yr ardal, dyma iti bictiwr o anobaith. Pwy 'rioed feddyliodd am ddechrau codi tŷ mewn lle fel hyn?'

'Dengid oddi ar ffordd tlodi wnaeth hwnnw, weldi, popeth ddyry dyn am 'i einioes, a dengid oddi ar ffordd tlodi yr ydan ni byth.'

'Ddaru mi 'rioed feddwl amdano fo fel yna,' meddai Owen.

'Sut wyt ti'n meddwl y daethon ni yma gynta, ynte?'

'Meddwl 'yn bod ni yma er erioed, am wn i.'

'Gofyn i modryb Geini ddweud hanes 'i nain wrthot ti, a nain Nhad o ran hynny, ein hen nain ni; o ffor' acw rydan ni wedi cychwyn,' meddai Twm, gan bwyntio at yr Eifl, 'o'r un fan ag y daeth Mam wedi hynny.'

'Yldi,' meddai Twm yn ddiweddarach, 'rydw i wedi anfon englyn i mewn ar gyfer y cwarfod heno.'

Edrychodd Owen arno gydag edmygedd. Yr oedd yn balat o hogyn tal, glandeg.

Aethant i'r Cyfarfod Llenyddol yn y nos, ac yr oedd yno ddiddordeb arbennig i'r ddau heno. Yr oedd y capel yn llawn a'r awyr yn gynnes, y lampau'n siriol a golwg hapus ar bawb. Yr oedd popeth yr un fath ag y byddai ddeng mlynedd cyn hynny – yr un calico ar hyd blaen y llwyfan a 'Cylchwyl Lenyddol a Cherddorol Moel Arian' mewn llythrennau glas a choch arno, yr un aroglau farnis ar y seti, a phlant yn cicio eu traed hyd-ddynt, yr un aroglau orenau, a'r swyddogion ar y llwyfan yn gwisgo'r un math o rubanau.

Enillodd Twm y wobr ar yr englyn, ac o hynny i'r diwedd mwynhaodd y ddau bopeth yn y cyfarfod – y canu a'r adrodd (oedd yn sâl mewn gwirionedd), yr araith ddifyfyr (oedd yn ddigrif), beirniadu'r cewyll, yr hosanau a'r bara ceirch (oedd yn ddiddorol), a'r corau a rôi glo gorfoleddus ar yr ŵyl.

Tynnai'r gwyliau i ben. Eu prif werth i Owen oedd cael bod gartre yn diogi ac yn sgwrsio. Yr oedd Owen yn athro Lladin yn Nhre Ffrwd er mis Medi. Wedi treulio tair blynedd yn y coleg, cafodd anrhydedd yr ail ddosbarth mewn Lladin.

Ni adawodd y coleg lawer o argraff arno. Efallai fod y bai am hynny yn gymaint arno ef ag ar y coleg. Gwnaeth gyfeillion, bu'n dadlau a siarad â'i gyd-letywyr, bu'n pendroni uwchben ei waith, ac yn meddwl am y ffordd orau i fyw ar y nesaf peth i ddim. Ni chymerodd ran mewn chwarae o gwbl am ei fod yn costio arian, a chaeai ei lygaid rhag gweled y merched glandeg a dyrrai yn y neuaddau. Erbyn hyn yr oedd yn edifar ganddo anwybyddu cymaint o agweddau ar fywyd coleg. Ni buasai ei radd ronyn salach. Ond yr adeg honno gorfodai prinder arian ef i ddal ei drwyn yn ei lyfr. Wedi cael lle, yr oedd am ei gadw, a'r unig ffordd i wneud hynny, yn ei farn ef, oedd gweithio. Yr oedd yn rhaid iddo aberthu llawer o fwyniannau wedyn, ond yr oedd hynny'n help iddo rhag gwario. Cofiai o hyd am gyflog bychan ei dad, ac am filiau'r siop yn cynyddu, ac o'i ddecpunt y mis cyflog ceisiai anfon rhyw dair adref. Mwynhâi athrawon sengl yr ysgol hwynt eu hunain. Aent i Lerpwl ar ddydd Sadwrn, talent am fynd i ddramâu a chyngherddau. Pan na byddai dim i'w wneud, chwaraeent gardiau yn llety naill y llall. Gorfyddid ar y rhai priod gynilo. Gwisgent siwtiau wedi torri eu graen yn yr ysgol, a rhai da ar y Sul. Ceisient roi addysg i'w plant, a cheisient brynu llyfrau. Aeth trefn ysgol yn gynefindra iddynt. Nid ymegnïent, ni roent wersi newydd, yr oedd ganddynt eu ffordd eu hunain o farcio copïau heb eu darllen, a chwarddent am ben un ifanc fel Owen a baratoai ei wersi ac a gariai lyfrau adref i'w marcio.

'Mi flinwch chi ar hynyna,' ebe hwynt.

'Ella,' meddai Owen. 'Mae'n debyg 'ych bod chitha yr un fath yn fy oed i.'

Nid oedd am i'r prifathro gael ffawt arno yn ei chwarter cyntaf, beth bynnag.

Ar hyn o bryd, nid oedd ganddo fawr siawns i wneud dim arall ond gweithio, gan na allai fforddio ei fwynhau ei hun yn nulliau'r athrawon sengl eraill.

Wrth i'r amser nesu iddo ddychwelyd ar ôl gwyliau'r Nadolig, meddyliai Owen tybed a fyddai hi byth fel hyn. Peth hap a siawns oedd codiad yng nghyflogau athrawon y pryd hwnnw. Fe orffennai ei fam dalu yn y siopau rywdro. Ond efallai nad enillai Twm ysgoloriaeth i'r coleg. Yr oedd y gallu ganddo, ond yr oedd mor ddidaro ynghylch ei waith, a hefyd mor ddidaro ynghylch ei deulu. Tybed a rôi Twm ei ysgwyddau tan y baich wedi gorffen yn y coleg a chael lle? Amheuai hynny, ac eto yr oedd llawer iawn o wir yn yr hyn a ddywedai Twm am deulu, ddydd Nadolig, fod yn bosibl i rai wneud gormod. Ond dyna fo, fel yna y ganed dyn, mae'n debyg: un efo chydwybod a'r llall heb yr un. Yna gwawriodd ar ei feddwl na ddeuai'r pethau hyn i'w boeni pe gwnâi pawb ei ddyletswydd. Y ffaith bod Sioned yn methu a barai iddo ef rwgnach am ei fod yn gwneud. Pan dynnai pawb yn y rhwyfau, ni fedrai un weld bai ar y llall. Yr oedd llawer o wir yn yr hyn a ddywedai Twm am dorri Sioned allan o'r teulu.

Trin pynciau fel yna y bu Owen yn ei feddwl cyn cychwyn i ail-afael yn ei waith. Yr oedd ei fam yn hapusach nag ydoedd ddydd Nadolig. Fesul tipyn medrai ddechrau talu tipyn mwy o'i biliau yn y siopau.

XX

A R FORE LLUN ym mis Mehefin, 1912, yr oedd Jane Gruffydd wrthi'n golchi er y bore cyntaf, ac yn meddwl am y peth yma a'r peth arall, llythyrau'r bechgyn yn fwyaf neilltuol. Aethai Twm i'r coleg yn 1910 ar ychydig yn rhagor o ysgoloriaeth nag Owen, ond gan fod rheol na châi fynd i'r adran hyfforddi yn ei flwyddyn gyntaf heb fod yn ddisgybl athro cyn hynny, yr oedd yn waeth allan.

Aethai Bet hithau i weini, ac yr oedd Ifan a Jane yn hollol ar eu pennau eu hunain erbyn hyn. Yr oedd deuddeng mlynedd ar hugain er pan briodasant, ac yr oeddynt yn heneiddio. Yr oedd golwg flinedig ar Ifan bob amser, ac ni fedrai weithio cymaint ar ei ddyddyn gyda'r nos. Cymerai Jane lawer mwy o amser i fyned trwy waith diwrnod, a chymerai sbel yn fynych. Buasai'n dda ganddi fedru cadw Bet gartref. Brithai eu gwalltiau. Âi eu cyrff yn fwy afrosgo, ac âi llai o wahaniaeth rhwng gwyn a lliw eu llygaid. I wacter eu bywyd fe ddaeth cynyrfiadau teimlad na wyddent ddim amdanynt o'r blaen pan oedd y plant i gyd gartref. Âi bywyd ymlaen y pryd hwnnw yn ddiddigwydd, heb feddwl na disgwyl am bostmon. Yn awr deuai llythyrau oddi wrth y bechgyn bob wythnos. Ni fyddai gan yr un ohonynt byth newydd, a byddai dweud hynny yn y llythyrau yn llenwi tipyn ar y papur. Twm a lanwai fwyaf ar y papur, am fod y ddawn ganddo ac am fod mwy yn digwydd mewn coleg nag mewn pwll glo ac ysgol, ac yn aml iawn fe lenwid y llythyr gan rif gofynion aml coleg ar ei bwrs, ac apêl bach ar y diwedd am gelc gan ei fam.

Deuai Wiliam adref o'r De bob haf. Edrychai'n dda a siwt o las tywyll amdano (arwydd bod dyn yn byw'n barchus a heb fynd yn 'rafin boy' yn ôl pobl Moel Arian), a siaradai am y Sywth fel petai'r lle nesaf i'r nefoedd. Yr oedd cyflogau go dda yno. Credai mwyafrif y glowyr yn yr Undeb, a chynyddai'r Blaid Lafur. Gwisgai fyffler sidan wen am ei wddf a ychwanegai at welwder ei wyneb. Eto, wrth droi'n ôl ar ben y pythefnos, siaradai lai am y De, ac âi i orweddian mwy hyd y caeau ac edrych i gyfeiriad y môr.

Am Twm y meddyliai ei fam fwyaf y bore hwn, am ei bod wrthi'n golchi ei ddillad ac am ei fod yntau yng nghanol ei arholiadau. Meddyliai sut hwyl a gâi, tybed, ar dywydd mwll fel hyn.

Yr oedd yn un ar ddeg, yn glòs ac yn ddi-haul, a hithau'n gresynu na fedrai gadw Bet gartref – petai i ddim ond er mwyn iddi gael cwpanaid o de yn barod wedi ei gwneud. Yr oedd gwegni eisiau bwyd arni, ond teimlai'n rhy boeth ac yn rhy ddiynni i fynd i wneud peth. Dyna glic y llidiart, ac ni faliai hithau am hynny heddiw, oblegid yr oedd yn barod am stelc gydag unrhyw un. Daeth y sŵn troed ymlaen at y beudy, lle golchid yn yr haf, ac er ei dychryn, pwy oedd yno ond Elin, a dim ond cip arni yn ddigon i ddweud bod ganddi newydd drwg.

'Be sy?' meddai ei mam.

'Peidiwch â styrbio dim; dowch i'r tŷ,' meddai Elin.

Yn nhywyllwch y gegin ni ellid gweld dim. Rhoes Elin broc i'r tân.

'Sioned sy mewn helynt.'

'Be sy?'

'Bertie sydd wedi dengid i ffwrdd.'

'Wedi be?'

Eisteddodd Jane Gruffydd yn araf ar y gadair, ac ysgydwodd Elin y tegell i edrych a oedd dŵr ynddo. Yna rhoes ef ar y tân ac eisteddodd ei hun.

'Ydi, mae o wedi dengid i ffwrdd.'

Aeth Jane Gruffydd yn fud; ni allai feddwl am ddim i'w ddweud. Ond, 'Does dim ond wsnos er pan fuo nhw i fyny,' meddai hi, yn union fel petai Bertie wedi marw ac nid wedi dianc.

Meddai Elin, 'Roedd o wrth 'i waith bore Sadwrn fel arfer, ac mi aeth i'r stesion. O fanno mi anfonodd nodyn efo rhyw hogyn i Sioned i ddweud ei fod wedi cael ei alw i ffwrdd yn sydyn ar fusnes, ac y bydda fo adre nos Sul yn ddi-ffael. Ond ddaeth o ddim. Pnawn Sadwrn mi aeth 'i fistar o i edrych i mewn i'r cowntiau, ac mi roedd yno ddecpunt ar hugian yn fyr, ac mi ddaeth i fyny i ddweud wrth Sioned y bore yma.'

'Welis di Sioned?'

'Naddo; rhyw ddynes sy'n byw yn 'i hymyl hi ddaeth ata i i

ddweud, ac mi roedd yn well gin i ddŵad i fyny yma atoch chi na mynd i weld Sioned, rhag ofn i chi glywed mewn rhyw ffordd arall, achos mi fydd y newydd fel tân gwyllt hyd y fan yma rŵan.'

'O – bydd,' meddai'r fam, a chaeodd ei llygaid dan ochneidio, ac yna, 'Y disgrâs fydd o arnon ni, ac ar yr hogia yma, a nhwtha wedi cael ysgol. Sut medra i godi fy mhen yn y lle yma?'

'Dydi o ddim yn sgrâs ar neb o gwbwl ond arno fo'i hun. Mi wŷr pawb call nad oes gynnoch chi ddim help.'

'Ella, ond mi fydd yna lot yn clepian 'u dwylo am 'yn bod ni yn cael torri'n crib.'

'Hitiwch befo, mi wyddon sut bobol ydi'r rheini.'

Dechreuodd Elin hwylio te. Wrth glindarddach y llestri câi roi ffordd i'r teimladau a'i corddai ar hyd y ffordd i fyny.

'Y cena bach drwg iddo fo,' meddai. 'Ond dowch am 'paned o de, a bytwch fel tasa dim wedi digwydd.'

Fe geisiodd wneud hynny. Daeth iddi'r meddwl mor braf fuasai yfed y te hwnnw efo Elin, heb ddim i'w phoeni.

'Y boen fwyaf,' meddai Elin, 'fydd gwybod beth i'w wneud efo Sioned a'r plentyn, achos mae'n siŵr nad oes gynnyn nhw'r un ddimai.'

Dyma'r munud cyntaf i Jane Gruffydd feddwl am y peth o'r safbwynt yna; meddwl am y gwaradwydd, y siarad pobl a llawenydd rhai, yr oedd hi. Ond dyma boen newydd. Fe ddistawai'r llall cyn gynted ag y dôi newydd arall i gymryd ei le, ond iddynt hwy yn y Ffridd Felen fe barhâi cwestiwn dyrys Sioned a'i phlentyn o hyd. Wedi dechrau gweld pethau, dechreuodd y fam weld ymhellach.

'Wel, rŵan,' meddai, 'rhaid i Twm beidio â chlywed gair am hyn nes bydd 'i ecsams o drosodd.'

'Rhaid,' meddai Elin, 'er bydd yn anodd iawn iddo fo beidio â chlywed, achos mae cimint o hogia'r dre yn y coleg. Ond mi ella i fynd at Arthur i'w siarsio fo am beidio â dweud.'

'Ia, dyna fyddai orau.'

'Achos mae Twm gimint yn 'i herbyn hi,' meddai Elin.

Ac yn y fan hon y cafodd siawns i ddweud hanes ymadawiad Twm â thŷ Sioned.

'O bobol!' meddai Jane Gruffydd. 'Wybod ar y ddaear faint o eisio bwyd mae hi wedi ddiodda o achos y cena bach.'

'Wnâi tipyn o hynny ddim drwg iddi,' meddai Elin, 'mi stiwpiodd

ar fwyd da adre. Ar yr hogyn bach mae hi dosta; fydd dim trefn ar
'i fagu o, mae arna i ofn.'

'Wel,' meddai Jane Gruffydd, 'waeth heb na siarad; mae'n debyg
mai'r peth gorau i mi fydd dŵad i lawr i'w gweld hi.'

'Rhoswch tan yfory, er mwyn i chi gael rhywbeth i'ch cario. Mi
a' i yno heddiw, a rhoswch chitha gartra i siarad am y peth gora i'w
wneud efo Nhad.'

'Na,' meddai Jane Gruffydd, 'mi ddo i i lawr efo chdi. Fedra i
ddim aros yma trwy'r pnawn, a dydi o ddim iws anfon at dy dad i'r
chwarel, a does dim eisio manteisio gormod at garedigrwydd dy
feistres dithau chwaith.'

Aeth ati i hwylio.

'Yli,' meddai, 'gan fod Twnt i'r Mynydd yn rhy bell, mi a' i i
ddweud wrth Jane Williams be sy wedi digwydd, ac mi gaiff hi
ddweud wrth Ifan petai o'n digwydd cyrraedd o 'mlaen i. Mae pawb
yn siŵr o gael gwybod, a waeth imi ddweud wrthi fy hun ddim.
Mi gaiff lai o glwydda efo'r newydd felly.'

Pan gaeai ei mam lidiart tŷ Jane Williams ni allai Elin lai na
sylwi ei bod yn torri, ac wrth droi oddi wrth y llidiart yr oedd golwg
syn yn ei llygaid.

Aeth Jane Gruffydd i weld Sioned ei hun. Ar ôl cerdded i lawr
drwy'r gwres, crynai ei choesau wrth ddynesu at dŷ ei merch.
Meddyliai am ei siwrneiau i lawr i'r dref; ni byddai'r un byth yn
ddihelbul. Helbul o natur wahanol oedd hwn, a gwaeth na'r helbul
ynghylch pris moch a phethau felly.

Yr oedd Sioned ac Eric a rhyw wraig yn yfed te. Newidiodd
gwedd Sioned am funud pan welodd ei mam.

'O, mae gin ti gwmpeini,' meddai.

'Dyma fam Bert,' meddai Sioned.

Ni wyddai Jane Gruffydd yn iawn beth i'w wneud o fam Bert.
Yr oedd ganddi dlysau yn ei chlustiau a thair neu bedair o fodrwyau
am ei dwylo – dwylo digon budr, sut bynnag yr oedd ei chlustiau.
Nid edrychai fel pe bai'n poeni llawer ynghylch ei mab. Bwytâi'n
hollol ddidaro, gan daro ei thafod ar un o'i dannedd uchaf bob hyn
a hyn. Yr oedd ganddi slipanau tyllog am ei thraed, a churai hwynt
yn y llawr dan fwyta. Wedyn eisteddai'n ôl yn y gadair freichiau, a
sylwai Jane Gruffydd nad oedd fawr iawn o ffordd o'i chesail i'w
gwasg, os oedd ganddi wasg.

Estynnodd Sioned gwpan a thywalltodd de i'w mam.

'Dyma bicil rŵan,' meddai Jane Gruffydd wrthi hi ei hun, 'fiw i mi ddweud llawer o ddim.'

'Cerdded i lawr ddaru chi, Mrs Gruffydd?' meddai Mrs Elis, mam Bertie.

'Ia wir, trwy'r gwres, a gadael fy ngolchi a phob dim.'

'Wir; doedd dim eisio i chi frysio,' meddai Sioned.

'Nag oedd; ydach chi'n gweld, mi rydw i yma i edrach ar 'i hôl hi.'

'Wel, mi roeddwn i'n meddwl y basa hi'n licio gweld 'i mam.'

'O, mi gaiff Janet bob chwarae teg,' meddai mam Bertie.

'Gan bwy?' meddai Jane Gruffydd yn sydyn. 'Mae'n amlwg na chaiff hi ddim chwarae teg gin 'i gŵr.'

'O, caiff; mi gewch chi weld y daw Bert yn 'i ôl,' meddai ei fam.

'Os daw o yn 'i ôl, i beth oedd eisio fo gychwyn?' gofynnai Jane Gruffydd.

'Ydach chi'n gweld, Mrs Gruffydd,' meddai mam Bert, 'mae hen bobol yn dweud clwydda, does neb yn medru dweud y gwir rŵan. Rydw i'n credu mai mynd ar fusnes y mae Bert, fel y dwedodd o yn 'i *note.*'

'Gobeithio hynny wir, ond beth am yr arian yn Davies a Johnson?'

'O, peidiwch â sôn am Davies a Johnson wrtha i,' meddai mam Bert, 'hen bobol *suspicious* ydyn nhw. (Ni wyddai Jane Gruffydd beth oedd *suspicious*.) Ella nad oes dim ond rhyw fistêc bach wedi digwydd.'

'Gobeithio hynny, wir,' meddai Jane Gruffydd.

'O, rydw i'n siŵr o hynny, Mrs Gruffydd,' meddai mam Bert, gan rwbio ei dwylo modrwyog, esmwyth ar flaen braich y gadair, a chroesi ei choesau. 'Does neb yn nabod Bert yn well na'i fam.' A rhoes glic ar ei dant wedyn.

Edrychodd Jane Gruffydd megis yn reddfol ar ei llaw chwith ei hun, ei modrwy briodas yn disgleirio ar ôl bod yn y trochion golchi, a chroen ei llaw'n disgleirio am yr un rheswm, a'i gwythiennau'n las a chwyddedig. Troes ei modrwy o gwmpas gyda'i bawd, fel y gwnâi pan fyddai mewn cyfyng-gyngor. Ni phenderfynasai'n iawn eto beth i'w wneud ynglŷn â gofyn i Sioned ddyfod adre. Carasai gael siarad ag Ifan ynghylch y peth. Ond wrth weld mam Bert yn y fan honno, yn llenwi'r gadair freichiau ac yn torsythu, nid oedd am i honno, beth bynnag, feddwl yn fwy o'i mab nag a feddyliai hi o'i merch, ac yr oedd am ddangos iddi fod gan Sioned lawn cystal cartref a rhieni ag oedd gan Bertie.

'Fasat ti'n licio dŵad adre am dipyn efo Eric?' gofynnodd Jane Gruffydd.

'O, does dim eisio i chi foddro, Mrs Gruffydd; mi wna i fy ngorau i Janet,' meddai Mrs Elis ar draws Sioned.

Ni chymerodd yr olaf sylw o'i mam yng nghyfraith, ond troes at ei mam a dywedodd, 'Na, ddo i ddim i fyny rŵan am dipyn, beth bynnag. Mi fydd yn rhaid imi fod yma pan ddaw Bertie'n ôl.'

'Wel, mae synnwyr yn hynny,' meddai ei mam, 'ond mi gawn weld. Ond gan fod Mrs Elis yma efo chdi, rydw i am drio bod adre pan ddaw dy dad o'r chwarel.'

'Gewch chi rywbeth i'ch cario?' meddai Mrs Elis.

'Ddim ar ddydd Llun fel hyn.'

'Ylwch, Nain,' meddai Eric, oedd wrth y peiriant gwnïo erbyn hyn, 'be sy gin i.'

'Tyd â fo yma i Nain weld,' meddai Jane Gruffydd.

A rhedodd â'i drên bach i'w ddangos iddi. 'Rydw i am gael treisicl gin Tada o ffwrdd.'

'Wyt, wir? Wel, hwda,' meddai ei nain o'r wlad, a rhoi chwecheiniog iddo.

'Tanciw,' meddai Eric, heb gynio arno'r tro hwn.

Bu Jane Gruffydd yn fwy lwcus nag arfer ar ei ffordd yn ôl. Cafodd bàs am ysbaid fawr o'r ffordd yng ngherbyd y meddyg anifeiliaid, a âi i rywle yn y cyfeiriad hwnnw.

Gwnaeth dân a ffriodd gig moch ac wy cyn i Ifan gyrraedd gartref, a gadawodd i'w fwyta cyn dweud y newydd wrtho. Fel arfer, aeth Ifan Gruffydd â'i ben i'w blu. Syfrdanwyd ef ormod i ddweud dim. Ni symudodd o'r tŷ drwy gyda'r nos. Yr oedd i fod i fyned i dorri 'gwellt Medi' i'r gwartheg, ond gadawodd iddynt ar eu cythlwng ar y borfa wael hyd drannoeth. Meddwl beth a ddywedai pobl y chwarel a wnâi yntau, a phoeni gweld ei arian wedi mynd rhwng y cŵn a'r brain, a'r rhai hynny yn gŵn a brain estron hefyd. Wrth weld ei gŵr mor ddistaw, meddyliai Jane na thalai i'r ddau fod.

'Ylwch,' meddai hi, 'rydw i wedi penderfynu na phoena i ddim ynghylch hyn.'

'Sut mae posib peidio?' meddai yntau.

'Trwy feddwl y gallasa rhywbeth gwaeth fod wedi digwydd,' meddai hithau. 'Mi allasa Sioned fod wedi marw.'

'Am wn i na fasa hynny'n llai o boen.'

'Na fasa wir; mi fasan yn poeni am gant a miloedd o bethau wedyn – na fasa ni wedi mynd yn 'i chylch yn gynt, a phethau felly.'

'Dydi Sioned wedi rhoi dim ond poen inni 'rioed.'

'Nag ydi, ond nid 'i bai hi ydi hyn.'

''I bai hi oedd priodi'r pry genwair bach yna.'

'Ella, ond ychydig iawn o bobol sy'n nabod 'i gilydd cyn priodi. Mi fasa lot o wŷr yn licio dengid oddi ar ffordd 'u gwragedd pe tasa nhw'n medru.'

'Ond nid dengid oddi ar ffordd Sioned wnaeth Bertie.'

'Wel, does fawr o wahaniaeth rhwng dengid a dengid.'

Eisteddasant yn hir wrth y tân, heb olau'r lamp. Ar ôl diwrnod mwll, tywyll, daeth yr haul allan gyda'r nos, ac aeth i lawr dros fôr Iwerydd fel pêl o dân gan ailgodi ei ben cyn suddo yn y dŵr.

'Waeth inni fynd i'n gwlâu ddim, i weld be ddaw fory eto,' meddai Jane.

Ac ar hynny dyna gnoc isel ar y drws, a Geini yn dŵad i mewn a chael trafferth i weld y ddau yn eistedd fel cysgodion o dan y simnai fawr.

'Poen eto, Geini,' meddai Jane.

'Wel, ia,' meddai hithau.

'Ydi o'n wir mai wedi rhedeg i ffwrdd efo rhyw hogan y mae o?'

'Dyna mae pobol yn 'i ddweud, ai e?'

'Dyna glywis i hyd y fan yma.'

'Nag ydi,' meddai Ifan gydag awdurdod. 'Y cwbwl ŵyr neb ydi 'i fod o wedi dengid, a bod rhyw fistêc yn y cowntiau.'

'Fuost ti yn y dre, ynte?' meddai ei chwaer wrth Ifan.

'Na, fi fuo,' meddai Jane, a dechreuodd ddweud yr hanes, a hanes mam Bertie.

'Rhyw giari-dyms ydyn nhw felly, mae raid,' meddai Geini.

'Ia. Mi roeddwn i'n meddwl fy hun yn well na hi o lawer.'

A chwarddodd Geini ac Ifan.

Teimlai'r ddau'n well wedi i Geini fod.

Ni ddaeth Bertie'n ôl. Cymerwyd yn ganiataol mai i'r America yr aeth.

Yr hyn a boenai bawb fwyaf ydoedd beth a ddeuai o Sioned ac Eric. Dyna'r unig beth a boenai Twm ac Owen. Yr oedd Wiliam yn rhy bell a'i wyliau'n rhy fyr i'r peth effeithio llawer arno ef. Gwelai'r ddau fachgen arall sbwylio pob gwyliau iddynt os dôi Sioned a'i phlentyn i'r Ffridd Felen. A phwy oedd yn mynd i'w chadw? Ond ni feiddiodd yr un o'r ddau ddweud dim mewn llythyr ymlaen llaw. Gwyddent yn rhy dda am haelioni eu mam mewn pethau ac mewn ysbryd, a gwyddent hefyd mor gas oedd ganddi ymyriad eraill mewn unrhyw beth oedd a wnelai â hi'n bersonol.

Elin a setlodd y broblem yn y diwedd. Bob noson allan, âi i weld Sioned, a gwelai hi'n mynd yn dlotach ac yn dlotach, a heb weledigaeth o gwbl, ond siarad yn feddal am ddisgwyl Bert yn ôl.

'Wel, mi elli ddisgwyl blynyddoedd wrtho fo,' meddai hi, 'ac mae'n amlwg nad ydi 'i deulu o am wneud dim iti, ac mi fasa'n ormod iti ddisgwyl i Nhad a Mam wneud dim i dy helpu di.'

'Faswn i ddim yn mynd i fyw i'r wlad am bensiwn,' meddai Sioned.

'Wel, gin fod y dre mor nobl wrthat ti,' meddai Elin, 'well iti ofyn am 'u help nhw.'

'Sut?'

'Wel, mi faswn i'n gwerthu'r dodrefn yma, ac yn cymryd rŵm bach i ddechrau gwnïo yn rhywle. Mi siarada i efo meistres, i ofyn wnaiff hi siarad efo phobl i ddŵad â gwaith iti.'

'Beth wna i efo Eric?'

'Ella y câi o fynd adre am dipyn, nes enilli di ddigon i fedru cadw tŷ dy hun eto.'

Ac felly y cytunwyd.

Erbyn i Owen a Wiliam ddyfod adref ar eu gwyliau yr oedd Eric yno, yn edrych yn llawer gwell a delach, ac yn ei fwynhau ei hun gyda phlant yr ardal. Yr oedd Twm gartref ers mis o flaen y bechgyn eraill, ac wedi dyfod i gynefino â'i nai yn weddol. Ond, ar y cyntaf, yr oedd yn flin iawn wrth ei fam am gymryd y cam a wnaeth gydag Eric, a dangosai ei anghymeradwyaeth drwy fod yn bigog wrth ei nai. Methai ddioddef ei sŵn yn rhedeg gyda'i deganau hyd y palmant llechi.

'Dos i rywle arall i chwarae,' meddai wrth y plentyn yn flin. Yr oedd hyn tua'r chweched tro i'w fam ei glywed.

'Rŵan,' meddai hi, 'does neb yn mynd i fod yn gas wrth yr hogyn bach tra bydd o yma. Os ydi o i fod yma, mi gaiff fod yma heb i neb liwied hynny iddo fo.'

Aeth Twm allan i grio. Buasai'n gweithio'n galed ar gyfer ei arholiadau ar ôl esgeuluso'i waith ar hyd y flwyddyn, yn darllen pethau nad oedd a wnelont â'i waith.

XXI

PAN DDAETH Wiliam adref yn 1913, daeth â gwraig gydag ef, sef y ferch lygaid duon a'i cymerai'n ysgafn oherwydd ei swildod i gymryd ei dwbyn pan aeth gyntaf i'r De.

Yr un flwyddyn, cafodd Twm ei radd gydag anrhydedd yr ail ddosbarth mewn Cymraeg. Methodd gael lle mewn ysgol sir, ac yn hytrach na bod heb le o gwbl cymerodd le mewn ysgol elfennol yn Llan Ddôl, heb fod ymhell iawn o'i gartref. Yr oedd yn rhaid iddo fyw am hanner blwyddyn ar lai na chyflog athro trwyddedig, am na chafodd brofiad fel athro cyn mynd i'r coleg.

Yr oedd yn lled hapus yn y gwyliau. Yr oedd y ffaith iddo gael lle o gwbl yn galondid iddo. Tybiai Owen y byddai'n siŵr o gael lle mewn ysgol sir wedi profiad mewn ysgol elfennol, ond iddo beidio ag aros yn rhy hir.

Dyma'r gwyliau hapusaf a gafodd Jane ac Ifan Gruffydd er pan aethai Owen i'r coleg. O hyn allan, ni byddai'n rhaid iddi dalu dim allan dros yr hogiau. Câi siawns yn awr i gyflymu gyda thalu ei biliau yn y siopau.

Ni wyddai neb yn y Ffridd Felen ddim am briodas Wiliam hyd o fewn pythefnos cyn iddo ddyfod adref. Ac eithaf hynny, oblegid cafodd Jane Gruffydd lai o gymaint â hynny o amser i ystyried sut un a fyddai ei merch yng nghyfraith.

Ac o'r munud y gwelsant hi, fe ymserchodd pawb yn Poli. Yr oedd ei llygaid yn dduach na llusen, ond gyda'r un wawr las yng ngwyn ei llygad, a'i gwallt yn ddu fel plu'r frân ac mor ddigyrlen. Yr oedd y Ffridd Felen a Moel Arian iddi hi fel tegan newydd i blentyn, a rhyw syndod yn llechu ym mhob cornel i un a faged ynghanol tai a sŵn y pyllau glo. Siaradai'n ddi-baid, ddim gwahaniaeth a ddeallai neb ei thafodiaith ai peidio, a chwarddai nes dangos ei thafod bach am unrhyw beth na ddeallai hi yn nhafodiaith teulu ei gŵr. Codai'n fore, helpai ei mam yng nghyfraith, a dangosai'n eglur nad oedd am i'w gwyliau hi a Wiliam olygu mwy o waith i neb. Yn wir, yr oedd yno lai o waith i bawb oherwydd Poli; gwelai waith, a gwnâi ef heb ofyn.

Daeth Sioned i fyny dros Ŵyl y Banc, a gweithiodd Poli ragor ond siaradodd lai, oblegid syfrdanodd Sioned hi. Teimlai Sioned ei thraed dani yn ei busnes gwnïo erbyn hyn, a dangosai hynny yn ei dillad ei hun yn hytrach nag mewn cynnig help at gadw Eric. Dechreuasai sgerti tyn ddyfod yn ffasiynol, a phrin y medrai Sioned gerdded. Rhwng y goler wen uchel ar ei blows, a'r het bach a droai i lawr am ei hwyneb fel caws llyffant, edrychai'n urddasol iawn. Yr oedd fel brenhines i Poli, ond anadlai'r olaf yn rhyddach wedi iddi ymadael.

Un Sadwrn, aeth Ifan a Jane Gruffydd, Wiliam, Poli ac Eric i Lŷn i edrych am hen bobl Sarn Goch. Poli oedd wrth wraidd y cychwyn yma. Dyna un peth na fedrai mo'i ddeall am ei mam yng nghyfraith a phobl Moel Arian yn gyffredinol, eu bod mor ddigychwyn. Dywedai wrth ei mam yng nghyfraith o hyd ei bod yn glynu gormod yn y tŷ.

'I ble'r a' i wedyn?' meddai Jane Gruffydd.

'I rywle, dim ots i ble.'

A chynlluniodd Wiliam a hithau daith i'r Sarn Goch un Sadwrn, a thalsant gostau pawb.

Edrychodd Jane Gruffydd lawer yn ôl at y Sadwrn hwnnw. Dyna'r diwrnod olaf iddi weld ei rhieni'n fyw. Yr oedd ei thad a'i mam wedi eu claddu cyn pen y flwyddyn. Ond cafodd Jane gyfle i ddweud wrth ei mam fod y rhod yn troi efo hi, ac y medrai dalu iddi'r arian a fenthyciodd o dro i dro.

'Does dim eisio iti,' meddai. 'Fydda i ddim byw'n hir, a waeth iti gael peidio â thalu'r rheina, mwy nag inni adael yr arian iti ar ein holau.'

Ac felly'n union yr oedd yr ewyllys.

Pan ddaeth gwyliau haf 1914 ni fedrai Poli awgrymu taith i Lŷn, a rhwystrodd y Rhyfel drefnu teithiau i unman arall.

Pan dorrodd y Rhyfel allan, ni wyddai neb ym Moel Arian beth i'w feddwl yn iawn yn ei gylch. Ni ddeallent yr achosion, ond credent yr hyn a ddywedai'r papurau, mai myned i achub cam gwledydd bychain a wnaeth Prydain Fawr. Ond teimlasant yr effaith y diwrnod cyntaf, oblegid caeodd holl chwareli bychain y cylch; yn wir, caeasai un ohonynt cyn i'r Rhyfel dorri allan. Eithr

credid yn gyffredinol na pharhâi'n hir. Ni chredodd neb yn Foel
Arian, na'r Ffridd Felen, y cyffyrddai'r Rhyfel byth â hwy. Peth i
filwyr a llywodraeth oedd Rhyfel; credent y codai prisiau pob dim,
ac adroddent hanes yr hen wraig a gododd bris y mintys adeg rhyfel
Ffrainc a'r Almaen. Cofiai plant y Ffridd Felen ryfel De Affrica.
Cofient fel y gwnaeth prifathro'r ysgol elfennol iddynt gerdded
mewn gorymdaith fanerog i fyny trwy'r pentref pan ryddhawyd
Mafeking, ond ni olygai hynny ddim iddynt. Yr oedd ambell un
yma a thraw yn perthyn i'r milisia, ond nid un i ymfalchïo ynddo
a fyddai. Rhyw ysgornio milisyn y byddid, a gwnaed yr un peth
pan welwyd y siwt filwr gyntaf yn y Foel Arian yn 1914, er bod ei
lliw'n wahanol i eiddo'r milisyn.

Ni theimlai Owen na Thwm fod yna berygl i'r Rhyfel effeithio
dim arnynt hwy.

Aeth Wiliam a Pholi yn eu holau heb gael crwydro fawr.
Nid oedd dim ond rhyw anesmwythyd cyffredinol a gyfrifai am
hynny.

Yn yr ysgol elfennol yn Llan Ddôl y dysgai Twm o hyd. Methasai'n
glir gael lle mewn ysgol sir. Bu ar y rhestr fer mewn un lle, a
dywedodd y prifathro hwnnw wrtho, wrth ofidio na fedrai gynnig
y lle iddo, y byddai'n well iddo roi gorau i'w le, bod dysgu'n hir
mewn ysgol elfennol yn fwy o rwystr nag o help iddo gael lle mewn
ysgol sir. Ond yr oedd hynny'n amhosibl yn awr, a'i dad allan o
waith eto.

Felly'n ôl eto, gydag oliad am bunt y mis yn fwy o gyflog y tro
hwn. Ychydig gysur oedd hynny o'i gyferbynnu â'i gasineb at ei
waith. Nid oedd yn dda ganddo ddysgu plant ar y gorau. Ond yr
oedd eu dysgu dan amgylchiadau Ysgol Llan Ddôl yn uffern iddo.
Dysgu dosbarth o drigain o blant yn yr un ystafell â dosbarth arall
o drigain, a dau athro ar hwnnw. Yr oedd y fynedfa i'r ysgol fach o
dan ffenestr ei ystafell ef, a phedair gwaith yn y dydd âi'r rhai
hynny allan yn ystod diwedd ei wersi ef. Y peth gwaethaf o'r cwbl
oedd bod desg y prifathro yn yr un ystafell, ac felly yr oedd dan
lygad y barcud o hyd. Curai'r prifathro'r plant yn ddidrugaredd.
Anfonid hwy yno o ddosbarthiadau eraill, a châi plant dosbarth
Twm lygadrythu ar gosbi o hyd. Bob bore, curai'r prifathro'r
hwyrddyfodiaid gyda chansen hir, a'i geg heb orffen sychu ar ôl y
paderau. Berwai Twm yn ei groen gan anghyfiawnder y peth.

Disgynnai'r barcud yn ddisymwth ar ei ddosbarth ef o hyd, am yr unig reswm bod y barcud mewn tymer ddrwg, nid gyda'r plant, ond gydag unrhyw beth arall. Yn ben ar y cwbl, ni châi wneud defnydd o'i wybodaeth o'r Gymraeg, tra gorfodid iddo ddysgu pethau na wyddai ddim amdanynt.

Gyda threigliad 1914 gwelid mwy o'r siwtiau llwydion o gwmpas. Yr oedd prysurdeb hyd y wlad, a chyfnewidiadau'n digwydd o'r naill ddydd i'r llall. A daeth cynnwrf i waed Twm. Yr oedd arno eisiau mynd a dyfod, ac ni chaniatâi ei arian ar ôl anfon ychydig adre. Nid oedd dim i'w wneud yn Llan Ddôl. Weithiau âi i fwrw'r Sul i Fangor i weld Ceinwen, oedd ar ei thrydedd flwyddyn yn y coleg, a châi weld rhai o'i gyfoedion o blith bechgyn y coleg. Clywai'r naill dro ar ôl y llall am fechgyn o'i flwyddyn ef a ymunasai â'r fyddin, ac ymunai'r myfyrwyr yn rhesi.

Un dydd Gwener ym mis Ionawr 1915, yr oedd yr ysgol yn gasach nag arfer. Buasai'n tywallt y glaw trwy'r dydd, ac yr oedd ystafell ddosbarth Twm yn llawn o aroglau llaith dillad yn sychu. Ni chafodd y plant fynd allan dri o'r gloch, ac ni ollyngwyd hwynt yn gynt chwaith. Penderfynodd Twm fynd i Fangor, er iddo fod yno dros y Sul cynt. Âi cyfaredd ymuno'n fwy o hyd. Erbyn cyrraedd Bangor y noson honno, cafodd fod Arthur, ei hen gyfaill yn yr ysgol, wedi taflu ei waith ymchwil ac wedi ymuno. Bore Sadwrn yr oedd cyntedd y coleg yn hanner gwag, a dim sgwrs i'w gael â neb ond â'r merched, a'r rhai hynny'n llawn ffwdan a brwdfrydedd am fod rhywun neu'i gilydd wedi ymuno, a rhai, ychydig ohonynt, yn drist. Y noson honno aeth Twm a dau o'i ffrindiau oedd o hyd yn y coleg, Bob Huws a Dai Morgan, i'r Black Lion, ac yno, uwchben y cwrw, fe benderfynodd y tri eu bod am ymuno â'r fyddin, ac i selio eu penderfyniad yfwyd rhagor o gwrw, a chyfansoddodd Twm englyn i'w ysgolfeistr. Aethant i'w llety'n chwil, a chysgodd Twm ar y soffa yn y parlwr. Erbyn trannoeth edifarhasant, ond i Twm deuai'r gyfaredd yn ôl fel y nesâi bore Llun.

Bore Llun, daeth y prifathro ato a dangos camgymeriad yn ei lyfr presenoldeb y prynhawn Gwener cynt. Daeth aroglau'r prynhawn hwnnw'n ôl i Twm, a chofiai amgylchiadau ychwanegu'r ffigurau hynny at ei gilydd. Cododd ei waed i'w ben.

Taflodd ei sialc ar y ddesg, gwisgodd ei gôt a cherddodd allan o'r ysgol heb roi gwers ynddi'r bore hwnnw. Ni throes ei olwg yn ôl, neu efallai, pe gwelsai'r olwg siomedig ar wynebau rhai o'r genethod yn y ddesg flaen, y buasai mewn cyfyng-gyngor.

Yr oedd anturiaeth yn y gwynt, a'r byd yn rhy fychan iddo yntau. Trawai ei benelinoedd yn ei ffiniau o hyd. Ond yr oedd y ffiniau hynny'n mynd i lawr bore heddiw. Fe gâi weld y byd, a gweld rhywbeth heblaw'r mynyddoedd tragwyddol yma ac wyneb sur yr ysgolfeistr.

XXII

BORE IAU, pan rôi Eric ei gap am ei ben cyn cychwyn i'r ysgol, clywyd sŵn y postmon wrth y llidiart, a rhedodd yntau i gyfarfod ag ef.

'Llythyr, Nain. Ta-ta, rydw i'n mynd rŵan.'

'Ta-ta. Sgwn i odd wrth pwy mae yma lythyr heiddiw. Sgwennu Twm, ond marc post . . . welsoch chi fy sbectol i, Ifan?'

'Dyma hi.'

Eisteddodd Jane ar y gadair, a'i hwyneb yn wyn.

'Be sy?' meddai Ifan.

'Darllenwch hwnna.' Ac aeth ei wefusau yntau i grynu. Cerddodd at y drws a phwyso ar y cilbost ac edrych at Sir Fôn.

Pan ddaeth yn ei ôl, yr oedd ei wraig yn crio.

'O,' meddai hi, 'mae plant yn greulon.'

'Ydyn,' meddai yntau, gan synfyfyrio i'r tân. 'Rydw i'n credu y basa'n well i mi fynd i chwilio am waith i rywle.'

'Na,' meddai hithau, 'mi fydd yn well i chi beidio am dipyn, beth bynnag.'

'Rydw i'n methu gweld sut y medrwn ni fynd ymlaen fel hyn.'

'Mae hi wedi bod yn waeth arnon ni o'r blaen.'

'Dwn i ddim; mae prisiau pethau'n codi.'

'Mi gyfyd prisiau pethau eraill i'w canlyn,' meddai hithau, 'moch a phethau felly, a does gynnon ni neb rŵan ond Eric i'w gadw.'

'Ac mi ddylai Sioned fod yn rhoi rhywbeth inni at ei gadw bellach.'

'Dyliai, ond mi ddylan nabod Sioned erbyn hyn.'

Yr wythnos wedyn daeth dillad Twm a'i lyfrau o Lan Ddôl. Plygodd ei fam ei ddillad a chadwodd hwynt mewn trôr yn ei lofft. Tynnodd rai o'r llestri oddi ar silff isaf y dresel yn y gegin orau, a rhoes ei lyfrau yno. Edrychai trwyddynt heb eu deall.

Ddiwedd y mis daeth pumpunt oddi wrth Twm, sef ei gyflog am

hynny a weithiodd. Rhoes hithau hwynt mewn bocs i'w cadw nes deuai adref.

Pan glywodd Owen am benderfyniad Twm yr oedd yn ddig tu hwnt, ond nid ysgrifennodd ato pan oedd yn y dymer feddwl honno. Arhosai ei gyflog yn ei unfan, a chynyddai prisiau. Awgrymasai ei wraig lety eisoes y byddai'n gofyn un swllt ar ddeg yr wythnos am ei ddwy ystafell. A dyma Twm yn gwneud tro mor wael! Pan allasai anfon ychydig arian adref, yn mynd at y soldiwrs, lle na châi ddigon i gael mwyniannau y byddai arno eu heisiau. Mae'n wir fod ei ysgolfeistr yn gas, a'i fod yntau'n haeddu swydd well o lawer; ond eto i gyd, dylsai'r bachgen gofio am ei dad a'i fam. Yna daeth i'w gof y sgwrs a gawsant y Nadolig cyntaf wedi iddo ef gael lle yn Nhre Ffrwd, bod posibl poeni gormod ynghylch teulu. Ni ddangosasai Twm ei fod yn poeni dim hyd yn hyn. Nid wedi diflasu ar helpu ei deulu yr oedd, beth bynnag. Na; cofiai Owen am ei aflonyddwch yn y dre, a'i ddyheadau am weld a dyfod i adnabod a gwybod heb help llyfrau. Yr oedd y byd yn rhy gyfyng iddo. Ni fedrai byth eistedd i lawr yn y tŷ ar ôl cyfansoddi cywydd.

'Tyd am dro i ben y mynydd,' meddai rywdro yn y Ffridd Felen, ar ôl cyfansoddi cywydd, 'inni gael lle i ysgwyd ein traed.' Cofiai'r tro hwnnw'n awr. Y gornchwiglen yn gweiddi. Llewych lleuad mewn pyllau dŵr mawnog. Lampau'r dref fel clwstwr o dlysau ar fin yr afon. Goleuadau Caergybi'n mynd a dyfod ar y gorwel, a chopa'r Wyddfa'n bincyn clir dan olau'r lleuad.

Cyn i Owen ysgrifennu, daeth iddo lythyr oddi wrth Twm o ororau Lloegr. Ni swniai'n hollol hapus, a'r prif reswm am hynny, yn ôl a ddeallai Owen, oedd i Bob Huws a Dai Morgan fod yn llai na'u gair, a gwrthod myned gyda Thwm i ymuno. Bu agos iddo fynd yn ei ôl i'r ysgol, ond gwyddai fod drws clo iddo yn y fan honno. Estroniaid oedd pawb o'i gwmpas.

Ni fedrodd Owen ei geryddu yn ei lythyr. Ni feddyliai neb y parhâi'r Rhyfel yn hir, ac ni feddylid y byddai'r rhai a ymunai'n awr yn croesi o'r wlad hon.

Yr oedd gwyliau haf 1915 yn rhai cythryblus i Jane Gruffydd. Yr oedd Wiliam a Pholi yn y Ffridd Felen, a geneth fach hanner blwydd oed ganddynt y tro hwn. Yr oedd Owen gartref, a bu Bet gartref am dipyn. Yr oedd Owen yn hollol ar goll heb Twm, ac nid oedd ganddo arian i fyned i ffwrdd i unman. Swniai Bet am gael mynd i ffwrdd i waith cad-ddarpar. Soniasai Twm ers tro ei fod yn disgwyl cael dyfod adref am dro, y gallasai ddyfod yn sydyn, ac y gallasai ohirio hyd fis Medi. Ni wyddai ei fam yn iawn beth a fyddai orau ganddi. Dyheai am ei weld, ac eto carasai ei gael pan fyddai yno lai o 'firi mŵd', chwedl hithau.

Aeth Ifan, Eric a hithau, Wiliam, Poli a'r babi drosodd i Sir Fôn un prynhawn Sadwrn. Yn ei byw ni allai Jane Gruffydd beidio â chyferbynnu heddiw â'r diwrnod y buont yn Llŷn ddwy flynedd yn gynt. Gwelent y Foel Arian a'r chwareli dros y dŵr. Dyheai hithau am gael bod yn ôl yno, a chael cwpanaid o de poeth, ffres, yn ei thŷ ei hun. Ond nid oedd wiw sôn am fyned yn ôl. Mwynhâi pawb ei hun ond Ifan a hithau. Edrychai Ifan allan o'i le'n hollol, rywsut. Syrffedasai ar stŵr – hollol naturiol – Wiliam a Pholi efo'r babi, ac ar weld Eric yn lluchio cerrig i'r dŵr. Ond ni fedrent fynd adre ddim cynt, gan mai anaml y rhedai'r stemar a'r moduron newydd yma a ddechreuasai redeg i gyfeiriad y Foel Arian. Erbyn iddynt gyrraedd y dre, a mynd i'r Maes, yr oedd yno lawer iawn o bobl yn disgwyl am gael eu cludo i bob cyfeiriad, ac yn dryfrith trwyddynt gwelid milwyr yn eu dillad llwydion, rhai ar eu pennau eu hunain, ac eraill yn siarad ac yn plefio gyda merched ieuainc. Safent hwy yn disgwyl y modur i mewn.

O'u blaenau safai milwr tal a'i gefn atynt, ac meddai Poli, 'Disgwyliwch, dyma i chi soldiwr glân!'

Troes y milwr ei ben, a gwenodd.

'Wel, Twm!' meddai pawb.

Wrth gerdded y filltir ar ôl gadael y modur, sylwai Jane Gruffydd ar y gwahaniaeth mawr rhwng cerdded Twm a'i dad.

Aeth y dyddiau hynny heibio fel y gwynt, a llithrai Twm o afael ei fam yr un modd. Ni allai ddygymod ag ef yn yr hen ddillad hynny. Ni ellid ei ddarbwyllo na allai wisgo dillad eraill. Iddi hi, nid Twm ydoedd ynddynt. Ond Twm a siaradai ac a chwarddai ac a fwytâi. Ond nid oedd yn bosibl ei gael ar ei ben ei hun megis yn yr amser pan ddeuai dros y Sul o Lan Ddôl. Yr oedd criw wrth y bwrdd bwyd bob pryd, ac ni châi hithau gynio arno fwyta.

Gwnaeth benwaig picl – rhai bach ifainc a geir ym mis Awst. Bwytaent hwy gyda thatws newydd a bara ceirch a llaeth enwyn.

'O,' meddai Twm, gan riddfan ar ôl gorffen, 'mi roedd y bwyd yna'n dda.'

'Wyt ti'n cael bwyd go dda yn y fyddin?' gofynnai ei fam.

'Mi fasa hwnna'n wledd yno,' meddai yntau.

Ac felly'r aeth y dyddiau heibio.

Meddai Twm wrth gychwyn, 'Os bydd gynnoch chi ddeng munud i gymysgu teisen, cofiwch amdana i.'

A'r pryd hynny y gwawriodd ar feddwl y fam y gallai roi mynegiant i'w theimladau drwy anfon bwyd i'w mab.

Daeth adref wedyn y Nadolig, a chafodd Owen ac yntau sgwrsiau dirifedi. Ymunasai mwy o'r ardal erbyn hyn, ac yn y Gylchwyl Lenyddol yr oedd nifer mawr o filwyr, plant yr ardal gartref am dro. Eto, ni feddyliai neb y gallasai'r un o'r rhai hynny weled ymladd. Wrth gael sgwrs â Thwm y daeth yr ofn cyntaf i Owen. Oedd, yr oedd Twm yn sicr bron y byddai'n myned drosodd o'r wlad yma. Blinasai ar fod yn y wlad hon erbyn hyn, meddai, a gobeithiai gael mynd i'r Aifft neu i un o wledydd y Dwyrain. Gan na soniai'r tad a'r fam am y peth, ni thybiai Owen yn ddoeth eu goleuo ar y mater. Yn wir, aeth disgyblaeth Twm yn beth mor hir erbyn hyn, fel y tybiai'r rhieni mai fel hyn y byddai.

Ym mis Mai daeth Twm adref heb air o rybudd, a dywedodd mai wedi ffeirio ei wyliau gyda rhywun arall yr ydoedd i ddyfod mor ddirybudd. Yr oedd Twm yn llawen fel arfer, ond nid oedd ganddo awydd o gwbl myned i weled neb. Troai a throsai o gwmpas y tŷ, ac o gwmpas ei dad a weithiai hyd y caeau, ac wrth nad oedd neb gartref ond efô, medrai ei fam ymdroi o gwmpas y caeau gydag ef. Dechreuai egin tatws ddyfod allan o'r pridd yn wyrdd tywyll, a dechreuai'r gwelltglas dyfu, ac yr oedd y gwellt medi eisoes yn wyrdd ac yn dew. Yr oedd gan ei dad a'i fam ddigon o amser i ymdroi gyda'r iâr a'i chywion oedd newydd ddeor. Mor ddel y rhedent ar ôl eu mam hyd y gwair, yn rhyw lympiau bach melyn, a chwarddai'r tri am eu pennau'n braf. Teimlai Twm yr hoffai gymryd ei ddwy law a gafael am bob un. Ceisiai ambell un ledu ei fymryn asgell mor ddoniol.

Ond yn y capel nos Sul teimlai Twm yn bur ddigalon. Yr oedd ei fam yno (nid âi'n aml i'r Eglwys yn awr), ei dad, Eric, ac yntau. Yr oedd drysau'r capel yn agored, a deuai sŵn digalon brefiadau ŵyn i mewn, a sŵn ambell geiliog yn canu yn y pellter. Cyfarfod gweddi oedd yno, a gwyddai Twm beth i'w ddisgwyl nesaf o hyd gan rai o'r gweddïwyr. Ond câi ias o ofn wrth glywed rhai o'r hen weddïwyr yn ychwanegu: 'A chofia am y bechgyn sy'n ymladd ar dir a môr'. Yr oedd y canu'n wael, am fod cymaint o'r dynion i ffwrdd. Cyfeiriodd un o'r swyddogion ar y diwedd at 'Thomas Griffith', bod yn dda ganddynt ei weled gartref yn edrych mor dda, a pha le bynnag yr oedd ei wyneb tuag ato, gobeithient ei weled eto, a nawdd Duw drosto. Wrth fyned allan sylwodd Twm nad oedd yno dyndra pobl yn y cyntedd, na rhuthro allan fel y byddai.

'A sut yr ydach chi gin innau?'

'Rydach chi'n edrach yn dda.'

'Gobeithio na raid i chi ddim mynd i ffwrdd.'

Yr oedd yn hwyr gan Twm gael dianc, a brysiodd adre gan ymryson ras ag Eric. Edrychai ymlaen at ei swper. Gwyddai y câi gig oer a thatws wedi eu twymo. Ac un peth a hoffai ynghylch nos Sul fyddai, dim gwahaniaeth pe cyrhaeddent y tŷ am saith, fe gaent swper cyn gynted ag y cyrhaeddent. Meddyliai Eric y byd o gael cerdded wrth ochr ei ewythr Twm. Dotiai arno'n glanhau ei fotymau, a rhoi ei gap am ei ben.

'Piti na bai'r hen Now yma hefyd,' meddyliai Twm wrth fwyta ei swper. Byddai'n amhosibl iddo ei weld y tro hwn; ond tw! – fe fyddai'n siŵr o gael ei weld rywdro eto.

Ar y pedwerydd diwrnod fe droes yn ei ôl. Yr oedd ganddo un diwrnod arall, ond yr oedd am fynd i weld Ceinwen ar ei ffordd yn ôl. Meddyliai weithiau am sôn wrth ei fam am Ceinwen, ond ni wyddai sut y derbyniai hi'r peth, a byddai digon o amser i ddweud wrthi eto; ac efallai mai rhyw Geinwen arall fyddai ei wraig. Pe dywedai wrth ei fam fod ganddo bum diwrnod fe boenai, mae'n ddiamau.

Ymddangosai'n hynod ddidaro wrth droi'n ôl. Canai rai o ganeuon y gwersyll, er mawr foddhad i Eric.

'Pryd ydach chi am ddŵad eto, Yncl Twm?'

'Amser cynhaea' gwair.'

'Oes lot tan hynny?'

'Na, dim gwerth. Ta-ta, Eric.'

'Ta-ta.'

'Hitiwn i ddim â dŵad i'r stesion i dy ddanfon di,' meddai ei fam. 'Mae'r motors yma mor handi.'

'Ia, dowch,' meddai yntau.

'Ac yldi,' meddai hi, 'mi gadwis i dy gyflog dwaetha di. Maen nhw yna i ti. Dos â rhai ohonyn nhw efo chdi rŵan.'

Yr adeg hon y bu'n agos i dorri lawr.

'Wel, ôl-reit, mi gyma i bunt,' meddai, 'mae rhywun yn prynu mwy o bethau yn yr ha'; ond gwariwch chi'r lleill.'

'Na; mi fyddan yna iti erbyn y dôi di'n ôl.'

'Wel, da boch chi, Nhad.'

'A chditha, Twm, a phob lwc.'

'Mi'ch gwela i chi eto tua'r cynhaea' gwair, reit siŵr.'

'Da iawn, a gobeithio y bydd yr hen ryfel yma drosodd erbyn hynny.'

Yr oedd yn edifar gan Twm mewn ffordd adael i'w fam ddyfod i'w ddanfon i'r dref. Aeth canu'n iach yn beth hir, a buasai'n well ganddo ganu'n iach â'i fam a'i gweld yn ei barclod gartref, na'i gweld ar stesion y dre a meddwl am ei thaith unig yn ôl i Foel Arian. Ond yr oedd y moduron yn handi erbyn hyn.

Ar y stesion yr oedd arno eisiau gafael yn ei llaw, ond ni wnaeth. Rhoes ei ben allan trwy'r ffenestr, a daliodd i edrych arni'n cerdded ar hyd y platfform. Wedi cyrraedd y pen pellaf, troes hithau ei golwg yn ôl a chododd ei llaw; cododd yntau'i law, a daliodd i'w gwylied nes i'r bont ei chuddio o'i olwg. Sylwai mor hen-ffasiwn oedd ei sgert a'i chôt wrth iddi sefyll ar ben draw y platfform.

Ymhen ychydig ddyddiau cafodd Owen lythyr oddi wrth Twm yn cadarnhau ei ofnau ei fod yn cychwyn dros y môr:

'. . . Yr oeddwn wedi meddwl am gael dy weld, ond yr oedd yn amhosibl. Pum diwrnod a gefais, a threuliais bedwar ohonynt gartref ac un efo Ceinwen; ni ddywedais wrthynt gartref fod gennyf bump, rhag eu poeni. Meddyliais unwaith am yrru amdanat, ond fe ffeindiai Nhad a Mam yn syth wedyn fy mod ar fy lîf ddwaetha. Yr oeddynt yn bur hapus i'w gweld; ni chredaf iddynt amau o gwbl fy mod i'n cychwyn i ffwrdd, ac mae Eric yn gysur mawr iddynt erbyn hyn. Euthum i weld Elin, a Bet, a Sioned. Teimlwn yn feddal ac yn faddeugar ar y pryd, ac nid yw darnau o'r hen fywyd yn ffitio i mewn i'r bywyd newydd yma, rywsut. Ymddengys Sioned yn llewyrchus iawn. Mae hi'n cael digon o waith, ail-wneud dillad parod o'r siopau, ac mae hi'n glws o hyd. Yr oedd yn falch o'm gweld.

'Mae'r gwersyll yma'n ferw gwyllt trwyddo; pawb wrthi'n pacio ac yn rhegi am y gorau. Ni allaf gredu fy mod yn nhawelwch Moel Arian dridiau'n ôl. Yr oedd pob man yn hynod dlws. Ni sylweddolais tan rŵan fod blynyddoedd er pan fûm gartref ym mis Mai. Yr oedd yn gas gennyf ymadael, ond mae'n debyg petai hi'n amser heddwch, a mod i'n gorfod byw yno, na welswn ddim ynddo. Yr oedd hi'n braf cael digon o amser i edrych ar iâr a'i chywion a chlywed sŵn y gwres yn dechrau codi i fyny o'r ddaear. Yr oedd yno ddigon o lonydd i bob dim, ac ychydig iawn o bobl o gwmpas. Onid yw'n resyn na fai gennym ddigon o amser fel yna bob amser i ymdroi a llygadrythu ar bethau fel ieir a defaid a chŵn, a pheidio â phoeni am ddim?

'Euthum i ben y mynydd un noson, ond nid oedd yn llawn yr un fath â'r noson yr aethom i fyny ar ôl cyfansoddi'r cywydd. Daeth i'm cof lawer o bethau a wnâi Bet a minnau'n blant – dal silidóns, rhoi llus ar welltyn a'u bwyta (yr wyf yn clywed ias gras y gwelltyn yn mynd trwy fy nannedd rŵan), a thynnu'r corn carw o'r ddaear, am y gorau dynnu'r hyd hwyaf ohono, a'i blethu am ein pennau wedyn.

'Edrychaf ar fy ngwely yn y cwt yma rŵan; bu'n wely imi ers misoedd, ac er nad oedd mor esmwyth â'r gwely gartref, fe'i hoffais yn fawr, ac yr oedd yn braf droi i mewn iddo ar ôl blino. A ddarfu iti feddwl erioed peth mor hoffus yw gwely? Ond bydd rhywun arall yn cysgu arno heno. Sgwn i bwy? Efallai mai rhywun hoffus, efallai mai dihiryn. Ond dim gwahaniaeth. Bydd yn rhaid i hwnnw ei adael wedyn, a daw rhywun arall yn ei le, ond bydd yn chwith gennyf feddwl amdano heno, lle bynnag y byddaf.

'Mae John Twnt i'r Mynydd wedi ymuno hefyd – wedi hen alaru ar ei feistr. Hwnnw yn eu gweithio i'r ddaear, ac yn atgyfodi pethau oedd yn y siop er cyn dilyw a'u gwerthu am grocbris. Wel, hwyl iddyn nhw hel arian!

'Ni wn i ba le yr awn. Gobeithiwn gael mynd i'r Dwyrain, ond erbyn hyn byddai'n llawn cystal gennyf Ffrainc. Pe clwyfid fi, fe gawn ddyfod i'r wlad yma. Wel, dyna esgid heibio i'm pen. Gobeithiaf gael dy weld cyn bo hir.

'Yn iach, weithian, dan y dydd
Y gwelom bawb 'i gilydd.
Fel arfer, Twm.'

XXIII

PAN GLYWODD Jane ac Ifan Gruffydd fod Twm yn Ffrainc, bu'n ergyd fawr iddynt. Ni thybiasant o gwbl y buasai'n rhaid iddo fynd. Credent o hyd y byddai'r Rhyfel trosodd cyn y byddai'n rhaid i rai fel Twm fynd.

O hynny allan, crogai cwmwl uwch eu pennau o hyd, a theimlent fel pe baent yn aros iddo dorri. Rywffordd, ni theimlent fod yn bosibl iddo glirio. Eu poen fwyaf oedd aros y post a disgwyl llythyr. Wedi cael un byddent yn hapus am ychydig ddyddiau; yna dechreuent bryderu wedyn.

Gwnâi'r fam deisennau, ac anfonai barsel i Ffrainc ddwy waith bob wythnos. Dyna'r unig beth a wnâi mewn wythnos y rhoddai ei holl ysbryd ynddo, ac yr oedd yn beth digalon iddi hi weld ei gŵr yn dyfod â sigarennau i'w rhoi yn y parsel, ac yntau gymaint yn eu herbyn. Gwnâi'r cymdogion yr un peth.

'Gan 'ych bod chi'n anfon parsel, rhowch y sigaréts yma i Twm,' meddai hwn ac arall.

Doent felly'n aml, nes aeth eu plant hwythau i'r fyddin.

Nid oedd waith o gwbl yn y Foel Arian. Aethai'r dynion ieuengaf a'r canol oed un ai i'r fyddin neu i'r gweithiau cad-ddarpar, neu i weithio ar y dociau yn Lerpwl a lleoedd eraill. Âi Ifan Gruffydd i ddadlwytho llongau i Gaergybi am bwl yn awr ac yn y man, a dôi'n ôl wedyn i wneud pethau ar y fferm. Câi ddyfod adref bob Sul pan fyddai'n gweithio yno. Yr oedd yn fendith bod Eric gyda hwy erbyn hyn. A dechreuodd y bobl oedd gartref eu holi eu hunain a holi ei gilydd beth oedd ystyr peth fel hyn. Bu'n fyd drwg arnynt lawer gwaith. Dioddefasant gamwri ac anghyfiawnder yn y chwareli: gormes meistr a pherchennog, gormes ffafriaeth a llwgrwobrwyo. Gwelsant ladd eu cyfeillion a'u plant wrth eu gwaith, ond ni welsant erioed fyned â'u plant oddi wrthynt i'w lladd mewn rhyfel. Ceisient esbonio'r peth ym mhob dull a modd yn yr Ysgol Sul yn awr, gan nad oedd gaban chwarel i ddadlau ynddo.

Ni chredent o gwbl erbyn hyn mai achub cam gwledydd bychain

oedd amcan y Rhyfel, ac mai rhyfel i orffen rhyfel ydoedd, ac ni chredent chwaith fod bai ar un wlad mwy na'r llall, ond daethant i gredu bod pobl ym mhob gwlad oedd yn dda ganddynt ryfel, a'u bod yn defnyddio eu bechgyn hwy i'w mantais eu hunain. 'Y bobol fawr' yna oedd y rhai hynny, yr un bobl a wasgai arnynt yn y chwarel, ac a sugnai eu gwaed a'i droi'n aur iddynt hwy eu hunain. Yng ngwaelod eu bod, credent erbyn hyn fod rhywrai'n gwneud arian ohoni, fel y gwnaent o'u cyrff hwy yn y chwareli, ac mai'r bobl hynny a ddeisyfai oedi heddwch. Ond gwyddent, pe gwrthodai eu plant fynd, y byddid yn sicr o ddyfod i'w nôl a'u gorfodi i fynd.

Y broblem fawr iddynt yn yr Ysgol Sul oedd sut nad ymyrrai Duw, os oedd Duw yn bod. Paham y gadawai ef i'r tlawd ddioddef bob amser? Megis ag yr oedd cyfnewidiadau yn y byd tu allan, felly y deuai cyfnewid yn eu barn hwythau. Siglai eu ffydd mewn pregethwyr a gwladweinwyr. Condemnid pregethwyr a fuasai megis duwiau ganddynt gynt, am eu bod yn ffafrio rhyfel. Yn wir, bu i rai aros gartref o'r capel am fisoedd oblegid i bregethwr sôn am gyfiawnder y rhyfel hwn. Yr un fath, codai rhai eraill yn eu barn am bregethu ei anghyfiawnder. Yr oeddynt yn unfryd am hyn; a throes enwau rhai gwladweinwyr enwog yn ddrewdod yn eu ffroenau.

Ond âi'r Rhyfel ymlaen. Deuai mwy o'r bechgyn adref yn nillad milwyr, a dechreuodd newyddion am ladd rhai ohonynt gyrraedd.

Yn Nhre Ffrwd, poenai Owen yr un fath. Yr un pethau a âi trwy ei feddwl yntau. Alarasai ar y siarad gwag, dwl a geid ym mhobman, a hynny gan bobl a ystyrid yn ddeallus. Yn y dref fach, falch honno ceid pobl yn sôn am ogoniant rhyfel a dewrder y bechgyn, a chredent y papurau newydd air am air. Mae'n wir y gweithient yn galed i anfon cysuron i'r milwyr ac i'w croesawu gartref a phethau felly, ond yr oedd y siarad gwag, meddal, a'r syniadau ystrydebol a fynegid yn ddidor-derfyn, yn ddigon i anfon rhywun yn wallgof. Deuai eu plant adref o'r gwersylloedd, ac os byddent swyddogion troent eu trwynau ar bobl fel Owen a feiddiai gerdded y stryd yn ddiogel yn ei ddillad ei hun. Meddyliai Owen ei bod o'r gorau ar y bechgyn hynny, bechgyn yr ysgolion gramadeg, wedi cael moethau ar hyd eu hoes, a heb wybod eisiau o ddim erioed; ac os oeddynt yn dioddef caledi'n awr, dyma'r tro cyntaf iddynt wneud hynny. Am bobl fel ei bobl ef, buont yn dioddef caledi ar hyd eu hoes, ac fel pe na baent wedi cael digon, dyma ryfel yn dyfod fel llaw anweledig a'u gwasgu i'r ddaear. Yr oedd arno eisiau myned at y swyddogion sythion, caboledig hyn a dweud hynny wrthynt. Ond i beth? Sut y medrent hwy yng nghanol eu digon, yn eu dyffryn bras, wybod na deall am le fach fel Moel Arian, a'i gramen sâl o dir, oedd yn rhy wael i gadw gwartheg fel eu gwartheg hwy? Beth a wyddent hwy am bustachu byw a chipio bywoliaeth trwy drais ar dir mawnog a chlai? Ond weithiau, fe gynhyrchai'r tir hwnnw dipyn o ymennydd.

Aeth rhai o'r athrawesau yn yr ysgol i ddechrau edliw iddo na bai'n ymuno. Yr oedd yn rhy ddirmygus ganddo fyned i egluro ei fod ef wedi ei esgusodi dros dro oherwydd cyflwr ei iechyd. Yr unig beth a wnaethai iddo ymuno fuasai ymdeimlad o ffyddlondeb i'w gyfeillion a'i berthnasau, a ymunasai eisoes. Teimlai fel hyn: os oeddynt hwy'n dioddef, y dylsai yntau fod gyda hwynt, nid oherwydd ei gydymdeimlad â'r Rhyfel ond oherwydd ei gydymdeimlad â'r bechgyn. Aeth hyn i'w boeni'n fwy fel y deuai llythyrau oddi wrth Twm; nid am fod ei frawd yn cwyno. Absenoldeb cwyno, pan wyddai fod achos cwyno, a barai iddo deimlo y dylai fyned i gyd-ddioddef â Thwm. Ac yna cofiai amdanynt gartref. Gwyddai'n iawn sut y teimlent yno, a phed ymunai yntau, gwyddai'n iawn sut y teimlent wedyn. Ond teimlai'r munud nesaf fod ei ddyletswydd yn fwy at Twm.

Yn yr ysgol yr oedd athrawes ieuanc o'r enw Ann Elis – geneth o Sir Feirionnydd. Ni thorasai Owen erioed fwy o eiriau â hi na 'Bore da'. Yr oedd yn hynod o dawel, ac ambell ddiwrnod edrychai'n hynod brudd.

Un diwrnod daeth teligram iddi, a dywedwyd bod ei chariad wedi ei ladd yn y Rhyfel. Pan ddaeth yn ôl ymhen ychydig ddyddiau, yr oedd fel un a fuasai dan gystudd am fisoedd. Yr oedd ar Owen eisiau mynd ati a dweud wrthi pa mor ddrwg oedd ganddo, ond yn awr âi hi heibio iddo ef a phawb arall heb yngan gair.

Ymhen mis daeth teligram yn galw Owen adref, ac nid oedd yn rhaid i neb ddweud wrtho beth oedd yr achos.

Y bore hwnnw, yn nechrau Gorffennaf 1916, disgwyliai Jane Gruffydd lythyr oddi wrth Twm. Ni chawsai'r un ers chwe diwrnod. Yr oedd yn bryderus iawn, ond nid yn orbryderus, oblegid buasai'n hir fel hyn o'r blaen, a chafodd ddau lythyr gyda'i gilydd y pryd hwnnw. Y dyddiau yma ni fedrai wneud dim ond godro a hwylio Eric i'r ysgol cyn i'r postmon ddyfod, ac weithiau byddai hwnnw'n hwyr. Y diwrnod yma yr oedd felly, neu fe aethai heibio. Eto daliai i eistedd yn lle codi a dechrau ar ei gwaith. Na; dyna ei bib wrth lidiart y llwybr, a rhedodd hithau'n falch. Ond nid llythyr oddi wrth Twm ydoedd, nac oddi wrth yr un o'r plant eraill, ond llythyr hir a marc y llywodraeth arno.

'Drap,' meddai hi wrthi ei hun, 'dyma ryw hen gwestiynau eisiau eu hateb eto. Maen nhw fel tasa gin rywun ffarm o fil o aceri.'

Ond wedi ei agor, canfu nad un o'r cyfryw bapurau ydoedd. Rhyw bapurau Saesneg oedd y rhai hyn. Gwelodd enw Twm a'i rif yn y fyddin, ac yr oedd papur gwyn arall tew a dim ond tamaid bach ar hwnnw yn Saesneg.

Rhedodd â'r llythyr i'r siop.

'Rhyw hen lythyr Saesneg wedi dŵad acw, Rhisiart Huws. Fasach chi ddim yn dweud beth ydi o? Rhywbeth ynghylch Twm ydi o, beth bynnag.'

Darllenodd y siopwr ef, a daliodd ef yn ei law sbel.

'Steddwch i lawr, Jane Gruffydd,' meddai'n dyner.

'Be sy?' meddai hithau. 'Does dim wedi digwydd?'

'Oes, mae arna i ofn,' meddai yntau.

'Ydi o'n fyw?'

'Nag ydi, mae arna i ofn. Ann,' gwaeddai o'r siop i'r gegin, 'dowch â llymaid o ddŵr, mewn munud.'

'Dowch trwodd i'r gegin, Jane Gruffydd,' meddai hithau, a gafaelodd yn ei braich.

Yn ddiweddarach aeth â hi i'r Ffridd Felen.

Gweithiai Ifan ar y pryd am ychydig ddyddiau yn y cynhaeaf gwair yn un o'r ffermydd heb fod yn bell, lle y dechreuid ar y cynhaeaf yn gynt nag yn Foel Arian. Pan welodd ddyn yn croesi'r cae i chwilio amdano, fe wyddai yntau paham y gelwid ef adref.

Cyrhaeddodd y plant adref i gyd cyn y nos. Daeth cymdogion yno; fe wnaethant y gwaith. Dangosasant bob caredigrwydd. A'r noson honno, wedi cau'r drws ar yr olaf ohonynt, yswatiai'r plant a'u rhieni at ei gilydd wrth y tân, gan deimlo mai felly oedd orau iddynt fod ar y noson y gwnaed y bwlch cyntaf yn y teulu.

Wrth roi ei phen ar y gobennydd, a cheisio cau ei llygaid ar boen, daeth ugeiniau o feddyliau trist i feddwl y fam. Ond yn eu plith fe wibiodd un meddwl arall, na buasai'n rhaid iddi ofni clywed sŵn y postmon drannoeth.

XXIV

YR OEDD cyfnewidiadau mawr a sydyn yn y byd, ond yn y Ffridd Felen safasai amser. Yr oedd felly i bob teulu yn yr un amgylchiadau, ond ni wyddai neb ac ni faliai chwaith ond am ei dristwch ei hun. Nid oedd yfory i edrych ymlaen ato. Nid arhosai dim ond ddoe. Ymunai'r bechgyn, deuai newyddion am eu marw, a chenid emyn i gofio amdanynt yn y capel; ac er myned o'r naill deulu i gydymdeimlo â'r llall, yn ôl at ei boen ar ei aelwyd ei hun y deuai pawb.

Daeth y plant i gynefino â'r llongau awyr a hedai o'r stesion ar y mynydd gerllaw.

Daeth y cynhaeaf gwair, amser gorohïan a llawenydd fel rheol, pan geid tywydd da; amser hwyl a ffraethineb; ac i blant, amser bwyd da a chadw reiat. Ond nid oedd dim o hyn yn y Ffridd Felen eleni. Merched oedd gan mwyaf yn y cae gwair; hwy oedd yn llwytho ac yn gwneud y beichiau. Ni ddaeth Wiliam eleni, oherwydd ei fod newydd fod.

Cyraeddasai Owen adref cyn y cario gwair. Gweithiai ar ben y drol neu ar ben y das. Ceisiai ymddangos fel pe na ddigwyddasai dim. Gwnâi pawb yr un peth. Ni soniai neb am achos eu galar. Ond dyna'r unig beth oedd yng nghefndir meddwl pawb.

Llusgai amser ymlaen fel hyn. Daeth gwyliau'r Nadolig, ac fe aethant. Ac O! fel y dyheai pawb am iddynt fyned heibio.

Cyn i Owen ddyfod adref yr haf canlynol, yr oedd John Twnt i'r Mynydd wedi ei ladd, a dyna un o'r goruchwylion caletaf a ddaeth i ran Owen erioed oedd mynd i edrych am y teulu. Cofiai am y sirioldeb fyddai yn Nhwnt i'r Mynydd bob amser. Rhyw dŷ ydoedd a'i lond o ddodrefn a llestri ac o blant, ac fel y cyfryw, byddai yno le i ragor o blant rhywun arall wedyn, ac ni theimlai neb y byddai byth ar y ffordd yno. Newidiasai Ann Ifans mor llwyr fel y teimlodd am y tro cyntaf erioed nad oedd yno groeso iddo. Eithr ceisiai ei roi ei hun yn ei lle; dynes wedi chwerthin ar hyd bywyd, dim gwahaniaeth beth oedd cyflog byw na phris anifail, dynes na adawodd i ddim byd felly ei phoeni erioed; pan aed â'i chysur – yr hyn a wnâi ei bywyd yn chwerthin yn y gorffennol – nid rhyfedd iddi fynd i lawr dan ei baich. Canys felly y buasai Ann Ifans byw; yr oedd yn lân, yn ofalus, a cheisiai dalu ei ffordd, ond ni wnaeth mohono erioed yn faich. Yr oedd ganddi ddigon o synnwyr i weld na thalai iddi fod yn uchelgeisiol gyda'i phlant, dim gwahaniaeth beth a wnâi plant neb arall; ond fe'i mwynhaodd ei hun gyda'i gŵr a hwythau. Caent chwarae ym mhobman yn y tŷ a'r beudai, caent fenthyg rhaffau i wneud siglen adenydd, caent ddringo'r coed, caent gario pethau o'r tŷ i wneud barcud; ac nid yn unig hynny, fe wnâi eu mam farcud gyda hwy, a hi a gâi'r pàs cyntaf ar y siglen adenydd, ac ymunai â hwynt i guddio llygaid eu tad rhag y difrod a wneid ar ei raffau. Buasai'n anodd i Ann Ifans byth allu disgyblu ei phlant, ond, rywsut, ni ddôi galw am hynny.

Wrth iddo droi oddi yno, meddai hi wrth Owen, 'Y chi fydda efo John yn cerdded i'r dre ers talwm, yntê?'

'Ia,' meddai yntau, ac ni fedrai feddwl am ddim arall i'w ddweud.

'Dowch yma eto, Owen,' meddai hi, 'dowch yn amal; mi *fydd* yn dda gin i 'ych gweld chi.'

A phan aeth y troeon wedyn, siaradodd am John o hyd, a dyna oedd ei byrdwn bob tro:

'Ydach chi'n gweld, Owen, hen fistar cas, crintachlyd oedd gynno fo; mi rôi garreg ar 'i faw, tae o'n medru.'

'Hen ddyn cas oedd y scŵl lle'r oedd Twm hefyd.'

'Tad, roeddwn i'n meddwl bod Twm mewn lle reit braf.'

'Nag oedd; hen ddyn cysáct oedd y scŵl, yn hanner lladd y plant, ac mi fasa'n lladd 'i ditsiars hefyd, tae o'n medru.'

'Yr hogiau gwirion,' meddai hithau.

Weithiau gofynnai'r bobl iddo ysgrifennu drostynt at eu plant oedd yn y fyddin. Nid oedd hynny'n waith anodd pan oedd yn lled adnabyddus â'r plant, ond os byddent dipyn yn ieuengach, ac yntau wedi colli adnabod arnynt, byddai'n waith anodd iawn.

'Beth sydd arnoch chi eisio'i ddweud wrth Huw, John Jones?'

'O, dwad ti rywbeth feddyli di orau.'

'Wel, ia, mi ro i dipyn o newyddion yr ardal, ond beth sydd arnoch chi eisio'i ddweud wrth Huw?'

'Dwad fod 'i fam a finnau'n gofyn amdano fo'n arw iawn, ac yn gobeithio 'i fod o'n saff ac y daw o adre'n fuan.'

A dyna'r cwbl. Ni fedrent dorri allan i ddweud eu meddyliau.

Âi dyddiau'r gwyliau ymlaen yn araf. Nid oedd fawr ddim i'w wneud. Yr oedd yn dywydd gwlyb. Crogai cymylau tywyll uwchben Sir Fôn bob dydd. Yr oedd y caeau'n laswyrdd, a'r adlodd yn dew. Yr oedd porffor y grug a melyn yr eithin yn dywyll ir, a chreigiau'r mynyddoedd o gwmpas yn dduon. Ni ddeuai haul i daro ar y creigiau nac i wywo'r grug. Eto, yr oedd yn fwll i gorddi, ac yr oedd y menyn yn feddal. Âi ei fam ymlaen gyda'i gwaith yr un fath. Ni soniai ormod am Twm, ni ddangosai lawer ar ei theimladau, ond gwyddai Owen ar ei hosgo o wneud peth nad oedd ddim arall ar ei meddwl ond Twm. Gofynnai weithiau heb fod cyswllt rhwng hynny â dim arall, 'Wyt ti'n meddwl y basa'n well tasa Twm wedi mynd yn ôl i'r coleg yn lle cymyd y lle yna yn Llan Ddôl?'

'Nag ydw i; mi fasa wedi mynd i'r fyddin yn gynt ichi.'

'Ond ella na fasa fo ddim wedi cael ei ladd.'

Gwyddai hefyd ei bod hi'n tynnu llwch ei lyfrau yn y gegin orau yn aml, er na ddaliodd ef hi'n gwneud hynny.

Gwyddai un peth arall hefyd, sef fod y ffaith ei fod ef gartref yn gysur iddi. Ni chymerai hi arni hynny. Ond fe newidiai ei hagwedd pan ddôi'n bryd iddo gychwyn yn ôl. Gwnâi fwyd yr un fath. Gwnâi gig pen oen wedi ei ferwi gyda'r iau a falu'n fân yn y potes. Gwnâi benwaig picl ym mis Awst, ac yr oedd yn rhaid iddynt i gyd gyfaddef eu bod yn mwynhau eu bwyd.

Yr oedd Eric yn ddeg oed erbyn hyn, ac yn hogyn pur gall o'i oed. Yr oedd wedi crio gyda'r teulu pan ddaeth y newydd am ei ewythr Twm, ac wedi deall ar ôl hynny bod sôn amdano'n rhoi poen i'w nain; hynny ydyw, sôn fel y bydd plentyn yn sôn.

Yr oedd yn ddrwg gan Owen dros Eric. Nid oedd iddo lawer o gysur o fod ei hun yn y Fridd Felen, er y byddai'n hel digon o blant yno'n aml. Gwyliau haf, ac yntau heb gael mynd i unman, dim ond trotian mewn esgidiau trymion llychlyd ar hyd y dydd. Ac eto, tybiai mai'r un fath yr oeddynt hwythau'n blant. Na; yr oedd llawer ohonynt hwy, nid oedd 'rhyfel hyd y byd' yr adeg honno, ac yr oedd Jane ac Ifan Gruffydd yn ieuengach.

'Rydw i am fynd ag Eric am dro i rywle,' meddai wrth ei fam ryw

ddiwrnod braf, a ymddangosodd rhwng cromfachau tywydd gwlyb.
'Dowch chitha hefyd, ac ella daw Nhad.'

'Na, ddo i ddim,' meddai ei fam, fel petai'n dychryn bod neb yn disgwyl iddi hi fynd i unman, 'ond mi fydd Eric wrth 'i fodd. Dydi'r criadur bach yn cael mynd i nunlle.'

Yn Llandudno, bu'r ddau'n eistedd ar y traeth trwy'r prynhawn, ac Eric yn trochi ei draed yn y dŵr, ac yn ei fwynhau ei hun yn berffaith.

'Well inni fynd am de rŵan, 'r hen law,' ebe Owen. 'Beth wyt ti amdano fo?'

'*Ice cream* a theisen.'

'O'r gora; tyd, ynte.'

Wrth gerdded y stryd, gwelai Owen gar modur yn stopio gyferbyn â'r tŷ bwyta yr anelai ato, a swyddog milwrol yn dyfod allan o'r car, ac ar ei ôl – ei chwaer Sioned.

Dyma Owen yn gafael yn Eric ac yn rhoi tro arno â'i wyneb i'r cyfeiriad arall.

'Be sy, d'ewyth Owen?'

'Wedi cofio'n sydyn yr ydw i fod yna le ardderchog am *ice cream* yn y stryd yma.'

'Gwell nag yn y lle yna?'

'Ia, gwell o lawer.'

Yn ddiweddarach wrth y bwrdd te:

'Be sy, d'ewyth Owen? Ydach chi ddim yn leicio'r deisen yma?'

'Ydw, ond 'i bod hi'n codi fannodd arna i.'

'Trïwch honna; does dim siwgr yn honna.'

Synfyfyrio ar a welsai yr oedd Owen. Wrth grwydro yn y dref, sylwasai Owen o'r blaen ar ei chwaer yn cerdded gyda rhyw filwr. Yr oedd hi'n hardd y prynhawn hwn. Gwisgai siwt ddu a gwyn a het ddu. Nid edrychai fawr hŷn na phan briododd.

'Lwc na welodd y plentyn moni,' meddai wrtho ei hun, 'ac mi fydd yn rhaid imi frathu nhafod rhag sôn am y peth gartre.'

'Rŵan, Eric, beth wyt ti amdano fo?'

'Dim, diolch; rydw i wedi byta nes ydw i'n sâl.'

'Wel, mi awn ni i weld y siopau rŵan, a gweld yr adar bach.'

'Rhaid inni brynu rhywbeth i Taid a Nain, yn rhaid, d'ewyth Owen?'

'Rhaid, wir; lwc iti gofio.'

'Mi roeddwn i'n cofio o hyd er y bora, ac mi faswn i'n licio prynu rhywbeth i Llew hefyd.'

'Pwy ydi Llew?'

'Wyddoch chi, 'r hogyn bach hwnnw sydd yn nhŷ Jane Williams. Mae hi'n nain iddo fo.'

'Reit; mi awn ni.'

Pan eisteddent wrth lan y môr drachefn, a phibell i Taid a jwg bach i Nain a rhwyd bysgota i Llew yn eu pocedi, gofynnodd Owen, 'Beth fasat ti'n licio'i wneud wedi mynd yn fawr, Eric?'

'Mynd yn brintar yr un fath ag Wmffra, Bryn Arian.'

'Fasat ti'n licio mynd i'r ysgol?'

'Na faswn; mae'n well gin i chwarae efo injian a phethau felly.'

'Sut gwyddost ti y basat ti'n licio mynd yn brintar?'

'Wel, mi fuo modryb Bet a finna yn gweld lle mae Wmffra yn gweithio ryw ddiwrnod, ac mae Wmffra yn dweud y ca i fynd yn brentis yno. Ond cofiwch, adra at Taid a Nain yr ydw i'n dŵad i gysgu, ac nid at Mam.'

'O, mae hi'n ddigon buan i benderfynu pethau felly.'

Daeth yn dywydd braf ym mis Medi, pan oedd yn adeg i Owen ddychwelyd, ffaith a'i gwnâi'n anos dygymod â mynd yn ôl. Âi i gasglu mwyar duon ambell fore i'w fam wneud jam.

Y bore Llun olaf o'i wyliau fe gododd tua chwech, ac fe aeth i gasglu i Goed y Ceunant. Yn nistawrwydd ac unigrwydd y coed fe ddaeth arno un o'r pyliau ofnadwy hynny o hiraeth a ddeuai arno'n aml er claddu ei frawd. Yr oedd pob man mor ddistaw, onid oedd sŵn llyfn y ffrwd yn sŵn uchel. Os ysgytiai rhywbeth yn y coed, dychrynai drwyddo. Codai'r tarth yn araf o'r môr fel y cryfhâi gwres yr haul. Yr oedd yr adlodd yn dew ac yn diferu gan wlith. Yr oedd ôl y gwartheg, a fuasai'n gorwedd ar y cae cyn myned i'w godro, i'w weld yn olau yng nghanol y gwair. Bron na allai deimlo cynhesrwydd y fuwch wrth eistedd ar garreg yn ymyl lle y buasai'n gorwedd. Cofiai am bob tro y bu'n casglu mwyar duon gyda'i frawd, ar ôl yr ysgol gan amlaf. Gallai glywed aroglau'r coed fel y byddent yn awyr glir dechreunos Medi, a gweld eu pocedi'n bochio gan eu llawned o gnau. Y nos yn cau amdanynt yn sydyn, a hwythau'n rhedeg adref a'r chwys yn rhedeg hyd eu talcennau, a'u mam yn falch o'r mwyar duon. Cofiai fel y byddai Twm yn disgwyl i'w fam wneud pwdin y noson honno. Ond fe syrthiai i gysgu cyn tynnu amdano. Cofiai fel y mwynhaent y pwdin nos trannoeth, ac eistedd ar ben y wal yn torri cnau yn union fel y gwnâi Eric rŵan. Cofiai mor gynnes a thywyll y byddai'r gegin, ac mor braf oedd cael bod ar gamfa led ar ben y wal allan.

Ond i beth y breuddwydiai? I ryw fywyd arall y perthynai'r pethau yna; ie, bron na ddywedai mai perthyn i bersonau eraill hefyd. Daeth eisiau bwyd arno, a chychwynnodd adref, yn teimlo fel y teimlai bob tro y câi ffit o hiraeth fel hyn, yr hoffai ddeffro rywdro a gwybod mai breuddwyd ydoedd i gyd. Eto, gwyddai mai ei rieni a gafodd y gnoc hecraf gan ffawd pan fu farw Twm.

Eithr yn ddiweddar, ar ddiwedd pwl fel hwn, fe ddaethai un llygedyn o oleuni iddo. Nid oedd ei fywyd yn yr ysgol mor hollol undonog ag y buasai. Hyd yma, Ann Elis ac yntau oedd yr unig ddau o'r athrawon a gollodd neb yn y Rhyfel. Tyfodd hynny'n rhwymyn cyfeillgarwch rhyngddynt, ac yn awr medrent sgwrsio â'i gilydd am beth na fuasent yn medru sôn amdano wrth neb arall. Siaradent yn ddi-baid am anghyfiawnder pob dim yn y dyddiau hynny, ac yn fwy na dim, am ddallineb pobl. Teimlent yn well bob amser wedi cael sgwrs. Meddwl am hyn yn awr a roes lygedyn o obaith i Owen y medrai godi uwchlaw'r digalondid mawr a'i llethai.

Pan gyrhaeddodd y tŷ yr oedd yno rywun dieithr, a deallodd mai swyddog pensiynau milwrol ydoedd. Ychydig amser yn ôl gwnaethai apêl dros ei fam iddi gael ychydig bensiwn dros Twm ar yr un egwyddor ag y câi mamau prentisiaid bensiwn. Galwasai'r swyddog yno gyda ffurfflenni mawr hir i ofyn am atebion i bob math o gwestiynau: Beth oedd cyflog Twm am y flwyddyn y bu'n athro? Beth oedd cyflog y tad a'r plant eraill i gyd? Faint o arian oedd ganddynt ar y Ffridd Felen?

Ysgydwai ei ben yn anobeithiol, gystal â dweud bod yno ormod o arian yn dyfod i mewn.

Ac meddai Jane Gruffydd, 'Waeth i chi heb na chyfri mod i'n cael dim gin yr un o'r plant ond gynno fo,' gan gyfeirio at Owen, 'ac mewn gwirionedd, ddyliai yntau ddim anfon dim, achos dydi 'i gyflog o ddim wedi codi digon i ateb y codi ym mhris byw. A dim ond weithiau y mae'r gŵr yn gweithio. Ac os ydi pris menyn a moch wedi codi, mae'u bwydydd nhw wedi codi hefyd, ac mae llog arian wedi mynd i fyny.'

'Wel, mi all y plant eraill 'ych helpu chi.'

'Na allan wir; dydi cyflogau dwy o'r merched wedi codi fawr iawn, ac mae gin y mab deulu.'

'Wel, mi ga i weld be ella i wneud,' meddai yntau, gan roi ei bapurau yn ei boced, 'er nad ydw i'n gaddo dim.'

Edrychai'n hynod fodlon arno'i hun ac yn fwy na llond ei groen.

'Beth ydi enw'r wraig weddw yna sy'n byw i fyny yn y fan yna?' meddai. 'Mae hi wedi colli mab yn y Rhyfel.'

'O, Margiad Owen, Coedfryn.'

'Ia, dyna hi; mi fu'n rhaid imi dynnu 'i phensiwn hi i lawr yr wsnos yma.'

Edrychodd Owen a'i fam arno'n syn, oblegid gwyddent amgylchiadau Margiad Owen yn ddigon da i wybod nad oedd deuddeg swllt yr wythnos yn hanner digon iddi.

'Mi tynnais o i lawr o ddeuddeg swllt i wythswllt, achos mae hi'n cadw ieir ac yn gwneud tipyn o arian wrth werthu 'u hwyau nhw.'

Y munud hwnnw daeth rhyw deimlad rhyfedd dros Jane Gruffydd. Ers pymtheng mis o amser, bu rhyw deimladau yn crynhoi yn ei henaid yn erbyn pob dim oedd yn gyfrifol am y Rhyfel; yn erbyn dynion ac yn erbyn Duw; a phan welodd y dyn blonegog yma yn ei ddillad graenus yn gorfoleddu am dynnu pensiwn gwraig weddw dlawd i lawr, methodd ganddi ddal. Yr oedd fel casgliad yn torri, y dyn yma a gynrychiolai bob dim oedd y tu ôl i'r Rhyfel ar y munud hwnnw, a dyma hi'n cipio'r peth nesaf i law – brws dillad oedd hwnnw – a tharo'r swyddog yn ei ben.

'Cerwch allan o'r tŷ yma, mewn munud,' meddai, ac yr oedd yn dda ganddo yntau ddiflannu.

'Fy hogyn bach i,' dolefai, 'a rhyw hen beth fel yna'n cael byw.'

A thorrodd hi ac Owen i weiddi crio.

XXV

YR UN NOSON eisteddai Owen yn y gegin ar ôl i'w dad a'i fam fyned i'w gwelyau. Ni fedrai feddwl am gysgu oherwydd y cynnwrf yn ei feddwl. Yr oedd bron fel y diwrnod y daeth y newydd am ladd Twm. Gadawodd ef a'i fam i'w teimladau lifo trosodd. Er hynny, ni theimlai ef yn well. Eithr yn lle bod ei feddwl ar ei frawd yn unig, rhedai i bob cyfeiriad yn awr. Yr oedd y swyddog pensiynau wedi taflu carreg i ganol llyn, ac ni fedrai Owen ddweud yn lle y gorffennai'r cynnwrf. O'r blaen llanwai colli ei frawd holl gylch ei feddwl a'i deimlad. Yr oedd fel petai'r Rhyfel wedi bod yn gwylied eu teulu hwy a tharo Twm er mwyn dial arnynt.

O hyn ymlaen fe fyddai marw ei frawd yn beth caled, oer ar ei galon, ond fe fyddai ei feddwl yn gweithio i gyfeiriadau eraill. Cyn hyn, nid effeithiodd y Rhyfel arno ond yn oddefol. Dioddefai ef fel rhyw dynged anosgoadwy a ddaeth ar y byd, gan ofni a gobeithio; ofni y deuai ar warthaf eu teulu hwy, a gobeithio na ddeuai. Yng nghanol hyn i gyd, gwelsai lawer o garedigrwydd yn gymysg â siarad gwirion, dwl. Clywsai am ddynion yn ymgyfoethogi ar y Rhyfel; fe'u gwelsai o bell. Ond heddiw fe ddaeth i ymyl gweithred greulon gan un o'u pobl hwy eu hunain, megis. Yn rhyfedd iawn, nid ofn i'w fam ddyfod o flaen ei gwell am hitio'r dyn oedd arno, ac ni phoenai ychwaith pe na chawsai ei fam ddim dimai o bensiwn, ond yr oedd creulondeb y peth ei hun yn boen arno. Dyna fel yr oedd rhyfel; nid y lladd a'r dioddef oedd yn greulon yn unig, eithr pethau achlysurol fel hyn. A dyna ei fam yn gorfod cael un i gyfieithu'r newydd am ladd ei mab.

Chwysodd wrth feddwl am y peth, ac aeth y gegin yn annioddefol. Rhoes fflam bach ar y lamp, aeth allan a throi i gyfeiriad y mynydd. Yr oedd yn noson olau leuad, ac yr oedd y ffordd yn llwydwen o dan ei draed. Codai dafad yn awr ac yn y man yn ddistaw o'i gorweddle wrth glywed sŵn ei droed, a rhedai i rywle arall. Yr oedd sŵn y ffrydiau mor dawel nes gwneud iddo feddwl mai troi yn eu hunfan yr oeddynt ac nid llifo. Eisteddodd ar garreg fawr. Gorweddai'r pentref odano fel gwlad y Tylwyth Teg dan hud y lleuad. Yma ac acw fel smotiau duon yr oedd tai'r ffermydd bychain, a chlwstwr o goed o'u cwmpas yn cysgodi'r gadlesi a'r tai. Ar y tai eraill disgleiriai'r lleuad, a rhedai ei goleuni'n rhimyn ar hyd llechi'r to. Yr oedd cysgodion y tai yn hir o'u blaen, ac edrychai'r caeau'n felyn yn y goleuni. Yn y gwaelod isaf yr oedd cae ŷd yn ei styciau. Yr oedd y tir o gwmpas lle'r eisteddai ef yn gochddu, a gwyddai Owen fod yr holl dir, cyn belled ag y gwelai ei lygaid, felly i gyd – tua chan mlynedd cyn hynny. Yr oedd y bobl a oedd yn gyfrifol am droi lliw'r tir yn wyrdd yn gorwedd erbyn hyn ym mynwent y plwy, yn naear frasach y gwastadedd a orweddai rhyngddo a'r môr. Daethai rhai ohonynt o waelod y plwy i drin tir y mynydd ac i fyw arno, ac aethant i'w cynefin i dreulio'u 'hun hir'.

Ac nid o flaen ei lygaid yr oedd gwaith y dwylo caled hynny. Gallai ddychmygu am wledydd lawer ar hyd y byd, trefi mawrion a rhesi dirifedi o dai â llechi Moel Arian ar eu to, a'r un lleuad ag a ddisgleiriai ar dai Moel Arian heno yn taflu ei phelydrau i lithro hyd do'r tai hynny, yng ngwledydd byd.

Troes ei olygon at domen y chwarel. Heno nid oedd ond clwt du ar ochr y mynydd. Yr un bobl a oedd yn gyfrifol am godi tyddynnod ar fawndir oedd yn gyfrifol am domen y chwarel hefyd. Rhwng y ddau yma y bu'r pentrefwyr am gan mlynedd yn gweithio'n hwyr ac yn fore, nes mynd â'u pennau at lawr cyn bod yn bobl ganol oed. Tybiasai rhai ohonynt yr osgoent hyn i'w plant drwy eu hanfon i ysgolion a swyddfeydd a siopau.

Daeth ei feddyliau'n ôl at ei deulu ei hun. Yr oeddynt hwy yn enghraifft gyffredin o deuluoedd yr ardal, pobl wedi gweithio'n galed, wedi cael eu rhan o helbulon, wedi ceisio talu eu ffordd, wedi methu'n aml, a phan oedd gorffen hynny mewn golwg, a gobaith i'w rieni gael tipyn o hawddfyd, dyma gnoc hollol annisgwyl.

Cofiai glywed Ann Ifans yn dweud rywdro, dillad mor grand oedd gan ei fam pan ddaeth i'r ardal gyntaf. Ni châi ddillad newydd byth yn awr. Fe gafodd rai ar ôl marw Twm, ond ni wisgasai mohonynt byth oddi ar hynny. Cofiai mor dda yr edrychai y diwrnod gwobrwyo hwnnw yn yr ysgol sir. Ef yn unig o'r teulu a geisiodd wneud rhywbeth i roddi hwb ymlaen iddynt, er nad efe oedd yr unig un a allai wneud. Ni chyfrifai hynny'n rhinwedd. Meddalwch ydoedd, a dim arall. Ni allai beidio. Ffurf ar ei hunanoldeb ydoedd. Tynnai rhywbeth ef at ei fam er pan oedd yn blentyn. Yr oedd arno eisiau ei chariad yn gyfan gwbl, ond nis câi byth. Câi ei charedigrwydd a'i gofal, ond nid ei chariad. Tybed a deimlai'r plant eraill yr un fath? Ac eithrio Elin, nid oedd cartref yn ddim i'r plant eraill. Meddyliai Owen weithiau fod Twm yn nes at galon ei fam na'r un arall o'r plant, ond nid oedd ganddo braw o gwbl o hyn. Mae'n debyg mai'r un fath y teimlasai hi pe collasid ef – Owen – yn y Rhyfel.

Yr oedd ei rieni'n dawedog ynghylch eu teimladau bob amser, ac anodd oedd gwybod beth a rôi bleser iddynt. Mwynhaent lawer o bethau, ond gwyddai i sicrwydd mai edrych ymlaen yr oedd y ddau at y dydd pan fyddent yn glir â'r byd a chael mwynhau seibiant diwedd oes yn ddi-boen. Yn hyn o beth nid oeddynt lawer gwahanol i weddill y ddynoliaeth. Dyna a wnâi eu profedigaeth yn ddwbl galed ym meddwl Owen. Pan oedd bod yn glir â'r byd yn y golwg, dyma ergyd hollol annisgwyl.

Dyna'r peth o hyd a'i tynnai at ei fam a cheisio anghofio Ann Elis. Er ei garu ffôl â Gwen ers talwm, nid apeliasai'r un ferch ato fel Ann. Nid oedd eto, beth bynnag, wedi syrthio dros ei ben a'i glustiau mewn cariad â hi, ond hoffai hi'n fawr. Yn yr ysgol, edrychai ymlaen yn y dydd at gael ei gweld gyda'r nos i gael sgwrs. Yn ei ffit bruddglwyfus heddiw ar ei ffordd o hel mwyar duon, meddwl amdani hi oedd yr unig lygedyn o obaith a gafodd am deimlo'n well. Erbyn hyn yr oedd helynt y dyn pensiwn wedi newid pethau. Nid yr ochr ariannol a effeithiodd arno, eithr yr ochr deimladol. Yr oedd y dynfa'n fwy at ei fam eto.

Ac fe agorwyd ei lygaid i bosibilrwydd *gwneud* rhywbeth, yn lle dioddef fel mudion. Yr oedd yn hen bryd i rywun wrthwynebu'r holl anghyfiawnder hwn. Gwneud rhywbeth. Erbyn meddwl, dyna fai ei bobl ef. Gwrol yn eu gallu i ddioddef oeddynt, ac nid yn eu gallu i wneud dim yn erbyn achos eu dioddef. Wiliam oedd yr unig un o'i deulu ef a ddangosodd wrthwynebiad i bethau fel yr oeddynt, oni wnaethai Sioned. Efallai mai dangos ei gwrthwynebiad i fywyd ei theulu yr oedd hi, drwy fyw yn ôl safonau moesol hollol wahanol. Troesai Twm ei gefn ar gartref a dangos y medrai ei adael, beth bynnag. Yr oedd ef, Owen, yn llwfr, dyna'r gwir. Fe adawodd i'w fam hitio'r dyn pensiwn heddiw, yn lle ei hitio ei hun. Nid aeth erioed i ffwrdd o'i gartref, i nac ysgol na choleg, heb i'w hiraeth wneud iddo daflu i fyny.

Edrychodd ar y wlad. Ar wahân i oleuadau gwan y dref, ni allasai neb ddweud bod rhyfel yn unman. Yr oedd yn syndod meddwl bod gan ryw gongl fechan ddiarffordd fel hyn o Gymru ran yn y Rhyfel o gwbl. Ac eto, cyrhaeddai crafangau'r anghenfil hwnnw i gilfachau eithaf y mynyddoedd. Ychydig wythnosau'n ôl diangasai bachgen o'r ardal o'r fyddin, a llochesodd am wythnos yn nhyllau'r creigiau, gan fyned adref at ei fam i swper bob nos. Ond daeth gwaedgwn y fyddin o hyd iddo, a gwelwyd ef yn myned i'r stesion rhwng dau filwr a golwg y gorchfygedig arno. Ymhen tridiau daeth gair i ddweud ei fod wedi ei ladd yn Ffrainc, ac yr oedd ei deulu a'r rhan fwyaf o'r ardal yn ddigon diniwed i gredu hynny. Paham na chodai'r ardal yn erbyn peth fel hyn? Ond i beth y siaradai? Un ohonynt oedd yntau. Credai weithiau y buasai'n well pe cadwasai eu hynafiaid yr ochr arall i'r Eifl yn Llŷn a thrin y tir yn unig.

Ond efallai ei fod, wedi'r cyfan, yn disgwyl bywyd rhy grwn, rhy orffenedig, ac yn rhoi gormod o goel ar y gredo y deuai pethau'n iawn ond iddo wneud ei ddyletswydd. Yr oedd llinynnau bywyd rhai pobl ar hyd ac ar led ym mhob man, a dim gobaith dyfod â hwy at ei gilydd.

Cododd oddi ar y garreg, a gwelodd fod rhywbeth yn gynefin iddo ynddi. Craffodd, a gwelodd fod enwau llawer o blant yr ardal wedi eu torri arni, a'i enw yntau yn eu plith. Yr oedd pedwar ohonynt wedi eu lladd yn y Rhyfel. Yr oedd T.G. yno'n eglur, ac yn perthyn i gyfnod diweddarach na chyfnod O.G. Cofiodd mai dyma'r garreg y rhoddent eu beichiau grug arni pan aent i dynnu grug at ddechrau tân, cyn rhoddi'r hwb terfynol iddynt ar eu cefnau cyn cychwyn i lawr ffordd y mynydd. Wrth gerdded i lawr yr un ffordd yn awr, cofiai am aroglau'r grug ac aroglau mawn – y grug yn crafu ei wddf a'r pridd yn mynd i lawr rhwng ei grys a'i groen, a'i ddychymyg yntau'n creu miloedd o forgrug gydag ef.

Pan gyrhaeddodd y tŷ, yr oedd y gath yn eistedd ar garreg y drws. Rhwbiodd yn anwesol yn ei goesau, a dilynodd ef i'r tŷ a'i chynffon i fyny. Troes yntau'r fflam i fyny, a rhoi pwniad i'r tân. Daliai'r gath i hel yn ei goesau a chanu'r grwndi. Eisteddodd yntau yn y gadair freichiau, ac estyn ei bibell i gymryd smôc, y gyntaf y diwrnod hwnnw.

EGLURHAD AR RAI GEIRIAU AC YMADRODDION LLEOL

I

timpan: pad a wisgid i daflu'r sgert allan.
cael gwasgfa: ffeintio.
barclod: ffedog.
o dow i dow: yn araf.
ffustion: dillad chwarelwr wrth ei waith, trywsus melfaréd a chôt liain.
bron dropio: bron dyfod â llo.
sleifio: dyfod yn slei.

II

torri'r garw: yma ei ystyr yw 'dyfod i gydnabyddiaeth â'.
strilio: rhoi rhywbeth mewn dŵr heb ddim sebon (to rinse).
barclod bras: ffedog sach.
ar 'i gorn: ar ei draul.
bod ar 'i liwt 'i hun: bod yn hunan-ddibynnol.

III

picio am dro: rhedeg am dro.
siôl frethyn: siôl bach.
gluod: tail gwartheg wedi sychu.
ysnachu: siarad am rywun yn ei gefn.
preplyd: siaradus yn yr ystyr o ateb yn ôl.

IV

bustachu: ymdrechu.
coets bach: perambulator.
caerog: deunydd caerog yw deunydd a rib ynddo. Calico caerog yw 'twill'.
gwaith edau a nodwydd: embroidery.
hawl: arian a fenthycir.

VI

ewach: rhywun o gorff bychan, eiddil.
bwa blewog: ffwr.
ar led-tro: ar hanner tro.
coban: gŵn nos.

VII

clewtan : bonclust.
melfaréd: corduroy.
gruglus: llus bychain chwerw a dyf yng nghanol grug.

VIII

lluchio dy gylchau: dangos tymer.

cael craff : cael rhyw afael ar rywun; cael rhywbeth yn erbyn rhywun.

dangos y bonc: ei droi o'i waith. Y bonc yw'r rhan o'r chwarel y tu allan i'r twll.

gwac a mew: yn gyfeillgar.

rhyw fydau (bydau – lluosog o 'byd'): trafferth.

bwrw drwyddi: dweud y drefn.

IX

tŷ moel: tŷ heb dir i'w ganlyn.

gwneud siapri: talu sylw.

cyrbiban: term o ddirmyg.

lartsh: balch, ffroenuchel.

X

stelcio: sefyll yn ddiog.

dili-do: rhyw greadur bach ysgafn, bas, di-asgwrn-cefn.

XI

gosod: pennu'r pris a delir am weithio.

bargen: mesur o graig yn nhwll y chwarel a osodir i'r dynion weithio arni.

marciwr cerrig: archwiliwr cerrig.

ffawt: bai.

rybela: dull o weithio yn y chwarel pan fo dyn yn dibynnu ar eraill am ei gerrig.

jermon: dyn yn gweithio wrth y dydd i griw.

criw: nifer o ddynion yn cydweithio â'i gilydd yn y chwarel ac yn rhannu cyflog.

codi arian: cael 'mortgage'.

ymlafnio a lardio: rhoi straen fawr ar y corff.

XII

cipio ar ei chyrn: ffromi, dweud rhywbeth cas.

stilio: holi'n fanwl.

lliain sychu: towel.

offrwm: arfer rhai ardaloedd yn Sir Gaernarfon yw cymryd arian ar ddiwrnod angladd.

XIV

swper chwarel: y pryd bwyd a gaiff chwarelwr wedi cyrraedd gartref o'i waith.

surbwch: blin ac anniolchgar.

clwt: darn o garreg wedi ei thrin yn sgwâr ond heb ei hollti'n sglodion.

sglodion: y llechi wedi eu hollti and heb eu torri i fesur.

anger': stêm.

sgythru (sgrythu): crynu.

XVIII

joi o gyfleth: tamaid o gyfleth.

cegin groes: cegin bach (scullery) fel rheol. Gelwir hi'n gegin groes am mai ar ongl groes i weddill y tŷ yr adeiledir hi.

ar gefn 'i cheffyl: mewn tymer.

XIX

palat: o 'paladr', mae'n debyg – gair a ddefnyddir am ddyn mawr ac ysgwyddau llydain ganddo.

XX

celc: arian wedi eu cadw heb i neb fod yn gwybod amdanynt.

cael torri ein crib: cael ein tynnu i lawr.

gwellt Medi: term a ddefnyddir am wair tew a dyf yn gynt na'r gwair arall, ac a dorrir yn nechrau haf o flaen y gwair arall a'i roi'n wyrdd i'r anifeiliaid. Ceir ef, fel rheol, o gwmpas tomennydd neu ffosydd a red o domennydd.

ciari-dyms: gweler eglurhad yr Athro W. J. Gruffydd yn *Y Llenor*.

XXII

miri mŵd: twrw a ffwdan.

plefio: chwerthin yn uchel.

silidóns: pysgod bychain.

corn carw: llysieuyn yr un ffunud â chorn carw a dyf yng nghanol grug.

XXIII

caban chwarel: cwt yn y chwarel lle bwyty'r chwarelwyr eu cinio.

XXIV

siglen adenydd: swing.